罗沈福　编著

中国历代咏荷文学鉴赏

（上册）

苏州新闻出版集团

古吴轩出版社

图书在版编目（CIP）数据

中国历代咏荷文学鉴赏 / 罗沈福编著. —— 苏州：
古吴轩出版社, 2023.11
ISBN 978-7-5546-2208-7

Ⅰ. ①中… Ⅱ. ①罗… Ⅲ. ①中国文学 – 文学欣赏
Ⅳ. ①I206

中国国家版本馆CIP数据核字（2023）第209555号

责任编辑： 胡敏韬
装帧设计： 韩桂丽
责任校对： 李爱华
责任照排： 青　裳　　王芷柔

书　　名： 中国历代咏荷文学鉴赏
编　　著： 罗沈福
出版发行： 苏州新闻出版集团
　　　　　　 古吴轩出版社
　　　　地址：苏州市八达街118号苏州新闻大厦30F
　　　　电话：0512-65233679　　　邮编：215123
出 版 人： 王乐飞
印　　刷： 苏州印刷总厂有限公司
开　　本： 889mm×1194mm　1/32
印　　张： 27.75
字　　数： 687千字
版　　次： 2023年11月第1版
印　　次： 2023年11月第1次印刷
书　　号： ISBN 978-7-5546-2208-7
定　　价： 98.00元（上下册）

卷首语

自古以来，荷花因其圣洁高雅，始终深受国人青睐。中国荷文化历史源远流长，尤其是咏荷文学璀璨夺目。人们常常以诗、词、文、赋等形式赞美荷花，诗人灿若繁星，佳作浩如烟海。因此，咏荷文学是中国荷文化的重要组成部分。假如把中国荷文化比作一座灯塔的话，那么咏荷文学就是灯塔中的那一盏耀眼夺目的明灯。

纵观咏荷文学发展历程，大致可以分为四个阶段。

第一阶段：从先秦时期到隋朝，以莲花赋、采莲曲为代表

随着荷花从田野移植到园池，它凭着艳丽的色彩、幽雅的风姿，开始作为观赏植物，逐步深入人们的精神世界。荷花出现在文学作品中，应该是从《诗经》开始的。《诗经》里有"彼泽之陂，有蒲与荷"等许多描写荷花的诗句，荷花在其中被用于表示爱情。之后，荷花的象征意义逐步被挖掘，越来越受到人们的青睐，成为文人墨客吟咏的对象。

从汉代歌咏莲花小赋开始，到魏晋南北朝的采莲曲，咏荷文学作品层出不穷，出现了一个小高潮。由于年代久远，目前流传下来的大约有两百五十篇。

一、莲花赋的出现奠定了咏荷文学的基础

从战国到南北朝，抒情小赋是当时具有时代特色的文体。据考

共有五十多篇赋，其中著名的莲花赋有十四篇。

1.战国时期的骚赋。以《离骚》为代表的"骚赋"，是诗向赋的过渡。在屈原的《离骚》中，荷花是作为香花出现的。"制芰荷以为衣兮，集芙蓉以为裳"，屈原以荷喻人，借荷花来寄托自己忧国忧民、不甘沉沦堕落的爱国情怀。从此，后人将荷花作为隐士之服，也是荷花作为君子之花的开端。

2.汉代的辞赋。汉代正式确立了赋的体例，称为"辞赋"。闵鸿的"灼若夜光之在玄岫，赤若太阳之映朝云"（《芙蓉赋》），把芙蓉比喻为夜光、太阳。此赋没有强行加入诗人的主观意志，芙蓉形象具有独立的地位，有着一种单纯的美丽。

3.魏晋时代的骈赋。魏晋以后，日益向骈对方向发展，叫作"骈赋"。例如曹植的"览百卉之英茂，无斯华之独灵"（《芙蓉赋》），把荷花推为群芳之首。他特别钟爱荷花，在《洛神赋》中还将洛神比作荷花，奠定了荷花与女子之间的类比关系。又如孙楚的"晖光晔晔，仰曜朝霞"（《莲花赋》），潘岳的"仰含清液，俯濯素波"（《莲花赋》），夏侯湛的"绿房翠蒂，紫饰红敷"（《芙蓉赋》）等，描写荷花色香俱全，其香淡远怡人，其色灿若明霞，非一般花可比。

4.南北朝时期的赋。赋在东晋经过一段短暂的沉寂之后，到了梁代复呈崭新气象，赋风有所变化，文体以华美繁复著称。例如萧绎的《采莲赋》，属于那个时代的典型代表。"紫茎兮文波，红莲兮芰荷""莲花乱脸色，荷叶杂衣香"，梁元帝将荷花之美、小家碧玉与荷花相映之态描绘得生动活泼。又如鲍照的"上星光而倒景，下龙鳞而隐波"（《芙蓉赋》），主要突出了芙蓉的清与秀，更像是一幅水彩画。还如江淹的"蕊金光而绝色，藕冰拆而玉清"（《莲花赋》），傅亮的"岂呈芬于芷蕙，将越味于沙棠"（《芙蓉赋》）等，描写荷花高雅、清香，"爱之如金"（江淹《莲花赋》）。

纵观后人咏荷的文学作品，或多或少这些赋的影响，字里行间有着莲花赋的影子。

二、采莲曲的产生推动了咏荷文学的发展

两汉时期，随着乐府民歌的逐步流行，产生了众多的采莲歌谣。生活在那个时代的人们似乎特别喜欢做一件事，那便是采莲。采莲是古代江南常见的农事活动，江南优美的自然环境为采莲提供了基础，风俗习惯和贵族文化也为采莲提供了诗词的土壤。

1.采莲曲起源于汉乐府中的民歌。两汉时期的采莲曲内容多描写江南一带的水国风光、采莲女子的劳动生活情态，以及她们对纯洁爱情的追求等。《江南》是采莲曲的最早雏形，《西洲曲》更是采莲曲中的杰作。采莲歌谣成为劳动中的青年男女互通情愫的恋歌，在更广阔的时空中被人们传唱。《江南》经过配曲入乐，成为一种独具风格的诗歌。这首诗在汉朝时，是儿童高低声部二重唱的保留曲目。采莲民歌喜闻乐见，不管是劳动人民还是文人雅士、达官贵族，人人喜爱。

2.采莲曲的形成归功于梁武帝萧衍。采莲曲在南北朝时期流行甚广，得益于梁武帝父子。萧衍改《西曲》，制《江南弄》七曲，第三首就是著名的《采莲曲》，完全是根据采莲情景改造而成。"世所希，有如玉。江南弄，采莲曲"，萧衍对《江南》中借采莲来隐喻男女情爱追逐产生了浓厚的兴趣，把民间的采莲曲从田埂上、荷塘里移植到宫廷中来，借以表现他们的享乐生活。萧纲依其父萧衍《江南弄·采莲曲》曲调，又创作了《采莲曲二首》。萧衍父子创作的采莲曲空灵明媚, 状物传神, 意韵深远, 凝练隽永, 艺术感染力极高, 堪称采莲曲代表作。从此, 文人笔下的采莲曲已经与采莲劳动无关, 逐步演变为由"窈窕佳人"演唱表演的歌舞曲。由此, 采莲成为炎炎夏日宫廷中常见的娱乐活动。

3.采莲曲是咏荷诗词的开山鼻祖。这个阶段的采莲曲, 既有浓郁的劳动气息, 如沈君攸的"还船不畏满, 归路讵嫌赊"、朱超的"摘除莲上叶, 拖出藕中丝"等; 又有形态各异的采莲女子, 如萧衍诗中颜如玉的采莲女、吴均诗中惹人爱怜的采莲女等; 也有风光优美的采莲景色, 如萧纲的"棹动芙蓉落, 船移白鹭飞"描写江南美丽风光, 刘孝威的"莲香隔浦渡, 荷叶满江鲜"描写江南采莲美景等; 还留下了许多咏荷名句, 如萧绎的"莲花乱脸色, 荷叶杂衣香"、陈叔宝的"抵荷乱翠影, 采袖新莲香"、卢思道的"擎荷爱圆水, 折藕弄长丝"等。这些风格各不相同的采莲曲, 对唐宋的咏荷文学产生了深远的影响。

第二阶段: 从唐代到五代十国, 以咏荷唐诗为代表

到了唐代, 咏荷文学逐渐达到鼎盛。据统计, 《全唐诗》中咏荷诗词就有两千多首, 约占全部唐诗的二十分之一。纵观所有唐代诗人, 几乎人人都有以荷花为题材创作的诗文。

一、咏荷文学出现了新题材

唐代以前, 我国的荷花品种主要是单瓣红莲, 魏晋出现的重瓣荷花、南北朝的千瓣荷花(并蒂莲)都是极稀罕的。到了唐代, 又培育出了白莲花、重台莲花等新品种, 于是出现了李德裕的《白芙蓉赋》《重

台芙蓉赋》。加上佛教思想的进一步传播，形成了以"莲花不染心"为核心的爱莲志趣。莲花的品格、特性，与佛教教义相吻合。特别是白莲花，因为不沾染一点点杂色，所以更受人喜爱。

在唐代咏荷诗人中，白居易最爱白莲，有《东林寺白莲》《种白莲》《白莲池泛舟》《感白莲花》《六年秋重题白莲》等二十多首诗赞美白莲，分别写于不同时期，表露了白居易触物生情的微妙心绪。如"素房含露玉冠鲜，绀叶摇风钿扇圆"（《六年秋重题白莲》），写的是纯洁如玉的白莲；在《感白莲花》中更欣赏莲花的遗世独立、孤清不群："不与红者杂，色类自区分。"唐代咏白莲诗更是蔚然成风，有齐己的《题东林白莲》、陆龟蒙的《白莲》、皮日休的《赤门堰白莲花》等。由此可见，白莲已得到文人阶层的喜爱。

二、采莲曲出现了新变化

南北朝以来，创作采莲曲已成为一种时尚，采莲舞曲流行于宫廷及达官贵族之歌舞酒宴。《全唐诗》中出现"采莲"字样有八十多次，唐代很多名家都写过采莲曲。有的描写采莲女对爱情的追求，如徐彦伯的"既觅同心侣，复采同心莲"，表达了采莲女与志同道合的伴侣一起采摘并蒂莲的良好愿望。有的描写采莲女的劳动情景，如白居易的"菱叶萦波荷飐风"，崔国辅的"玉溆花争发，金塘水乱流"，贺知章的"莫言春度芳菲尽，别有中流采芰荷"等，都渲染了碧波荡漾、风荷摇曳的采莲环境。

相比南北朝，唐代诗人更注重人物形象的塑造。例如王昌龄化用梁简文帝"江花玉面两相似"及元帝"莲花乱脸色，荷叶杂衣香"，将其改为"荷叶罗裙一色裁，芙蓉向脸两边开"，塑造了美丽动人的采莲女形象。又如王勃的"叶翠本羞眉，花红强如颊"，塑造了有着荷花般羞红的脸颊、蛾眉比叶还翠的美丽采莲女子形象。还如李白"笑隔荷花共人语，日照新妆水底明"的怀春动情的采莲女，皇甫松"无端隔水抛莲子，遥被人知半日羞"的含羞腼腆的采莲女，鲍溶"夏衫短袖交斜红，艳歌笑斗新芙蓉"的沉鱼落雁的采莲女等等，一个个鲜活的采莲女形象跃然纸上。由此可见，唐诗里的采莲曲，色调更为明艳，风格活泼清新，采莲之趣跃然纸上。

三、咏荷佳作不断涌现

荷花的美丽令人着迷，每一种姿态都能成诗成画，名句佳作不断涌现。

李白的"清水出芙蓉，天然去雕饰"已成千古绝唱，李商隐的"惟有绿荷红菡萏，卷舒开合任天真"也广为后人传诵。晨露之中，"霏微晓露成珠颗"（齐己）；艳阳之下，"向日但疑酥滴水"（皮日休）；夕晖之中，"棹拂荷珠碎却圆"（杜甫）；月光之下，"月晓风清欲坠时"（陆龟蒙）；习习风来，"亭亭风露拥川坻"（王安石）；疏疏雨降，"一池荷叶雨成珠"（陈润）；郁茂则"绿塘摇滟接星津"（温庭筠）；零落则"红衣落尽渚莲愁"（赵嘏）。如此等等，美不胜收。

四、荷花意象不断开拓

荷花的花品和特性，吸引了众多的爱莲人士。相比南北朝，唐代咏荷诗多有寄托。文人更为关注的是荷花身上带有的天然习性和品质，将"花品"提炼为"人品"。因此，荷花意象得到了进一步开拓，丰富了荷花的人格象征意义。例如李颀的"从来不著水，清净本因心"，借对荷叶的描写而言情，寄托了一种清静无为、与世无争的思想。又如温庭筠的"三秋庭绿尽迎霜，惟有荷花守红死"，诗人借"守红死"的荷花，表现自己的高尚气节。还如李商隐的《赠荷花》等咏荷诗作,多数是抒发自己对妻子的爱。

第三阶段:两宋时期,以咏荷宋词为代表

进入宋代,国人对荷花的喜爱愈加鲜明。每年农历六月二十四日,江南民间观荷蔚然成风。吴俗以农历六月二十四日为观莲节,亦称"荷花生日"。而富贵之家一般都会挖池养荷,既美化了环境,又满足了夏日避暑和赏荷的需求。由此,荷文化的内容更加广泛。尤其是宋词的出现,推动了咏荷文学迈向高峰,文学人才辈出,诗词交相辉映,作品不计其数。

一、爱莲之赋达到顶峰

由于宋代理学风气较浓,莲花赋开始带上思辨和理性色彩。周敦颐的《爱莲说》,把荷花尊为"花之君子",极力赞美其"出淤泥而不染"的高尚气节。《爱莲说》把荷花写到了极致,从物理表现,到感性抒发,再到理性总结,后续历代写莲之作,很难超越他这篇。周敦颐把中国荷文化推向了顶峰,荷花从此也成为君子之花。说起周敦颐,他对荷喜爱仰慕到了如醉如痴的地步。据说他曾在府署东侧开辟一处四十余丈宽的爱莲池,广种天下名莲,池旁建爱莲书院,并且亲自执教。他为官正直,数洗冤狱,著书明道,洁身自爱,正是身体力行、淡泊明志的体现。由此,周敦颐成了"中国爱莲第一人"。

宋代还有几篇莲花赋也很出色,例如文同的《莲赋》,描写洋州(今陕西洋县)横湖之莲,称其为"上品"。文中"挺浊淤以自洁兮,澡清漪而逾丽"两句,与周敦颐"出淤泥而不染,濯清涟而不妖"有异曲同工之妙。南宋末年的理学家陈普,其《莲花赋》就有明显的"比德"

的倾向。他受周敦颐《爱莲说》的影响较大，赋中有不少句子直接从《爱莲说》中脱胎而来，如"色幽幽兮不媚，香远远兮益清"等。而李纲的《莲花赋》则专以佛理释莲，以前虽也出现过类似作品，不过还比较隐微。欧阳修的《荷花赋》就显得节奏舒展，娴雅而有情思，大似其词的风格，赋中的意境也很杳渺含情。

二、咏荷宋词精彩纷呈

相较于唐代咏荷诗，宋词更侧重于对荷花优美风姿的描绘。例如柳永的"有三秋桂子，十里荷花"，把西湖以至整个杭州最美的特征概括出来，具有撼动人心的艺术力量。又如苏轼的"一朵芙蕖，开过尚盈盈""荷背风翻白，莲腮雨退红"，对荷花的描绘极为细腻形象，令人回味无穷。最经典的是北宋词人周邦彦的《苏幕遮》："叶上初阳干宿雨、水面清圆，一一风荷举。"极尽荷花之风姿。李清照的"兴尽晚回舟，误入藕花深处"，盛放的荷花丛中正有一叶扁舟摇荡，舟上是游兴未尽的少年才女，意境绝美。

宋代许多咏荷词用字艳丽，例如吴文英的《过秦楼》，遣词造句多用色彩鲜明的字眼，比如"粉、蓝、红、翠、锦"等，借助咏荷，抒发了词人对一位女子的追忆之情，描绘了一幅哀怨动人的咏荷图景。在宋代文人的笔下，荷花有了更多的别称，如"溪客、静客、翠钱、红衣、宫莲、佛座须"等。"溪客"和"静客"是强调荷花的生长环境和安静娴雅的状态，"翠钱"是新荷的雅称，"红衣"是荷花瓣的别称，"宫莲"是莲花瓣的美称，"佛座须"是莲花蕊的别名。

三、咏荷文学多有寄托

荷花在不同的时代、不同心理的文人笔下，有着不同的代表寓意。在中国诗歌史上，荷花意象的发展经历了一个漫长的过程，荷花意象唤起了文人对人生自审的各种感受，实际上是文人内心世界的真实写照。这阶段的咏荷文学，荡漾在字里行间的，有托荷言志，有借荷抒情；有离愁别恨，有聚喜圆欢；有壮志难酬，有国仇家恨；有隐逸自适，有避世逃离；有烟笼云绕，有剑影刀光；等等。多有寄托，以莲花比喻不同的品性。

"咏荷达人"杨万里一生作诗两万多首，留下一百多首描写荷花的诗词。其中"小荷才露尖尖角，早有蜻蜓立上头"，描绘了一幅具有无限生命力，又充满生活情趣的画面；"接天莲叶无穷碧，映日荷花别样红"，既写出莲叶之无际，又渲染了天地之壮阔，具有极其丰富的空间造型感。杨万里的《玉井亭观荷花》："老龟大于钱，辛勤上团叶。忽闻人履声，入水一何栖。"诗人以含蓄的手法从侧面刻画了他悠闲隐逸的生活，看似写龟的动作，然而在被这细小日常的风景覆盖的表象下隐藏着诗人自在、闲适的心灵。龟闻人履声便入水栖身，这个动作也映射出诗人自己厌倦世事人情逃离避世之举。杨万里为官清正廉洁，不贪钱物，曾留下任职期满时弃余钱万缗于官库而分文不取的佳话。退休南溪之上，自家老屋一隅，仅避风雨。当时诗人徐玑称赞他"清得门如水，贫惟带有金"（《投杨诚斋》），正是他清贫一生的真实写照。

荷花"出淤泥而不染"的先天习性，暗合了文人们不与世俗同流合污的人格理想。例如陆游一生崇拜荷花，他自称"莲花博士"，直至临终时还作了一首题为《梦中行荷花万顷中》的咏荷诗："天风无际路茫茫，老作月王风露郎。只把千尊为月俸，为嫌铜臭杂花香。"诗人梦中的景象，正是他离世前的幻觉，诗人希望消融在大自然的清风朗月之中，与芳洁的荷花作伴，而对污浊的仕途利禄十分厌恶。

第四阶段：元明清时期，以元曲、题画诗为代表

元明清时期是中国古代诗歌发展的晚期，总体上不能与唐宋时代相比，但也有自身的鲜明特点。咏荷文学也是如此，超一流诗人少，佳句也不多。

一、元曲的发展丰富了咏荷文学

元曲原本是民间流传的"街市小令"或"村坊小调"。随着元灭宋入主中原，它先后在以大都（今北京）和临安（今杭州）为中心的南北广袤地区流传开来。元杂剧和散曲合称为"元曲"，杂剧是戏曲，散曲（包括小令）是诗歌。许多咏荷小令不同于唐诗宋词的典雅瑰丽，而是大量使用口语方言，将阳春白雪与下里巴人很好地融合在一起，语言通俗，风格清新，意境优美。例如白朴的"酷暑天，葵榴发，喷鼻香十里荷花"，商挺的"闷向危楼凝眸望，翠盖红莲放"，元好问的"骤雨过，珍珠乱撒，打遍新荷"，张可久的"洗荷花过雨，浴明月平湖"，薛昂夫的"风，满座凉；莲，入梦香"等等，皆描绘出夏天荷花之唯美。

二、题画诗使咏荷文学更精彩

从传世作品来看，在唐宋之前，荷花常作为点景之物出现在画中，后来才有了以荷花为主角的画作。较早可见五代黄居寀的《晚荷郭索图》。随着荷花被赋予了象征意义，画家笔下的荷花更是一片清韵。南宋吴柄的《出水芙蓉图》设色端庄大气，宋人写真微妙处，让人慨叹。到了明清，涌现了一批画荷大家，如徐渭、唐寅、石涛、朱耷、唐芠等。咏荷题画诗随之大量出现。诗的内容或抒发作者的感情，或谈论对艺术的见地，或咏叹画面的意境。诚如清代方薰所

云："高情逸思，画之不足，题以发之。"（《山静居画论》）例如徐渭的《画荷寿某君》，诗中的荷正是徐渭自己的化身，空有芬芳满腹，却生活在肮脏动荡的环境之中，幽淡而感伤。又如唐寅的题《荷花仙子图》诗，描写了荷花仙子美丽出尘的姿态，再现了画面的优美意境。荷花是八大山人朱耷最得意的画题，他爱荷、梦荷、吟荷、写荷、画荷，荷花是他艺术生命中的重要组成部分。他的《题荷花翠鸟》描绘了荷塘之中的三茎荷叶与一只水鸟，水鸟立在一块石头上，侧身回望荷叶，其惊弓之态，好像是随时准备仓皇逃窜。诗人将自己比喻成了那只翠鸟，表达了自己的亡国之痛。清代笪重光的《题唐荧红莲图轴二首》借画抒情，不仅将友情比作清澈的流水，更以写荷为友人祝寿，体现出"君子之交淡如水"的交友准则，一如荷品荷香之清。

三、咏荷诗词日趋通俗易懂

最初的咏荷诗词起源于民歌，易于被大众理解和接受。到了唐宋，咏荷诗词涌现了许多为大众所喜爱的名作佳句，但有的诗人咏荷多用典故，也有的诗人辞藻华丽、语言深奥，较难为普通大众所接受。直到元明清时期，咏荷诗词回归通俗，有着和散文一样贴近生活的独特美。例如元代何中的"生来不得东风力，终作薰风第一花"，赵雍的"坐对荷花两三朵，红衣落尽秋风生"，简洁明了；又如明代徐渭的"镜湖八百里何长，中有荷花分外香"，文徵明的"九月江南花事休，芙蓉宛转在中洲"，平铺直叙；再如清代郑板桥的"最怜红粉几条痕，水外桥边小竹门"，曹寅的"湖边不用关门睡，夜夜凉风香满家"，浅显易懂。

千百年来，无论在河畔还是在池边，灼灼荷花有着太多的故事与传说，令无数骚人墨客为之心神相系、梦魂萦绕，并深受广大民众的喜爱。总之，荷花是吉祥美好的象征，代表高雅、清廉的精神。从人类的发展史来看，热爱和平、维持和平是全世界各国人民的共同愿望，所以弘扬中国荷文化意义重大。随着荷文化的深入发展，咏荷文学这一盏灯会继续照亮世界，必将影响一代代中国人。

目　录

从唐代到五代十国

11

18

元明清时期

26

从先秦时期到隋朝

1.山有扶苏，隰有荷华

出自先秦时期的《诗经·国风·郑风》

【原文】

山有扶苏，隰有荷华。不见子都，乃见狂且。

山有乔松，隰有游龙。不见子充，乃见狡童。

【诗意】

山上有高大的桑树，湿地有秾丽的荷花。虽然没见到美男子子都，却看到了好多含苞欲放的荷花。山上有挺拔的青松，湿地有艳丽的红蓼。虽然没见到美男子子充，但遇见了你这个娇美的少年。

【鉴赏】

《诗经》是中国第一部诗歌总集，最早的记录为西周初年，最迟产生的作品为春秋时期，上下跨度约五百多年。《诗经》在内容上分为《风》《雅》《颂》三个部分，其中《风》是周代各地的歌谣，有对爱情、劳动等美好事物的吟唱，也有怀故土、思征人及反压迫、反欺凌的怨叹与愤怒，常用复沓的手法来反复咏叹，每首诗中的各章节往往只有几个字不同，表现出民歌的特色。这首诗用荷花来比兴，描写了一位情窦初开的女子在与恋人欢会时无限惊喜的心情。《诗经》中首次出现"荷花"之称，"山有扶苏，隰有荷华"，这是我国最早关于荷花的记述之一。古人在生活中早已发现荷花之美，荷花在诗歌中代表着美好的事物。

【注解】

郑风：西周时的郑国大致在今陕西华县一带，"郑风"就是这个区域的民歌。

荷华：荷花，"华"是古"花"字。南北朝时期才产生"花"字，用于花朵义。

隰[xí]：低湿的地方。

子都：公孙子都，本姓为姬，与周王同宗，字子都，是郑国贵族子弟，春秋第一美男，武艺高超，相貌英俊。

狂且[jū]：这里指含苞欲放的荷花。且，荷花苞。

游龙：红蓼的别名。

子充：人名，为郑国的美男子。

狡童：指美貌少年。狡同姣，美好意。郑《笺》："狡童，有貌而无实。"

2.彼泽之陂，有蒲与荷

出自先秦时期的《诗经·国风·陈风》

【原文】

彼泽之陂，有蒲与荷。有美一人，伤如之何。寤寐无为，涕泗滂沱。

彼泽之陂，有蒲与蕳。有美一人，硕大且卷。寤寐无为，中心悁悁。

彼泽之陂，有蒲菡萏。有美一人，硕大且俨。寤寐无为，辗转伏枕。

【诗意】

在那个池塘里，既有蒲草又有盛开的荷花。有位美人，因为无奈的思念而忧伤。她睡不着又没办法，心烦意乱泪流多。在那个池塘里，既有蒲草又有成熟的莲蓬。有位美人，体态丰腴像饱满的荷花苞，乌发卷曲。她睡不着又没办法，心中愁闷总怅然。在那个池塘里，既有蒲草又有待放的荷花。有位美人，身材像丰满的荷花苞，端庄大方。她睡不着又没办法，翻来覆去难入眠。

【鉴赏】

《陈风》共有十篇，多为巫歌乐舞、男女相悦相念之词。这首诗以忧伤的语调，一唱三叹，回环往复，描写了一位女子对恋人的思念之情。全诗以"彼泽之陂，有蒲与荷"起兴，烘托像荷花一样美丽动人的女子。彼泽之陂，有蒲与荷、蕑、菡萏，分别以荷花的各种名称来比喻女子。这位女子触景生情，想起思念已久的恋人，以荷为媒介，抒发了自己潜藏已久的感情。由此可见，荷花早在先秦时期就已深得人们的喜爱了。荷花在《诗经》中已被用以表达爱情，后世诗歌得以传承沿袭。

【注解】

陈风：西周时的陈国大约在今河南淮阳一带，"陈风"就是这个区域的民歌。

陂［bēi］：池塘。

蕑［jiān］：莲蓬。郑玄《笺》曰："蕑当作莲，莲，芙蓉实也。"古人蕑与莲通用。

硕大且：这里指饱满的荷花苞。

悁悁［yuān］：忧愁貌。

菡萏［hàndàn］：荷花的别称，指含苞待放的荷花。《说文解字》："菡萏，芙蓉华，未发为菡萏。"

3.制芰荷以为衣兮，集芙蓉以为裳
出自先秦时期屈原的《楚辞·离骚》

【原文】（节选）

制芰荷以为衣兮，集芙蓉以为裳。

不吾知其亦已兮，苟余情其信芳。

【诗意】

我要用荷叶制成上衣，并用荷花织就下裳。没有人了解我也就罢了，只要我的品行确实馥郁芳柔。

【鉴赏】

屈原出生于楚国丹阳秭归（今湖北宜昌），楚武王熊通之子屈瑕的后代。自幼嗜书成癖，博闻强识，志向远大。早年受楚怀王信任，任左徒、三闾大夫，兼管内政外交大事。提倡"美政"，主张对内举贤任能，修明法度，对外力主联齐抗秦。因遭贵族排挤诽谤，被先后流放至汉北和沅湘流域。楚国郢都被秦军攻破后，自沉于汨罗江，以身殉楚国。屈原是中国历史上一位伟大的爱国诗人，是楚辞的创立者和代表作家，开辟了"香草美人"的传统。《离骚》是一首充满激情的政治抒情诗，是一首现实主义与浪漫主义相结合的艺术杰作。这里节选其中一段，诗人运用比喻、象征手法，以花草来寄托情意。战国时期，楚国在举行祭祀前，人们都会沐浴更衣，用鲜花香草来装饰自己，表示虔诚。"制芰荷以为衣兮，集芙蓉以为裳"，诗人以荷为衣，正是看中了荷花高洁的品质和美好的情操，借荷花的高洁和美好喻自己的品格。从此，荷衣成为隐士之服，象征人的志行高洁。这应当算是荷花作为君子之花的萌发，屈原成了我国士大夫的典范。

【注解】

芰[jì]荷：这里指荷叶。

芙蓉：荷花的别称，指已发的荷花。

裳[cháng]：古人穿的下衣，也泛指衣服。

4.采薜荔兮水中，搴芙蓉兮木末

出自先秦时期屈原的《九歌·湘君》

【原文】（节选）

采薜荔兮水中，搴芙蓉兮木末。

心不同兮媒劳，恩不甚兮轻绝。

【诗意】

生长在陆地上的薜荔不可能到水中去采，生长在水里的荷花也不可能到树上去摘。如果两个人的心思想不到一起，则媒人徒劳无功；相爱不深，感情便容易断绝。

【鉴赏】

《九歌》是《楚辞》的篇名，原为中国神话传说中的一种远古歌曲的名称，屈原对其进行了重新创作。这里节选其中四句，是诗中湘夫人的内心独白，表达了她思念湘君又不得相见的惆怅心情。在屈原的笔下，荷花不仅可制衣服，还可以作车盖和屋顶等。如"乘水车兮荷盖，驾两龙兮骖螭""筑室兮水中，葺之兮荷盖""芷葺兮荷屋，缭之兮杜衡"等，这些诗句均出自《九歌》。

【注解】

湘君：湘水之神。

薜荔：蔓生香草，又名凉粉子、木莲等。

搴[qiān]：拔取。

5.江南可采莲，莲叶何田田

出自汉代无名氏的《江南》

【原文】

江南可采莲，莲叶何田田。

鱼戏莲叶间。

鱼戏莲叶东，鱼戏莲叶西，

鱼戏莲叶南，鱼戏莲叶北。

【诗意】

江南又到了适宜采莲的季节了，一片片又绿又圆的莲叶浮在水面上，层层叠叠，迎风招展。在茂密如盖的荷叶之间，鱼儿欢快地嬉戏着。它们一会儿在这儿，一会儿在那儿，说不清究竟是在东边，还是在西边、南边、北边。

【鉴赏】

在之前的咏荷文学中，荷花荷叶都是配角，而这首诗以莲叶为主角，开创了咏荷文学的先例。此诗不写花而只写叶，意为叶尚可爱，花不待言。这首诗通俗易懂，以比兴、双关的手法，描绘了一对恋人在采莲过程中互相爱慕的欢乐场景。"江南可采莲，莲叶何田田"，诗句描写这对恋人望着又大又圆的荷叶，心里无限喜悦，因而禁不住发出热烈的赞美，勾勒了一幅江南水乡的美丽画面。"鱼戏莲叶间"，描写了采莲时观赏鱼戏莲叶的动态情景。鱼戏莲叶，其实也是恋人间的追逐嬉戏，通过鱼戏莲叶的描绘，体现出他们的快乐心情。诗句动中有静、静中有动，虽无一句写人，但却处处在写人，令人仿佛听到了这对恋人的欢声笑。整首诗运用重复的句式与字眼，表现了古代民歌自然、明朗、率真的风格，可以说是后代采莲曲的鼻祖。

【注解】

莲：这里指荷花。从生物学的角度，"莲"与"荷"并非同一种植物，"莲"通常指睡莲，但在我国古诗文中，"莲"与"荷"两字常通用，莲花即荷花。

田田：水草叶漂浮貌。这里指荷叶茂盛的样子。

6.涉江采芙蓉，兰泽多芳草

出自汉代无名氏的《古诗十九首·涉江采芙蓉》

【原文】

涉江采芙蓉，兰泽多芳草。

采之欲遗谁？所思在远道。

还顾望旧乡，长路漫浩浩。

同心而离居，忧伤以终老。

【诗意】

有位女子划船到江对面去采荷花，池塘里长满了散发着幽香的兰草。她采了荷花兰草要送给谁呢？原来想要送给在远方的爱人。此时此刻，远方的爱人可能在遥望故乡，长路漫漫无边无际。两心相爱却要分居两地，只有忧伤陪伴他们终老。

【鉴赏】

《古诗十九首》是中国古代文人五言诗选辑，由南朝萧统从传世无名氏古诗中选录十九首编入《文选》而成。在汉以前，古体诗一直以四言诗为正统，也即是以《诗经》为代表的作品。到了汉代，汉武帝重建乐府，五言诗开始兴起，并逐渐成为主流。《古诗十九首》正是显示五言诗逐步走向成熟的代表作品。这首诗点化了《楚辞》中采芳寄情的意境，从家乡思妇和他乡游子的视角出发，借"涉江采芙蓉"来表达双方相互之间的思念之情，反映了游子思妇的离别与相思。"芙蓉"既是他们情感的寄托，也是他们深情的见证。"涉江采芙蓉，兰泽多芳草"，诗人运用了屈原《离骚》中的两个典故，"荷花"与"兰草"都寓意品行高洁。诗中这位女子将荷花与兰草一起采摘下来，并想送给那个思念的人，这里面的意思自然是不言而喻的了。这首诗描写的场景，与"江南可采莲，莲叶何田田"的景象有异曲同工之妙。

【注解】

兰：指兰草。在屈原的作品中，常以香草喻君子，而香草中又以兰出现频率最高。

遗［wèi］：赠予。

7.秋素景兮泛洪波，挥纤手兮折芰荷

出自汉代刘弗陵的《淋池歌》

【原文】

秋素景兮泛洪波，挥纤手兮折芰荷。

凉风凄凄扬棹歌，云光开曙月低河。

万岁为乐岂云多。

【诗意】

秋日黄昏，淋池泛起了一层层白色波浪。采莲女挥动纤细的嫩手，采摘着出水的荷花。清凉的风吹来，令人感到丝丝寒意，夜空中飘来美妙动听的船歌。很快就黎明了，东方露出绚丽的朝霞，一弯新月落在河水之上。这样快乐的事，永远也不说多。

【鉴赏】

刘弗陵出生于长安（今陕西西安），是西汉第八位皇帝，汉武帝刘彻少子。其母赵婕妤，以"奇女子气"得宠。他登基时才八岁，却聪明伶俐。其承武帝政策，移民屯田，多次出兵击败匈奴、乌桓。始元六年（前81），召开盐铁会议，问民疾苦。元平元年（前74）因病崩于长安未央宫，年仅二十一岁。其统治期间，由霍光辅政，使汉朝出现了中兴稳定的局面。《拾遗记·前汉下》记载，《淋池歌》为刘弗陵所作。这首诗绘声绘色，情景交融，描绘了一幅迷人的淋池秋夜图。"秋素景兮泛洪波，挥纤手兮折芰荷"，秋水、芰荷，还有那美丽的采莲女，悠闲快活，极富画面感。"凉风凄凄扬棹歌，云光开曙月低河"，诗人整夜泛舟戏游其中，如入神仙般的境界，使他流连忘返。诗句在写景上颇有华靡纤丽的辞赋色彩，故清代沈德潜以为"月低河"句已开六朝风气。

【注解】

淋池：汉昭帝刚登基时，派人修造了一座淋池，方圆千步。池中栽植分枝荷，一茎四叶，状如骈盖，日照则叶低荫根茎，若葵之卫足，名"低光荷"。池中又有"倒生菱"，池底的泥呈紫色，称为"紫泥菱"。昭帝非常喜欢淋池，常乘文梓之舟，通宵达旦地在这里游玩，并让宫女唱歌。到了年底，昭帝接受群臣规劝，不再贪恋享受。随着时间推移，淋池中的亭台楼榭、鸾舟荷芰朽烂湮灭。

棹歌：指的是行船时所唱之歌。

云光：云层罅缝中漏出的日光。

开曙：黎明。

8.凉风起兮日照渠，青荷昼偃叶夜舒

出自汉代刘宏的《招商歌》

【原文】

凉风起兮日照渠，青荷昼偃叶夜舒。

惟日不足乐有余，清丝流管歌玉凫。

千年万岁嘉难逾。

【诗意】

秋风吹来，太阳照在清澈的水面上。阳光下的荷花开得如此艳丽，而碧绿荷叶白天却卷缩起来，直到夜里才舒展开了。在如此美景中，只觉时日不够，快乐太短，总是无法尽情享受。在悠扬悦耳的乐器声中，少女美妙的歌声响彻云霄，余音袅袅，不绝于耳。这样逍遥自在的好日子，千年万年间也从未有过。

【鉴赏】

刘宏生于冀州河间国（今河北衡水深州市），是东汉第十二位皇帝，汉章帝刘炟的玄孙。其在位的大部分时期，施行党锢及宦官政治，耽于享乐，鲜问政事。中平三年（186），汉灵帝在西园修建了一千间房屋。让人采来绿色的苔藓覆盖在台阶上面，引来渠水绕着各个门槛环流。渠水中种植着南方属国进贡的荷花，花大如盖，高一丈有余，荷叶夜舒昼卷，一茎有四莲丛生，名叫"夜舒荷"。因为这种荷花在月亮出来后叶子才舒展开，月神名望舒，故又叫"望舒荷"。他巧立名目搜刮钱财，甚至卖官鬻爵，以用于西园建设。刘宏喜好辞赋，作有《皇羲篇》《追德赋》《令

仪颂》《招商歌》等。这首诗中的"招商"之"招"通"韶"，《史记》中载
"禹乃兴九招之乐"，是乐曲的意思；而"商"则是指"诗商"，即诗章的
意思。汉灵帝沉湎淫乐，建裸游馆，日夜乘船游漾。选玉色宫人掌篙楫，
故使舟覆，乃奏《招商歌》。

【注解】

偃[yǎn]：倒伏之意，这里指荷叶卷缩。

清丝流管：也作清丝豪竹，指清雅的弦乐，豪迈的竹乐。形容乐器的
乐声悠扬而悦耳。

玉兔：原指凫鸭形的玉雕或喻水中的裸女。这里喻指美人。

9.曒若夜光寻扶桑，晃若九阳出旸谷

出自魏晋时期曹植的《芙蓉赋》

【原文】(节选)

览百卉之英茂，无斯华之独灵。

结修根于重壤，泛清流而擢茎。

竦芳柯以从风，奋纤枝之璀璨。

其始荣也，曒若夜光寻扶桑。

其扬辉也，晃若九阳出旸谷。

【文意】

遍览万紫千红的百花，唯独荷花最美。荷花的根长在深水土壤之
中，因而茎叶浮在清澈的流水中。微风吹拂下，荷花及其茎叶竦然摇

摆，闪烁出璀璨的光泽。荷花刚开的时候，皎洁明亮好像日出时太阳登上扶桑树。荷花开放的时候，光彩闪亮如同九日从旸谷升起。

【鉴赏】

曹植是沛国谯县（今安徽亳州）人，曹操之子，魏文帝曹丕之弟。其"七步成诗"的故事广为流传，是建安文学的代表人物之一与集大成者。此赋是曹植游览河南淮阳龙湖时所作。这里节选其中一段，诗人采用诗体的形式，描绘出荷花的美丽姿色，宛如一幅浓淡相宜的水墨画。"览百卉之英茂，无斯华之独灵"，诗人直接赞叹荷花独特之美，抒发了自己的喜爱之情。"皦若夜光寻扶桑"和"晃若九阳出旸谷"句，将荷花在开放过程中的不同姿色，细腻、逼真而又形象地描绘了出来，并且能够借助于神话传说，给人留下充分想象的余地。同时，诗人通过对荷花的描绘，表达了他孤芳自赏、洁身自好的态度。

【注解】

皦［jiǎo］：明亮。

扶桑：传说中的神木。神话传说，九个太阳住在东海扶桑树上。太阳早晨出来，晚上落入西方虞渊（传说为日没处），然后又回到扶桑，如此循环运行。

旸［yáng］谷：传说中的日出处。

10.皎若太阳升朝霞，灼若芙蕖出渌波

出自魏晋时期曹植的《洛神赋》

【原文】（节选）

仿佛兮若轻云之蔽月，飘飖兮若流风之回雪。

远而望之，皎若太阳升朝霞；

迫而察之，灼若芙蕖出渌波。

【文意】

她时隐时现，像轻云笼月；她浮动飘忽，似回风旋雪。远而望之，其明洁如朝霞中升起的旭日；近而视之，其鲜艳如绿波间绽开的荷花。

【鉴赏】

黄初三年（222）四月，三十一岁的曹植被封为鄄城王，邑二千五百户。也就是在这次被封王之后回鄄城的途中，他写下了惊艳千古的《洛神赋》。诗人描摹了一位美丽多情的女神形象，把她作为自己美好理想的象征，寄托了自己对美好理想的倾心仰慕和热爱；又虚构了向洛神求爱的故事，象征了自己对美好理想梦寐不辍的热烈追求；最后通过对恋爱失败的描写，表现自己对理想的追求归于破灭。这里节选其中一段，描绘了洛神之绝美，辞采华茂，生动传神。"灼若芙蕖出渌波"，曹植描写早晨的荷花，把美人比作芙蓉，用出水的荷花来形容洛神出众的美貌。这诗句可以说是"清水出芙蓉"的原始版，也许李白受此启发而作。

【注解】

洛神：即宓（读fú，古通"伏"）妃，传说为古时伏羲氏之女，因渡水淹死，成为水神。这里被视作理想女神的化身。

飘飖〔yáo〕：飞翔貌。

芙蕖：荷花的别称，指已经开放的全株荷花。《尔雅》："荷，芙蕖。"芙蕖应为总称。芙蕖历代亦写为芙渠、夫渠、扶蕖等。

11.秋兰被长坂，朱华冒绿池
出自魏晋时期曹植的《公宴诗》

【原文】

> 公子敬爱客，终宴不知疲。
> 清夜游西园，飞盖相追随。
> 明月澄清影，列宿正参差。
> 秋兰被长坂，朱华冒绿池。
> 潜鱼跃清波，好鸟鸣高枝。
> 神飙接丹毂，轻辇随风移。
> 飘飖放志意，千秋长若斯。

【诗意】

子桓公子敬爱众宾客，宴饮终日都不觉得疲累。寂静的良夜又去西园游玩，一辆辆马车前后追随着。明月洒下如练的清光，天上的繁星稀疏辉映。一片秋兰遮掩了长而隆起的坡地，万点红荷在碧绿的水面上探出头来。清波里有游鱼跃起，树枝间传来鸟儿的啼声。大风吹动红色的车轮，轻快的马车在风中奔驰如飞。我们纵情遨游，逍遥自在，好希望能这样过一千年。

【鉴赏】

　　这首诗作于建安中期，描写了诗人夜间游览西园的所见所感，情调高昂而欢畅，分明是曹植少年得志、生活欢乐的真实写照。"秋兰被长坂，朱华冒绿池"，水池中几株亭亭玉立的荷花与遍山的秋兰交织在一起，构成一幅极为清丽的画面，呈现出一派欣欣向荣的气象。拟人化的"被""冒"两字，不仅写出了草密花多，而且赋静物以活力，使画面具有动感。

【注解】

　　公宴诗：从公侍宴而作诗。

　　公子：这里指曹丕（字子桓）。

　　西园：三国时期曹丕、曹植设置的招集文士的学苑。

　　列宿［xiù］：众星。

　　被：同"披"。

　　秋兰：秋天的兰草。

　　朱华：荷花，泛指红色的花。

　　好鸟：指各种鸟儿。

　　神飙：谓迅疾若有神灵的风。

　　毂［gǔ］：车轮中心的圆木。

　　辇［niǎn］：古代人拉的车，后多指皇室和贵族所用的车。

　　飘飖：这里用来形容逍遥、游乐。

12.芙蓉含芳菡萏垂荣，朝采其实夕佩其英

出自魏晋时期曹丕的《秋胡行二首》（其二）

【原文】

泛泛渌池，中有浮萍。寄身流波，随风靡倾。

芙蓉含芳，菡萏垂荣。朝采其实，夕佩其英。

采之遗谁，所思在庭。双鱼比目，鸳鸯交颈。

有美一人，婉如清扬。知音识曲，善为乐方。

【诗意】

浮萍生长在绿池中，水面开阔，碧波缥缈。浮萍在水面上随波逐流，随风涌动，时而起伏，时而侧倾。夏日荷花争相开放，已经绽放的荷花吐露芬芳，香气袭人；含苞待放的荷花微露鲜红，光彩夺目。她早晨采摘沉甸甸的莲蓬，晚上佩戴艳丽的荷花。采了这些荷花莲蓬给谁？是要送给心中那个让人思念的人，也许此刻他正在庭院里张望呢。唯愿能够与他百年好合，犹如水中比目鱼形影不离，恰似鸳鸯交颈如胶似漆。这位像荷花一样美丽的女子，不仅眉清目秀，而且情趣雅致，识得乐谱，精通乐律，歌喉婉转动人。

【鉴赏】

曹丕生于谯县（今安徽亳州），曹魏开国皇帝。文武双全，博览经传，通晓诸子百家学说。建安二十二年（217），成为魏国世子。建安二十五年，继任丞相、魏王。同年即位，结束了汉朝四百多年的统治，建

立了魏国。曹丕自幼天资聪颖，后天良好的教育成长环境，给予了他深厚的文学素养。其《燕歌行》是中国现存最早的文人七言诗，他的诗文清绮动人，是建安文学的代表人物之一。这首《秋胡行》为两首组诗，此篇为第二篇。此诗描写女子对所恋男子的相思爱慕之情，平铺直叙，直吐心声，表达了诗人对爱情的向往和追求。"芙蓉含芳，菡萏垂荣"，诗人从形、色、香等方面赞美荷花，侧面写出了女子的美好。"朝采其实，夕佩其英"，诗人借景抒情，用"采其实，佩其英"这样略带几分傻气的动作来写这位女子的痴情，既切合女子此时此地的心境，又十分生动地把看不见、摸不着的相思之情刻画出来。整首诗把爱情生活与大自然优美的环境融合起来，使得全诗更富有清新的生活气息。

【注解】

秋胡行：乐府题名。《乐府诗集》关于此题的解释是，因为"秋胡戏妻"使得妻子投河自杀，"后人哀而赋之，为秋胡行"。这里曹丕以旧题填新辞。

垂荣：谓焕发光彩。

比目：鲽鱼。传说此鱼一目，须两两相并始能游行。比喻男女情好不离。

乐方：音乐的法度。《文选·傅毅〈舞赋〉》："动朱唇，纤清阳，亢音高歌为乐方。"

13.芙蓉散其华，菡萏溢金塘

出自魏晋时期刘桢的《公宴诗》

【原文】（节选）

月出照园中，珍木郁苍苍。

清川过石渠，流波为鱼防。

芙蓉散其华，菡萏溢金塘。

灵鸟宿水裔，仁兽游飞梁。

【诗意】

明月当空而出，银辉洒满园中，珍奇的树木郁郁苍苍。清澈的流水穿过石筑的水渠，微漾着的波漪轻抚着堤埂。池塘灿烂无比，有的荷花散发着芬芳，有的荷花则含苞欲放。灵鸟儿在水边寄宿，麒麟在桥梁下浮游。

【鉴赏】

刘桢是东平宁阳（今山东泰安宁阳县）人，东汉末年名士、诗人，"建安七子"之一，尚书令刘梁的孙子。其博学有才，警悟辩捷，选为曹操掾属，交好曹植兄弟。因参加曹丕筵席时，平视王妃甄氏，以不敬之罪罚服劳役，署为小吏。建安二十二年（217），染疾而亡，时年三十八岁。文学成就主要表现于五言诗创作方面，在当时负有盛名，与曹植并举，称为"曹刘"。其诗风格遒劲，语言质朴。建安十六年仲夏，曹丕与诸文士游南皮（今河北境内），刘桢参与了这次活动，写下了这首《公宴诗》。诗人从天空到地面，又从地面到水上，动静结合、虚实相生地描写了泉流、花鸟等等，有声有色，鲜明细腻，给人以清新秀丽之感，再现了一个宁静优美的月下园林景色。"芙蓉散其华，菡萏溢金塘"，月光之下，荷花已经开花，但是还有无数的花苞在池塘林立，这是初夏荷花峥嵘的美景，令人神往。

【注解】

鱼防：拦阻鱼以防逃逸的堤埂或竹木栏栅。

金塘：石塘。以石为塘，喻其坚固若以金为之。

灵鸟：一种神鸟。

仁兽：麒麟的别名。古代传说麒麟口不食生物，足不践生草，有王者则至，为仁德之兽。《公羊传·哀公十四年》："麟者，仁兽也。"

14.灼若夜光之在玄岫，赤若太阳之映朝云
出自魏晋时期闵鸿的《芙蓉赋》

【原文】（节选）

竦修干以凌波，建绿叶之规圆。

灼若夜光之在玄岫，赤若太阳之映朝云。

【文意】

荷花的茎干细长，耸立在水波之上；碧绿的荷叶倾斜，看上去圆整划一。荷花艳丽，如同青山翠谷里的夜明珠；花瓣红透，仿佛早晨太阳升起时的彩霞。

【鉴赏】

闵鸿是广陵（今江苏扬州）人，少美文才，初仕吴为尚书。见陆云而奇之，荐为贤良。与纪瞻、顾荣、贺循、薛兼号为"五俊"。吴亡，入洛，司空张华见而叹曰："皆南金也。"入晋后不仕。闵鸿在《芙蓉赋》中把芙蓉视为灵草。这里节选其中一段，以白描和比喻为主，细致地勾勒出荷花的物态，荷花鲜艳的形象呼之欲出。"灼若夜光之在玄岫，赤若太阳之映朝云"，诗人把荷花比喻为夜光、朝云，突出了荷花明净美丽的风貌。闵鸿也是爱荷文人，除了此赋外，还著有《莲花赋》："芙蓉丰植，弥被大泽，朱仪荣藻，有逸目之观。"赞美荷花令人愉悦。

【注解】

竦［sǒng］：同"耸"。

岫［xiù］：山。

15.荷生绿泉中，碧叶齐如规

出自魏晋时期张华的《荷诗》

【原文】

荷生绿泉中，碧叶齐如规。

回荡流雾珠，映水逐条垂。

照灼此金塘，藻曜君玉池。

不愁世赏绝，但畏盛明移。

【诗意】

荷花生长在清澈的泉水中，碧绿的荷叶整齐划一。回旋之风吹荡着水面上流动的雾气，荷叶上翻跳的水珠似乎在追逐摇曳的荷茎。阳光照耀在这金色的池塘上，翠盖红妆鲜艳夺目，无比璀璨。不担心花开时给世人欣赏，只怕花谢太快，过几天就凋零了。

【鉴赏】

张华是范阳郡方城县（今河北廊坊固安县）人，西汉留侯张良的十六世孙，唐朝名相张九龄的十四世祖。自少贫苦，因才学过人而受同乡名臣卢钦、刘放、阮籍等人的赞赏。在曹魏时，他历任太常博士、中书郎等职。西晋建立后，拜黄门侍郎，封关内侯，逐渐受到晋武帝的重用。吴国灭亡后，以功进封广武县侯。晋惠帝继位后，累官至司空，封壮武郡公，被皇后贾南风委以朝政。张华尽忠辅佐，使天下仍然保持相对安宁。永康元年（300），赵王司马伦发动政变，张华惨遭杀害。太安二年（303）获得平反，追复官爵。张华工于诗赋，辞藻华丽。这是一首较早的咏荷诗。"荷生绿泉中，碧叶齐如规"，"齐如规"三字极形象地描绘出荷叶之状，枝繁叶茂，绿意盎然。"不愁世赏绝，但畏盛明移"，诗人在咏荷的同时流露出淡淡的哀愁，担忧荷花"盛明移"，即花落色衰太快。一"畏"字表明诗人心境的变化，表明其对荷花的无限喜爱，只是将喜爱之情寓含蓄之中，给人以言尽而意无穷之感。

【注解】

照灼：光彩耀眼的样子。

曜［yào］：光亮的意思。

16.煌煌芙蕖从风芬葩,照以皎日灌以清波

出自魏晋时期傅玄的《歌十四首·煌煌芙蕖》

【原文】

煌煌芙蕖,从风芬葩。

照以皎日,灌以清波。

阴结其实,阳发其华。

金房绿叶,素株翠柯。

【诗意】

光彩夺目的荷花,随风打开了花朵,散发出芬芳。早晨有明亮的太阳照耀它,有清澈的河水沐浴它。下面结的是藕,上面开的是花。绿色的荷叶映衬着金灿灿的莲蓬,素净的荷茎托举着翠绿色的荷枝。

【鉴赏】

傅玄是北地郡泥阳县(今陕西铜川耀州区)人,其父傅干是曹魏的扶风太守。少时孤苦贫寒,但博学多识,文采出众,通晓乐律。他的性格刚强正直,不能容忍别人的短处。司马炎为晋王,以傅玄为散骑常侍。西晋建立后,晋爵鹑觚子,加驸马都尉,与散骑常侍皇甫陶共掌"谏职"。傅玄的文辞之美,深为世人所赞。其所作《歌十四首》,宛转清巧,语简情深。这首诗描写了晨曦中鲜艳的荷花。"煌煌芙蕖,从风芬葩",带着微微荷香的风吹来,令人神清气爽。诗人抓住荷花特征,观荷细致,当是发现"荷风"的第一人。

【注解】

　　煌煌：形容明亮。

　　金房：这里指成熟的莲蓬。

17.绿叶映长波，回风容与动纤柯

出自魏晋时期傅玄的《歌十四首·渡江南》

【原文】

　　　　　　渡江南，采莲花。

　　　　　　芙蓉增敷，晔若星罗。

　　　　　　绿叶映长波，回风容与动纤柯。

【诗意】

　　来到江南采莲，池塘里的荷花竞相绽放，艳丽多姿，灿如天上的星星。在宽阔的水面上，荷叶在波浪中荡漾；纤细修长的荷枝随风来回摇摆，一副悠然自得的样子。

【鉴赏】

　　这首诗描写了江南水乡荷塘风光。"芙蓉增敷，晔若星罗"，诗人善用比兴，通过赞美荷花的艳丽，寄托了自己对荷花的喜爱之情。"绿叶映长波，回风容与动纤柯"，诗人用"容与"两字，描写出回风吹动荷叶之神韵。

【注解】

增：通"曾"，这里假借为"层"，重叠的意思。

敷：生长，这里指花朵开放。

回风：指回旋的风。

容与：悠然自得的样子。

18.曲池何澹澹，芙蓉敞清源

出自魏晋时期傅玄的《歌十四首·曲池何澹澹》

【原文】

曲池何澹澹，芙蓉敞清源。

荣华盛壮时，见者谁不赏叹。

一朝光采落，故人不回颜。

【诗意】

水池曲折回绕，碧波微微荡漾；荷花亭亭玉立，倒映在清澈的水中。它花繁叶茂时，谁看见不赞叹其美？但是只要某一天它凋零了，就连老朋友都不会再去关心了。

【鉴赏】

傅玄的诗，少有直接抒发个人情感的。但在这首诗中，隐含了诗人心中的无奈和苦闷。"芙蓉敞清源"，诗人描写芙蓉亭亭水上，与李白的"清水出芙蓉"如出一辙。"一朝光采落，故人不回颜"，写出了人间的冷暖，富有哲理。

澹澹［dàn dàn］：水波微微荡漾的样子。

19.绿房含青实，金条悬白璆

出自魏晋时期陆云的《芙蕖》

【原文】

绿房含青实，金条悬白璆。

俯仰随风倾，炜炜照清流。

【诗意】

绿色的莲蓬里包含青嫩的莲子，金色的花蕊吊挂在白玉般的莲座上。微风吹过荷塘，荷叶前俯后仰；荷花明艳动人，倒映在清澈的水流中。

【鉴赏】

陆云是吴郡吴县（今江苏苏州）人，东吴丞相陆逊之孙，与其兄陆机合称"二陆"。其少聪颖，六岁即能文。吴国尚书闵鸿见后认为他是奇才，说："这个小孩若不是龙驹，也当是凤雏。"被荐举时才十六岁。太康十年（289），陆云来到京城洛阳，访得太常张华，得到张华赏识。后来，陆云任吴王司马晏的郎中令，直言敢谏，历任中书侍郎、清河内史等职。陆机死于八王之乱而被夷三族后，陆云也为之牵连入狱。尽管许多人上疏司马颖请求不要株连陆云，但他最终还是遇害了。这首咏荷诗对仗工整，描绘出荷花与众不同的风姿。"绿房含青实，金条悬白璆"，诗人观察细致，写出了荷花盛开时的样子。"俯仰随风倾，炜炜照清流"，"俯仰"两字十分形象，写出了荷叶随风摇曳的样子，有一种动态美。

【注解】

绿房：这里指莲蓬。因莲房呈圆孔状间隔排列如房，故称。

璆［qiú］：古同"球"，指美玉，亦指玉磬。

炜炜：光彩明亮的样子。

20.盈盈荷上露，灼灼如明珠
出自魏晋时期陆云的《芙蓉》

【原文】

盈盈荷上露，灼灼如明珠。

寝共织成被，絮以同攻绵。

夏摇比翼扇，冬坐比肩毡。

【诗意】

你看那滚在荷叶上的水珠，像明珠一样晶莹耀眼。满池荷花似织锦缎，多么想与你在这锦绣天地同枕共眠。夏天一起摇着荷叶做的扇子纳凉，冬天并肩坐在荷叶做的毡子上御寒。

【鉴赏】

由于诗人出生在江南，对荷花太熟悉了。这首诗借荷抒情，既是爱情表白，也是爱情誓言，表达了对心上人的思念和期待。"盈盈荷上露，灼灼如明珠"，"盈盈"是清澈的样子，"灼灼"是明亮的样子，诗人把绿荷上晶莹的露珠欲滚似流的状态写得宛然可见。"寝共织成被，絮以同攻绵"，诗人想象丰富，将荷花充分地拟人化，寄托了他对美好而自由的爱情的向往。

【注解】

同攻绵：古代两蚕以上共作一茧，其丝称"同攻绵"，常用以象征男女情深。

21.虹梁照晓日，渌水泛香莲
出自魏晋时期刘琨的《胡姬年十五》

【原文】

> 虹梁照晓日，渌水泛香莲。
> 如何十五少，含笑酒垆前。
> 花将面自许，人共影相怜。
> 回头堪百万，价重为时年。

【诗意】

早晨的太阳照在彩虹般的桥梁上，芬芳的荷花绽放在碧绿的池水中。这位少女才十五岁，小小年纪却已在酒台前，面带灿烂笑容，热情招待顾客。她清纯甜美，有着荷花一样艳美的容颜；她光彩照人，与早晨的荷花相映生辉，讨人喜爱。她回眸一笑值千金，这是因为青春无价。她十五岁的风华，的确是岁月的赐予，可是人的内心，依然是有很多愁绪无解的。

【鉴赏】

刘琨是中山魏昌（今河北石家庄无极县）人，西汉中山靖王刘胜之后。其工于诗赋，少有文名，为"金谷二十四友"重要成员。八王之乱起，效力于诸王，累迁并州刺史，封广武侯。永嘉之乱中，坚守晋阳九载，抵御汉赵和后赵入侵。晋愍帝即位，拜司空、大将军、都督并冀幽诸军事。并州为石勒所陷后，投奔幽州刺史段匹磾，约为兄弟，却惨遭杀害。刘琨善文，精通音律，诗歌多描写边塞生活。这首诗描写了一位少数民族女子的外貌和楚楚可怜的样子。诗中用"虹梁""晓日""渌水""香莲"和"含笑"等词语描绘该女子的美貌，用"百万""价重"等形容其面容难得。刘琨年轻时"素奢豪，嗜声色"，这首诗最能体现他当时的轻佻、放荡以及声色犬马之情，可见其确实有风流才子的一面。

【注解】

胡姬：指来自北方或西方的外族少女。

香莲：芬芳的荷花。

酒垆[lú]：卖酒处安置酒瓮的砌台。

22.昔为三春蕖，今作秋莲房
出自魏晋时期陶渊明的《杂诗十二首》（其三）

【原文】

荣华难久居，盛衰不可量。

昔为三春蕖，今作秋莲房。

严霜结野草，枯悴未遽央。

日月还复周，我去不再阳。

眷眷往昔时，忆此断人肠。

【诗意】

荣华富贵难以长久停留，繁盛衰颓不可预测。原是春天艳丽的荷花，今成秋天结子的莲蓬。浓霜打蔫了野草，虽枯萎但又会复生。日月周而复始，而人死后却不能重生。眷怀往日美好时光，想到这些真的让人特别痛苦。

【鉴赏】

陶渊明是浔阳柴桑（今江西九江）人，曾任江州祭酒、建威参军、镇军参军、彭泽县令等职，最后一次出仕为彭泽县令，八十多天便弃职而去，从此归隐田园。他是东晋末到刘宋初杰出的诗人、辞赋家、散文家，被誉为"隐逸诗人之宗""田园诗派之鼻祖"。《杂诗十二首》是一组咏怀诗，多叹息旅途行役之苦，咏家贫年衰及力图自勉之意，表现了诗人归隐后有志难酬的政治苦闷，表明了自己不与世俗同流合污的高洁人格。这首诗写人生易逝的悲哀，似乎带有一种无可奈何的消极情绪，但道出了"岁月不待人"的人生哲理。"昔为三春蕖，今作秋莲房"，"三春蕖"是对"荣华"的呼应，"秋莲房"既暗示了生命的成熟，也预示了生命的衰老。诗人深深地眷念着青春时代的美好时光，借咏荷感叹时光易逝、岁月如梭。

【注解】

三春：指春季中的孟春、仲春和季春三个月。

遽［jù］：立刻，马上。

眷眷：依恋不舍的样子。

断人肠：形容极度痛苦。

23.雾露隐芙蓉，见莲不分明

出自魏晋时期无名氏的《子夜歌》（其三十五）

【原文】

我念欢的的，子行由豫情。

雾露隐芙蓉，见莲不分明。

【诗意】

我思念你是真的，爱你也是明朗的，而你的行动和感情却总是那样的犹豫不决。你对我的爱恋就像是雾气里的荷花一样，朦朦胧胧，使我看不真切。雾气隐去了荷花的真面目，荷叶可见但不甚分明。

【鉴赏】

子夜歌，乐府曲名，现存四十二首，收于《乐府诗集》中。以五言为形式，以爱情为题材。这是江南的民歌，相传是晋朝一个叫子夜的女子所作。这首诗借荷抒情，写的是一个女子爱着一个人，可还没有确切知道对方的态度，只是隐约地感到他爱恋着自己。诗人用她自己的口吻，将这种微妙复杂的心理成功地予以表达。"雾露隐芙蓉，见莲不分明"，诗句明写景物，实写爱情，谐声设喻，语意双关，其实不是"莲"看不分明，而是"怜"不分明。她感受到他的爱意，可他的态度是暧昧的，令人感伤。整首诗新颖生动，语言流畅，感情真挚动人，民歌气息浓厚。

【注解】

子夜：相传晋朝有一个叫作子夜的女子，很有才却多愁善感，后来被迫与爱人分离，创作了著名乐府《子夜歌》。后人更为四时行乐之词，谓之《子夜四时歌》。

欢：喜欢之人。当时女子对情人的爱称。

的的：古代文学书面用语，明白、明显的意思。

由豫：即犹豫，动摇不定的意思。

雾露：偏义复词，即雾。

24.泛舟采菱叶，过摘芙蓉花
出自南北朝时期无名氏的《采莲童曲》

【原文】

其一

泛舟采菱叶，过摘芙蓉花。

扣楫命童侣，齐声采莲歌。

其二

东湖扶菰童，西湖采菱芰。

不持歌作乐，为持解愁思。

【诗意】

坐着小船去把菱叶采，采过菱叶又将荷花摘。敲响船桨呼喊小伙伴，同把采莲的歌儿唱起来。

他们一会儿在东湖采茭白，一会儿到西湖摘菱角。唱歌并不是为了寻欢作乐，而是借着歌声来消解心中的忧愁和哀思。

【鉴赏】

《采莲童曲》是北宋郭茂倩编撰的《乐府诗集》中收录的乐府诗。这两首《采莲童曲》都是描写江南水乡采摘荷菱之类的生产活动，体现了吴歌含思婉转、浑朴清新的风格。比较起来，前一首轻快流美，描写了一边采莲一边高唱采莲歌谣的劳动场面。"泛舟采菱叶，过摘芙蓉花"，诗句粗线条地描写了热闹的采菱摘莲场景。后一首婉曲悠扬，明确地透露出"乐"与"愁"的情绪。"不持歌作乐，为持解愁思"，诗句道出了唱歌的真实情由，诗意翻转，烘托强烈，意味深长，不由得令人展开联想。

【注解】

童侣：指采莲童的同伴。

扶：攀缘、沿着，这里是采摘的意思。

蓀：茭白。

25.低头弄莲子，莲子清如水
出自南北朝时期无名氏的《西洲曲》

【原文】（节选）

开门郎不至，出门采红莲。

采莲南塘秋，莲花过人头。

低头弄莲子，莲子清如水。

置莲怀袖中，莲心彻底红。

忆郎郎不至，仰首望飞鸿。

鸿飞满西洲，望郎上青楼。

【诗意】

女子打开家门，没有看到心上人，便出门去采红莲。秋天的南塘里，她熟练地摘着莲蓬，荷花长得比人还高。她低下头拨弄着手中的莲子，思念的感情就如流水一般缠绵悱恻、纯净悠长。她把莲子放在衣袖中，那莲心红得通透。她思念心上人，他却还没来，她抬头望向天上的鸿雁。西洲的天上飞满了鸿雁，她走上高高的楼台遥望他在哪里。

【鉴赏】

《西洲曲》是南朝乐府民歌中少见的长篇，五言三十二句。有人认为是梁武帝萧衍所作。但从内容和风格看，它当是经文人润色改定的一首南朝民歌，十分精致流丽，广为后人传诵。此诗描写了一位采莲少女从初春到深秋，从现实到梦境，对心上人的苦苦思念。这里节选其中十二句，是《西洲曲》全篇的精华所在。它集中笔墨描写女子的含情姿态，借物抒情，通过"采莲""弄莲""置莲"三个动作，极有层次地写出人物感情的变化，动作和心理描写细致入微，真情感人。"低头弄莲子"，用"莲子"的谐音"怜子"，而"怜"又是"爱"的意思。寥寥数语，就勾勒出了采莲女郁结着满腔"怜子"心事的娇羞之态。"莲子清如水"，则暗示感情的纯洁，委婉表达了女子对心上人的爱恋之情。《西洲曲》对后代诗歌影响较大，后世模仿者未有出其右者。

西洲曲：乐府曲调名。

莲心：谐音"怜心"，暗指爱情之心。

西洲：地名，当是在女子住处附近。根据温庭筠写的《西洲曲》中"西洲风色好，遥见武昌楼"的句子推测，西洲应在今湖北武汉武昌区附近，可能是武昌西南方向长江中的鹦鹉洲。

青楼：用油漆成青色的楼。唐朝以前的诗中一般用来指女子的住处。

26.乘月采芙蓉，夜夜得莲子
出自南北朝时期无名氏的《子夜四时歌·夏歌》（其八）

【原文】

朝登凉台上，夕宿兰池里。

乘月采芙蓉，夜夜得莲子。

【诗意】

早晨，她登上凉台纳凉，看看天气怎样，心里惦记着那个开满兰花的池塘。她希望刚出来的太阳早点落山，皎洁的月亮快快出来。到时，又能与他相遇在池塘，然后一起采莲，而且每夜都能采到很多莲子。

【鉴赏】

在南方民歌中，除了《西洲曲》等乐府民歌外，还有著名的"吴声歌曲"，其中最著名的当数《子夜四时歌》。《子夜四时歌》现存七十五首，其中春歌二十首、夏歌二十首、秋歌十八首、冬歌十七首，多写哀怨或眷恋之情。这首诗以朴素的语言，描写了女子希望每个月夜都能与心上人到荷塘相会，表达了她对美好生活的憧憬和向往。"乘月采芙蓉，夜夜得莲子"，"芙蓉"谐音"夫容"，喻爱人的面容，"莲子"谐音"怜子"，喻与爱人相恋也。诗句双关微妙，富有情趣。诗句既是描写劳动，又是描写爱情，这样的劳动不会感到疲惫，而且浪漫至极。月光下，她和他说笑着，一边采莲一边唱歌，多么迷人的夜晚，如同轻柔的小夜曲。

【注解】

凉台：边上开敞或多窗可供乘凉的阳台。

乘月：趁着月光。

27.芙蓉始结叶，花艳未成莲

出自南北朝时期无名氏的《子夜四时歌·夏歌》（其十）

【原文】

郁蒸仲暑月，长啸出湖边。

芙蓉始结叶，花艳未成莲。

【诗意】

六月份的天气开始闷热，女子到湖畔赏荷避暑，听到不远处有人哼着小曲。湖里的荷花刚长满叶子，才开始绽放出艳丽的花朵，还没形成莲蓬。

【鉴赏】

莲是江南风物。在南朝乐府民歌中，莲与爱怜之"怜"谐音相通，因而成为青年男女表述爱慕之情的隐语。这首诗描写了一名少女仲夏赏荷纳凉时的郁闷心情，诗句简单易懂，读来朗朗上口。"郁蒸仲暑月，长啸出湖边"，女子到湖边纳凉，听到了男子的长啸，所以心里开始郁闷。"芙蓉始结叶，花艳未成莲"，诗人用双关的手法，"花艳"既指荷花又指女子，描写出了那亭亭玉立的女子唯美的姿态，如同这娇艳的荷花。"未成莲"正是那"未成怜"，女子正当豆蔻年华，却还未能得到异性的爱怜，情郎又在何方？南北朝女文学家鲍令晖的《近代吴歌·夏歌》："郁蒸仲暑月，长啸北湖边。芙蓉如结叶，抛艳未成莲。"与此诗雷同。

【注解】

郁蒸：气压低，湿度大，气温高。

仲暑月：仲夏暑月。仲夏，夏季的第二个月，即农历五月。

长啸：撮口发出悠长清越的声音。

莲：谐音"怜"。

28.泛舟芙蓉湖，散思莲子间

出自南北朝时期无名氏的《子夜四时歌·夏歌》（其二十）

【原文】

盛暑非游节，百虑相缠绵。

泛舟芙蓉湖，散思莲子间。

【诗意】

酷热的夏天，并非出游的时节，然而也无法阻挡她对远方情郎的思念。她整天想着如何和情郎一起游玩，能与他朝夕相处，缠缠绵绵不分离。她幻想着在开满荷花的湖中，与他一同泛舟采莲，心中的思念与真情尽在莲子间。

【鉴赏】

《子夜四时歌》可以说是当时典型的南方民歌集萃，在内容上几乎全部表现男女爱情生活，大多出自女子之口，或委婉，或直白，或缠绵，或哀怨，表达了对美好爱情的追求和向往。这首诗描写了一位女子盼望与情郎相会的迫切心情，表达了她对美好生活的愿景。正是因为天气炎热，所以她想去清凉的荷塘，与他一起共度美好时光。"泛舟芙蓉湖，散思莲子间"，女子希望永远与他在一起，哪怕是炎热的夏天不利于出游，也要在芙蓉湖中相会，充满了诗情画意。

【注解】

盛暑：犹盛夏。

百虑：各种思虑、许多想法。

散思：分散思念之情。

莲子：谐音"怜子"。

29.荇荷迭映蔚，蒲稗相因依

出自南北朝时期谢灵运的《石壁精舍还湖中作》

【原文】（节选）

林壑敛暝色，云霞收夕霏。

芰荷迭映蔚，蒲稗相因依。

【诗意】

树林和山谷聚集了暮色，被晚霞照得红彤彤的。放眼望去，整个山林暮霭沉沉。满湖的菱叶、荷花重重叠叠，在蔚蓝的河水中交相呼应，水边的菖蒲和小麦在一处相依生长着。

【鉴赏】

谢灵运是会稽始宁（今浙江绍兴上虞区）人，为东晋名将谢玄之孙、秘书郎谢瑛之子。东晋时世袭为康乐公，世称谢康乐。刘宋代晋后，降封康乐侯。元嘉十年（433）被宋文帝刘义隆以"叛逆"罪名杀害，年四十九。谢灵运少即好学，博览群书，工诗善文。其诗与颜延之齐名，并称"颜谢"，有"池塘生春草，园柳变鸣禽"等名句，开创了中国文学史上的山水诗派。这首诗融情、景、理于一炉，寓情于景，景中含情。这里节选其中四句，诗人状物传神，描写了湖光山色，画面感十分强烈。诗句实写湖中晚景，从林峦沟壑写到天边云霞，从满湖的芰荷写到船边的蒲稗，描绘出一幅天光湖色交相辉映的湖上晚归图，景色十分优美，而盛开的荷花可能是其中最美的风景。史载，谢灵运崇敬钦服净土宗慧远大师，曾于庐山脚下东林寺中开东西两池，遍种白莲。至唐，这些白莲依然存在。

【注解】

精舍：即儒者授生徒之处，后人亦称佛舍为精舍。石壁精舍是谢灵运在故乡的一处书斋。

夕霏：傍晚的雾霭。

稑：指小麦。

30.嫩竹犹含粉，初荷未聚尘

出自南北朝时期徐陵的《侍宴诗》

【原文】(节选)

园林才有热，夏浅更胜春。

嫩竹犹含粉，初荷未聚尘。

【诗意】

初夏降临到园林之中，它的景观要比春色更美几分。柔嫩的竹子刚长出，还带有白霜似的粉屑。池子里的新荷刚出水，洁净得一尘不染。

【鉴赏】

徐陵是东海郡郯县(今山东临沂郯城县)人，少时就被高人赞誉为"天上石麒麟""当世颜回"。其以诗文闻名，善于撰文，精通《老子》《庄子》，博涉史籍，颇有口才。梁武帝时期，举秀才出身，出任东宫学士，出入宫中。陈朝建立后，历任左仆射、中书监、侍中、左光禄大夫，受封建昌县侯。徐陵善于宫体诗创作，诗文皆以轻靡绮艳见称，与庾信齐名，并称"徐庾"。这是一首奉和应令诗，描写初夏时的清新景象，描述了竹、荷的高洁风采。"嫩竹犹含粉"，诗人以"犹含粉"来描绘新竹的特征，状其稚嫩。"初荷未聚尘"，诗人以"未聚尘"来写荷花初开的明艳，一个"初"字有着旺盛的生机，一切都那么崭新，刻画了初荷出水未久、一尘不染的形象，也寄寓了诗人无限的希望。

侍宴：亦作侍燕。宴享时陪从或侍候于旁。

夏浅：犹初夏。

31.青荷盖绿水，芙蓉披红鲜
出自南北朝时期鲍令晖的《青阳渡》

【原文】

青荷盖绿水，芙蓉披红鲜。

下有并根藕，上有并头莲。

【诗意】

青青荷叶覆盖着盈盈绿水，荷花娇艳欲滴，如同穿上了红色衣裙。水下有连根的莲藕，水上有并排生长在同一茎上的两朵花。

【鉴赏】

鲍令晖是东海郡郯县（今山东临沂兰陵县）人，著名文学家鲍照之妹，出身贫寒，但能诗文，是南朝宋、齐两代唯一留下著作的女文学家。这是一首拟古诗，诗人在描写荷花美态的同时，流露出自己对美好生活的祝福。"青荷盖绿水，芙蓉披红鲜"，诗句虽朴素简短，却描写了荷花的整体特征，一幅色彩鲜艳的荷花图跃然纸上。"下有并根藕，上有并头莲"，藕与偶、莲与怜谐音双关，"并根藕"与"并头莲"象征着爱情，表达了诗人对爱情的向往和感叹。《子夜四时歌·夏歌》（其十四）"青荷盖渌水，芙蓉葩红鲜。郎见欲采我，我心欲怀莲"与这首诗相似。

【注解】

青阳渡：渡口名，在安徽池州青阳县。

并头莲：并蒂莲。

32.色同心复同，藕异心无异

出自南北朝时期萧衍的《子夜四时歌·夏歌》

【原文】

江南莲花开，红光照碧水。

色同心复同，藕异心无异。

【诗意】

江南又到了莲花盛开的季节，莲花泛着红光，倒映在碧水中。那无数的莲花，花瓣都是红色，颜色火红炽热，我的心也与它相同。莲藕虽然这般形态各异，但我的心却专一而毫无异想。

【鉴赏】

萧衍出生于南兰陵郡武进县东城里（今江苏镇江丹阳市丹北镇东城村），南朝梁开国皇帝，系西汉相国萧何的二十五世孙。他才思敏捷，博通文史，为"竟陵八友"之一。梁武帝有许多拟乐府诗，其中的《子夜四时歌》，每歌四首，共十六首，大多数都是描摹女子对爱情的殷盼，为离别相思所苦的情态，感情缠绵，风格绮丽，语言平易，具有浓郁的江南民歌风味。这首诗借莲抒情，表达了女主人公的爱恋相思之情。"江南莲花开，红光照碧水"，莲花亭亭，清波潋潋，花照湖水，倒影十分清晰。那水上红莲，水中莲影，花色相映，绿茎相连，引人无限遐思。少女由莲而想到她的所"怜"，爱恋之情更加炽热。"色同心复同，藕异心无异"，两个"心"字意义双关，既指花心、藕心，也指相爱之心。诗句看似写景，主旨是在抒情。简直就是爱情誓言，是忠贞爱情、两心相印的写照。

【注解】

红光：指莲花红色的光芒。

藕异心无异：指藕的形状不一，但藕心都中空呈圆形，并没有什么相异之处。

33.游戏五湖采莲归，发花田叶芳袭衣

出自南北朝时期萧衍的《江南弄·采莲曲》

【原文】

游戏五湖采莲归，发花田叶芳袭衣。

为君艳歌世所希，世所希，有如玉。

江南弄，采莲曲。

【诗意】

在太湖里游玩了一整天，满载荷花莲蓬而归。茂密的荷叶丛中荷花朵朵开，花香袭人，衣裙也沾上了芳香。为了君王开心，颜如玉的采莲女放声歌唱。这首《江南弄·采莲曲》实在太美妙，世间所稀有。

【鉴赏】

萧衍是历代罕有的博学多才的帝王之一。他在南朝梁天监十一年（512），亲自动手改西曲，制《江南弄》七曲，七首格调字句全同。其中第三首就是著名的《采莲曲》，完全是根据"采莲"情景改造而成。这首诗朴素易懂，清新流畅，描写了江南女子采莲时的美丽姿态，绮丽明艳。"游戏五湖采莲归，发花田叶芳袭衣"，"田叶"显然来自汉乐府《江南》的"莲叶何田田"句，而"东南西北中"五方游戏的鱼儿则被游戏于"五湖"的采莲女所取代，然而其中的寓意俨然仍在。后人认为梁武帝是将《江南弄》定格定调第一人，应该是唐和五代诗词的最早雏形。

【注解】

弄：古代称奏乐为"弄"，后来发展到一段乐曲也称之为"一弄"。

五湖：即太湖。

如玉：这里指如玉般的采莲女。

34.碧沚红菡萏，白沙青涟漪
出自南北朝时期萧衍的《首夏泛天池诗》

【原文】（节选）

> 薄游朱明节，泛漾天渊池。
>
> 舟楫互容与，藻荇相推移。
>
> 碧沚红菡萏，白沙青涟漪。

【诗意】

立夏节出游，到天池泛舟。无数的舟楫在水面上悠闲穿梭，将初生的萍草挤得荡来荡去。在开满红色荷花的池水中，露出一小块碧绿的陆地。池水在微风吹拂下泛着青色的涟漪，水边的白沙石霎时没入水中，继而又露出水面。

【鉴赏】

梁武帝还有一类诗是巡幸记游、描绘景物之作。这首诗用词华丽，细腻地描绘了初夏时节天池的美丽景色，画面景物鲜明，读来颇有韵味。"碧沚红菡萏，白沙青涟漪"，诗句对仗工整，诗人用绿色、红色这两种夏季的典型颜色为主色调，再配以白沙青漪，便绘出一幅色彩绚丽、充满生机的初夏荷池图。这里，诗人用"红菡萏"三字是很符合节气特点的，以一点点红花苞点缀清丽的夏景，恰到好处。另外，从"薄游"二字可推测，诗人做了皇帝可能日理万机，心事也不好披露，所以在诗作中有景无情。

【注解】

薄[báo]游：漫游之意。

朱明节：立夏节。

天渊池：南北朝诗词歌赋中屡有"天渊"之名。这里指建康（今江苏南京）城内的天泉池，为南朝宋文帝元嘉二十三年（446）开凿的人工湖（《建康志》）。

沚[zhǐ]：水中的小块陆地。

35.以兹代萱草，必使愁人欢

出自南北朝时期萧统的《咏同心莲》

【原文】

江南采莲处，照灼本足观。

况等连枝树，俱耀紫茎端。

同逾并根草，双异独鸣鸾。

以兹代萱草，必使愁人欢。

【诗意】

江南采莲之地，每当莲花盛开，总吸引人前往，本来就是赏玩佳处。何况这里还有像连枝树一样的并蒂莲，两朵花在淡紫的荷茎上熠熠闪烁。并蒂莲比并根草硕大艳美，双花如影随形，和独鸣的鸾凤迥然不同。用它来替代忘忧草，馈赠他人，一定能让忧愁的人快乐起来。

【鉴赏】

萧统是南兰陵郡兰陵县（今江苏常州武进区）人，梁武帝萧衍长子，史称"昭明太子"。他爱好文学，在太子位上广纳人才，勤于著述，主持编选了中国现存编选最早的汉族诗文总集《昭明文选》。萧统被立为太子，小两岁的萧纲和小七岁的萧绎等长大后未必甘心。故萧统在这首诗中把民间通常喻作夫妇的并蒂莲喻作兄弟，表示自己愿意与同根者共生共荣，劝慰其不必担心和忧愁。这首诗借玄武湖的并蒂莲，表达了诗人带有浪漫色彩的兄弟情怀。"以兹代萱草，必使愁人欢"，诗句通俗易懂而情深意切。史载南朝梁天监年间，太子萧统植莲于玄武湖中。南朝梁沈约的《宋书》中，也提到了"孝武帝孝建二年六月庚寅，玄武湖二莲同干"。由此可见，玄武湖并蒂莲自古就有。

【注解】

同心莲：并蒂莲。后人叫合欢莲、嘉莲。

鸾：传说中凤凰一类的鸟。

36.棹动芙蓉落，船移白鹭飞

出自南北朝时期萧纲的《采莲曲》

【原文】

晚日照空矶，采莲承晚晖。

风起湖难渡，莲多采未稀。

棹动芙蓉落，船移白鹭飞。

荷丝傍绕腕，菱角远牵衣。

【诗意】

夕阳西下，阳光照在水边空荡的岩石上，余晖洒在采莲女的身上。秋风迎面吹来，湖面波涛起伏，采莲女费劲地划着小船。荷叶繁茂，荷花实在太多，因此不管怎么采摘，也不见减少。采莲女奋力挥动船桨，采莲小船加速穿行，船桨不时触落盛开的荷花，花瓣飞落水面。随着小船移动，惊动了正安详栖息的白鹭，它们纷纷展翅翱翔。一日劳作，采莲女即将归去，可是藕丝缠围在她们的柔腕上，菱角勾住了她们的衣裙，似乎是不愿意让如此美艳的女子离开。

【鉴赏】

　　萧纲生于建康（今江苏南京），南梁第二位皇帝、梁武帝萧衍第三子。萧纲自幼爱好文学，因为特殊的身份，以他的幕僚为主，围绕在他的周围，形成了一个主张鲜明的文学集团。随着萧纲于中大通三年（531）被立为皇太子，这一集团的文学影响逐步达到登峰造极的地步，公开宣布并倡导文学史上著名的宫体文学，形成风尚。这首诗描绘了傍晚采莲而归的优美景色，勾画出一幅精美采莲图。"晚日照空矶，采莲承晚晖"，两个"晚"字强调了一种特定时间背景，表明是采莲归来。"棹动芙蓉落，船移白鹭飞"，诗句对偶工整，动静结合，只有两笔写实的白描，就让优美采莲场景一览无余。"荷丝傍绕腕，菱角远牵衣"，诗人巧妙运用拟人手法，表达了自己对这环境的留恋之情，意趣浓厚。整首诗空灵明媚，意韵深远，堪称乐府《采莲曲》的代表作之一。

【注解】

　　矶：凸出江边的岩石或小石山。

　　荷丝：这里指藕丝。

37.桂楫兰桡浮碧水，江花玉面两相似

出自南北朝时期萧纲的《江南弄·采莲曲》

【原文】

桂楫兰桡浮碧水，江花玉面两相似。

莲疏藕折香风起，香风起，白日低。

采莲曲，使君迷。

【诗意】

在那碧绿的水面上，采莲女泛舟荡漾。她们那光彩焕发的面庞，与荷花交相辉映，一样的美好可爱。满塘的莲蓬已被采得疏疏落落，藕根也已折断。夕阳西下，荷香弥漫，她们边划船儿，边唱着采莲曲，那美妙的歌声令人神醉。

【鉴赏】

萧纲诗作篇章之富，居六朝诗人之首。其辞藻鲜丽，抒情写景，俱甚精切，对新体诗的发展有一定的影响。他依其父萧衍《江南弄·采莲曲》曲调，填写了歌词。这首诗凝练隽永，写夏末之时少女划船采莲而归，描绘出一幅江南女子与当地景色融而为一的绝美画面，令人心生向往。"桂楫兰桡浮碧水，江花玉面两相似"，那盛开的荷花恰如佳人粉润的娇脸，诗句既写人也写花，虽略略勾勒、轻轻点染，却形象鲜明、美艳动人。重叠的"香风起"三字，给人带来一种袅袅的动态。似乎那起于莲塘深处的清风自远而近，带着幽幽的香气，轻轻地、柔柔地吹拂到脸上。

【注解】

江花：江里的花卉，这里指荷花。唐代白居易的《忆江南》："日出江花红胜火，春来江水绿如蓝。"

玉面：白玉般洁白的面容。古代称人容貌的敬词，这里指采莲女。

38.影前光照耀，香里蝶徘徊

出自南北朝时期萧纲的《咏芙蓉》

【原文】

圆花一蒂卷，交叶半心开。

影前光照耀，香里蝶徘徊。

欣随玉露点，不逐秋风催。

【诗意】

　　荷花尚未开放之时，它的花苞圆润，在花蒂上卷曲成圆锥形。花苞半开半闭之时，它的嫩叶也刚伸展，但还没有完全展开，互相交错在一起。在阳光照耀下，它倒影于池，散发出阵阵芳香，蝴蝶在一片馨香之中悠然飞舞，徘徊不去。它喜欢洁白的露水滋润，不喜欢秋风催促它凋零。

【鉴赏】

　　萧纲好学能文，自称"七岁有诗癖，长而不倦"。这首诗风格清新秀逸，与其所作大多数宫体诗不一样，不刻意雕琢，平平写来，给人以朴实无华之感。诗人纯粹写景咏荷，准确描写了荷花含苞欲放时的喜人情景。"圆花一蒂卷，交叶半心开"，写荷花的形状和花蒂的形状，以及莲叶交错和花半开的情况。"影前光照耀，香里蝶徘徊"，诗句从开头两句对荷花形状和姿态的静态描写，进而作动态描写。诗人观察极为细致，描写荷花最美半开时，其影美丽动人，其香招蜂引蝶。"欣随玉露点，不逐秋风催"，诗人最后写它的习性，且以拟人化的笔法赋予它人的感情，写出了它的喜好。秋荷不像普通花草见露而凋谢，反而沐浴在秋风秋露里，仿佛热恋中的恋人正享受爱的喜悦，那秋风秋露不过是浪漫背景而已。

【注解】

圆花：指荷花含苞的样子。

交叶：指荷叶交错的样子。

39.望江南兮清且空，对荷花兮丹复红

出自南北朝时期萧纲的《采莲赋》

【原文】

望江南兮清且空，对荷花兮丹复红。卧莲叶而覆水，乱高房而出丛。楚王暇日之欢，丽人妖艳之质。且弃垂钓之鱼，未论芳萍之实。唯欲回渡轻船，共采新莲。傍斜山而屡转，乘横流而不前。于是素腕举，红袖长。回巧笑，堕明珰。荷稠刺密，亟牵衣而绾裳。人喧水溅，惜亏朱而坏妆。物色虽晚，徘徊未反。畏风多而榜危，惊舟移而花远。

歌曰：常闻蕖可爱，采撷欲为裙。叶滑不留缒，心忙无假薰。千春谁与乐，唯有妾随君。

【文意】

遥望江南清远空旷的天空，眼前是无边无际的荷花，层层竟红。荷叶好似卧在水面上，高高的莲蓬散乱在荷叶丛中。楚王趁空闲来游玩，

有妖艳的美人随行。钓鱼的乐趣暂不说，也不论萍实的甜美。只想随着那来回穿行的小船，一起去采撷初开的荷花。小船依傍着斜山，转过一道道河湾，到了静水中就不再前行。美人们伸出洁白的手腕，舞起长长的红袖。她们平日那粲然的笑容不见了，还脱下了耳上所戴的明珠。荷叶茂密，荷茎毛刺繁多，她们挽起衣袖，卷起衣襟。采莲的场面很热闹，水花飞溅，可惜弄坏了她们的妆容。天色虽已晚，但她们流连忘返。开始起晚风了，小船微微荡漾，她们既有一丝担心，又惋惜小船远离了花丛。歌道：经常听闻荷花可爱，想要采下它做成衣裙。荷叶光滑不能穿针引线，心事多也不须薰衣。这千年快乐事，有谁与我一起，只有我伴随君。

【鉴赏】

梁武帝父子似乎对江南夏日荷花盛开的景象非常倾心，因此梁朝宫廷一直流行着《采莲曲》。在此基础上，萧纲创作了《采莲赋》。此赋将咏物与写人融为一体，既写荷花，也写那些美丽的采莲女，篇幅虽短，却将人物的活动、神态、心理以及环境气氛，写得跃然纸上，恰如一件轻倩、俏丽的艺术珍品。此赋对《采莲曲》的歌舞形式作了较为详尽的描述。"望江南兮清且空，对荷花兮丹复红"，描写歌舞环境，在江南水乡风光背景的布置中，清远的碧天，无边的红莲，构成了充满生气的境界。结尾的《采莲曲》描绘了一幅美丽的江南水乡采莲图画，刻画了采莲女生动有趣的形象，篇幅虽短，历历在目。"叶滑不留缬，心忙无假薰"，诗句既写莲美，以莲托人，也写出了采莲女天真的心理。

【注解】

芳萍之实：此用"萍实"的典故。《说苑·辨物》载：楚昭王渡江，有物大如斗，直触王舟，止于舟中。昭王大怪之，使聘问孔子。孔子曰："此名萍实，令剖而食之，惟霸者能获之，此吉祥也。"后遂以"萍实"谓甘美的水果。

明珰：指用珠玉串成的耳饰。

缐［xiàn］：古同"线"。

40.云斜花影没，日落荷心香
出自南北朝时期萧纲的《苦热行》

【原文】（节选）

六龙骛不息，三伏起炎阳。

寝兴烦几案，俯仰倦帏床。

滂沱汗似铄，微靡风如汤。

云斜花影没，日落荷心香。

【诗意】

三伏天里的炎阳，似乎是日神在天上不停地狂跑着。几案床席都火燎似的灼热，令人烦躁不安、辗转难眠。只要稍微一动，汗如雨下，衣衫便被汗水湿透。盼望风快点吹来，可是风即使来了也像热水一样滚烫。直到傍晚，浮云斜挂遮住了骄阳，花朵下的阴影消失殆尽。夕阳西落，荷花之中飘出缕缕清香，瞬间沁人心脾。

【鉴赏】

这首诗朴实无华，通过对周围环境、事物的描写，来衬托夏日的炎热。萧纲对于夏日的煎熬难耐深有体会："寝兴烦几案，俯仰倦帏床""滂沱汗似铄，微靡风如汤"，描写了在炎热下或烦躁，或失眠，或流汗等折磨，都是苦夏炎热的情景。"云斜花影没，日落荷心香"，只有酷暑中的荷香，能给人带来清新凉爽之感。之所以"花影没"，是因为整日炎阳直射，此刻方才躲进云层。之所以"荷心香"，是因为整日溽暑相逼，香气竟然不能发出，现在日落热消，故荷花才放香。诗人用云隐、日落这些侧面表现手法，形象具体地把苦热之情形描绘得淋漓尽致。

【注解】

苦热：中国古代诗人描绘夏季炎热的常用词。

六龙：指太阳。

骛[wù]：奔跑。

几案：犹条案，指一种长一丈左右、宽一尺多的狭长形桌子。

铄：指铄石，比喻天气极热。

荷心：这里指荷花中间。

41.红蕖间青琐，紫露湿丹楹

出自南北朝时期萧纲的《蒙华林园戒诗》

【原文】（节选）

庸夫耽世光，俗士重虚名。

居高常虑缺，持满每忧盈。

红蕖间青琐，紫露湿丹楹。

叶疏行径出，泉溜远山鸣。

【诗意】

越平庸的人越迷恋世俗的荣华富贵，越是见识浅陋的人越看重不符合实际的名誉。处于高位之时，应常常考虑会有被免职的时候；处于盈满的地位时，要经常想到会有溢出来的时候。（我）透过花窗，看得见池塘里朵朵红色荷花；豪华的屋舍上，被昨夜的仙露打湿了。小路两旁的树叶已不是特别茂盛，远山里传来泉水叮咚的声音。

【鉴赏】

公元531年，短短一个夏天，萧纲经历了巨大的人生变故：他素所敬爱的兄长英年猝死，他自己则意想不到地成了皇位继承人。很多朝臣对梁武帝的决定甚为不满，萧统诸子也心怀怨恨。这一切皆令萧纲的心情沉重多于兴奋。这一年秋天，萧纲在华林园写下此诗，透露了他在这一时期的复杂心境。这里节选其中八句，从中可欣赏到萧纲高超的写作技巧。"红蕖间青琐，紫露湿丹楹"，秋天里的园林色彩斑斓，而荷花无疑是一道靓丽的风景线。萧纲写景写物的诗充满生活情趣，写作手法细致入微，能够体现诗人对大自然万物的感悟与敬重。

【注解】

华林园：六朝京师建康（今江苏南京）的皇家宫苑，始建于三国时期，南朝宋元嘉时扩建，其后齐梁诸帝，常宴集于此。

青琐：指刻镂成格的窗户。

紫露：紫色的露水，指仙露。

丹楹：用朱漆涂柱或者朱漆的楹柱，这里指华丽之居。

42.莲花乱脸色，荷叶杂衣香

出自南北朝时期萧绎的《采莲赋》

【原文】

紫茎兮文波，红莲兮芰荷。绿房兮翠盖，素实兮黄螺。

于是妖童媛女，荡舟心许，鹢首徐回，兼传羽杯。棹将移而藻挂，船欲动而萍开。尔其纤腰束素，迁延顾步。夏始春余，叶嫩花初。恐沾裳而浅笑，畏倾船而敛裾，故以水溅兰桡，芦侵罗袡。菊泽未反，梧台迥见，荇湿沾衫，菱长绕钏。泛柏舟而容与，歌采莲于江渚。

歌曰：碧玉小家女，来嫁汝南王。莲花乱脸色，荷叶杂衣香。因持荐君子，愿袭芙蓉裳。

【文意】

淡紫的荷茎啊，伫立在粼粼清波中；嫣红的荷花啊，玉立在重重荷叶间。荷叶又圆又大如翠盖，遮住了绿色的莲蓬。莲蓬外形团团如黄螺，莲子洁白光滑似玉。值此时节中的俊男美女，一起划着船儿，心中互有情意。画船迂回慢进，雀状酒杯频频传递。船桨刚举就被水草缠住，船身未动却见浮萍漾开。美女纤腰素装，欲行又止，几番回眸传情。春去夏来，荷叶鲜嫩，荷花鲜艳。她们生怕沾湿衣裳而微微笑着，又担心船儿倾斜而紧抓住衣襟不放。于是船桨击水缓缓向前，芦花点点飞上绫罗绣垫。泛舟湖上不思返回，梧台已经遥遥可见。带水的荇菜沾湿了衣衫，长长的菱角缠住了臂环。坐在柏木小船上多么悠闲自在，到江洲边唱起《采莲曲》。歌道：碧玉姑娘本是小户人家之女，前来嫁给身世显贵的汝南王。荷花映衬着她的容貌，荷香染上了她的衣裳。因此拿着荷花荷叶进献给君子，希望穿上有荷花图案的美丽衣裳。

【鉴赏】

萧绎生于建康（今江苏南京），南朝梁的第四位皇帝、梁武帝萧衍第七子。他爱好读书，自称"韬于文士，愧于武夫"。此赋所使用的华丽语词、所构筑的香艳氛围，与简文帝萧纲的《采莲赋》近似，但萧绎写得更为流丽鲜活，人物神态及其活动环境，描写得极为精美细致，呈现出一种鲜丽而舒畅的风格。开头四句写莲，从茎到花、叶、莲，一一写来，美不胜收。文波、翠盖、绿房、黄螺，是形态美；而紫、红、绿、黄各种颜色的对比与搭配，则是色彩美。接着描写了一幅江南俊男美女荡舟采莲的风俗画面，但这并非民间劳动女性的采莲生活的再现，而是融透着帝王后苑生活情趣的场景。结尾的《采莲曲》描写了江南小户人家女子的美丽容貌。"莲花乱脸色，荷叶杂衣香"，诗句以混沌比拟手法，营造出一种错觉感受。莲花亦脸色，脸色亦莲花；衣亦荷，荷亦衣；衣香荷香，浑然一体。萧绎运用这种笔法，将碧玉姑娘的优美形态刻画得淋漓尽致，产生了只可意会不可言传的美感效应，有美不胜收之感。篇末，写采莲女在温情脉脉、思绪绵绵之中歌唱《采莲曲》，歌词清丽而不失质朴，坦率而不失真纯，意蕴格外浓郁。

黄螺：这里喻指莲实。莲蓬外形团团如螺，成熟后由绿渐黄，故称。

妖童：俊俏少年。

媛：美女。

鹢：古时船头常画有鹢鸟，故借代为船。

罗裈[zùn]：绫罗垫子。

梧台：梧木搭建之台。

碧玉：人名，传说姓刘，为南朝宋汝南王爱妾。

荐：进献。

君子：君王之子，对统治者和贵族男子的通称。泛指才德出众的人。

袭：衣上加衣。

43.柳絮飘春雪，荷珠漾水银

出自南北朝时期萧绎的《登江州百花亭怀荆楚》

【原文】

> 极目才千里，何由望楚津。
>
> 落花洒行路，垂杨拂砌尘。
>
> 柳絮飘春雪，荷珠漾水银。
>
> 试酌新丰酒，遥劝阳台人。

【诗意】

我登上百花亭，纵目远望荆楚方向，只见一片迷蒙，找不到入楚的路口。百花亭外，落花纷飞，残红洒满了曲折的小径。杨柳依依，迎风招展，轻拂台阶上的尘土。柳絮飞扬，飘飘洒洒，犹如雪花在晴空中飞舞。荷花盛开的池塘里，晶莹的水珠如耀眼的水银，在荷叶上滚来滚去。虽然你不在我身边，但我喝着美酒时依旧想念着你。

【鉴赏】

萧绎虽自幼盲一目，但天资颖异，博学多才，文学成就堪称翘楚。其写景咏物诗，在炼字、对偶和白描等方面，为唐代近体诗的形成和发展，做出了自己的努力和贡献。这是一首见景怀人诗，是萧绎于江州刺史任上登江州（今江西九江）百花亭时所作。这首诗在景色的描写中寄托情感，描绘了百花亭周围初夏繁荣热闹的美景，抒发了诗人心中对恋人浓浓的相思之情。"柳絮飘春雪，荷珠漾水银"，诗中"柳"与"絮"、"荷"与"珠"，在色彩上实有绿与白的对比效果，从而增强景物给人的外观感受。"试酌新丰酒，遥劝阳台人"，诗人登高怀人，此时不禁想起远在荆楚的恋人，渴望与她共同度过一段美好愉快的时光。可如今只能举杯远远地劝解，聊慰别后相思，也寄托对她的珍重祝愿。

【注解】

荆楚：指楚国。楚最早疆域约相当于古荆州地区，故亦称荆楚。这里代指在荆州的恋人，即诗中所说的"阳台人"。

新丰酒：新丰，即今西安临潼区，以产美酒出名。汉新丰酒呈竹叶色，当时堪称酒中之冠。

阳台人：指神女，出自宋玉《高唐赋》，该赋描写了巫山神女"闻君游高唐，愿荐枕席"的故事。这里指恋人。

44.沙棠作船桂为楫，夜渡江南采莲叶

出自南北朝时期萧绎的《乌栖曲》（其三）

【原文】

沙棠作船桂为楫，夜渡江南采莲叶。

复值西施新浣纱，共向江干眺月华。

【诗意】

　　船是用稀有的沙棠木做的，桨是用名贵的桂木做的。在暝暝的夜色中，他划着这艘精美的小船来到湖上，准备采一些荷叶和莲子。江南水乡，清水盈盈，月光下的荷花朦朦胧胧，清香阵阵。此时恰遇刚来湖边洗衣服的佳人，她肤若凝脂，面似芙蓉，就像传说中的美女西施。他们不期而遇，于是一起荡起小船，划向水天尽头、月色深处。

【鉴赏】

　　《乌栖曲》是萧绎根据乐府诗自制的六首新曲之一，其形式皆为七言四句。这首诗描写了一对男女在月夜的邂逅，意境空灵幽美。"沙棠作船桂为楫"，诗人选取的"沙棠""桂"等意象不仅明亮夺目，而且具有高贵典雅的象征意义，与诗人所要表达的酣畅淋漓的爱情蕴意暗合。"夜渡江南采莲叶""共向江干眺月华"，其实是暗含"采莲""浣纱"之外的特殊期待，其意不在"采莲""浣纱"。采莲的不采莲，浣纱的不浣纱，而在于"眺月华"。本是无心相遇，如今倒像是有情相约一般。妙在诗人不说出、不点破，声态宛然，妙趣无穷。

沙棠：木名。木材可造船，果实可食。《山海经·西山经》："（昆仑之丘）有木焉，其状如棠，黄华赤实，其味如李而无核，名曰沙棠。可以御水，食之使人不溺。"

值：遇也。

江干：犹江岸，指岸边。

月华：月光。

45.山似莲花艳，流如明月光

出自南北朝时期萧绎的《折杨柳》

【原文】

巫山巫峡长，垂柳复垂杨。

同心且同折，故人怀故乡。

山似莲花艳，流如明月光。

寒夜猿声彻，游子泪沾裳。

【诗意】

长江三峡中的巫峡，两岸连山，低垂的杨柳树连绵不断。我看到岸上的杨柳，想起了故乡的亲人，估计他们同样也在想我。眼前的巫山如莲花一样明艳美丽，江水像明亮的月光般素洁。在寒冷的夜晚，声声猿啼彻夜不息。我这个漂泊异乡的游子，又在思念故乡的亲人，泪水成行，难以入眠。

【鉴赏】

萧绎自幼爱好书画，是中国历史上最早的皇帝画家。他曾画《芙蓉湖醮鼎图》，也许是最早的画荷之作。其诗如画，这首思乡念亲之作就是如此。古人有折柳送行、折柳盼归的风俗。诗人触景生情，"同心且同折"，"折"字点题，"同折"表明游子和亲人互相思念的真诚。"山似莲花艳，流如明月光"，诗人使用了比喻和对偶的修辞手法，以莲花喻山，以明月比水，尽显山之明丽、水之清素，描绘出一幅清幽的山月美景。诗人以乐景写哀情，与下文写猿声清哀、游子思乡形成反差，倍增其哀伤之情。

【注解】

折杨柳：古乐府诗题，初多用于写士卒辞家出征。

巫山：汉代长江三峡的统称。

巫峡：在重庆巫山和湖北巴东两县境内，西起重庆市巫山县城东面的大宁河口，东迄湖北省巴东县官渡口，绵延四十余千米。

沾裳：沾湿衣服。形容泪如雨下。

46.看妆碍荷影，洗手畏菱滋
出自南北朝时期朱超的《采莲曲》

【原文】

艳色前后发，缓楫去来迟。

看妆碍荷影，洗手畏菱滋。

摘除莲上叶，拖出藕中丝。

湖里人无限，何日满船时。

【诗意】

　　这一位采莲女娇艳明媚，前看后观，身姿都很优美。然而与同伴约好采莲，姗姗来迟，几乎最后一个上船。到了荷塘，她一会儿临水照影，嫌弃荷叶遮挡，看不清自己的晨妆；一会儿摘到了菱角，就赶紧冲洗，只怕脏了玉手。她从泥中抽出莲藕，也要去叶洗尽，去除藕段间的残丝。今天来湖里采莲的人实在太多了，不知什么时候才能满载而归。

【鉴赏】

　　朱超，生卒年不详。南朝时仕梁为中书舍人，长期服侍梁元帝。今存诗十余首。这首采莲曲用诙谐的语言，刻画了一位注重容貌却怕干活的采莲女。"看妆碍荷影，洗手畏菱滋"，"碍"字写出了采莲女爱美的特点，"畏"字刻画出采莲女怕脏的心理，生动有趣。"摘除莲上叶，拖出藕中丝"，估计采莲女不经常采莲，但做事很认真，这样采莲自然缓慢。诗人情致深婉，不尚华辞，却给人深刻的印象。

【注解】

　　艳色：艳丽的姿色。这里代指美女。

47.转叶任香风，舒花影流日

出自南北朝时期陆罩的《采菱曲》

【原文】

参差杂荇枝，田田竞荷密。

转叶任香风，舒花影流日。

戏鸟波中荡，游鱼菱下出。

不与文王嗜，羞持比萍实。

【诗意】

　　荇菜的枝叶相互交织、参差不齐，在湖水中上下沉浮。荷叶茂密，竞相生长，遍布湖面。采菱女划船而来，一张张荷叶随风摇摆，清香四处洋溢。艳丽的荷花都舒展开来，阳光在花影上流动。水鸟成双成对地嬉戏着，宁静的湖面上水波荡漾。青青菱叶下面，鱼儿游出游进。姜太公钓鱼，是等待周文王前来，施展才华；而采菱女天真烂漫，没有任何企图，只是羞怯地互比谁的菱角、莲蓬甘美。

【鉴赏】

　　陆罩是吴郡吴县（今江苏苏州）人，三国著名军事家陆逊之后、书画家陆杲之子。少笃学，善属文。简文帝为太子时，召为记室参军，撰帝集序。稍迁太子中庶子，掌管记，礼待甚厚，曾参与《法宝联璧》的抄撰，并为萧纲编定文集。其诗风格绮丽，属"宫体"。这首诗描写了江南水乡的优美风光，以及采菱女的天真烂漫，华丽纤巧，清新婉约。"转叶任香风，舒花影流日"，诗句对仗工整，措辞优美，描写精妙，状物传神，体现了诗人卓越的观察力和极高的艺术造诣，堪称千古佳句。"不与文王嗜，羞持比萍实"，诗句既是抒情也是赞美，两相对比，江南少女毫无机心、淳朴天然的美丽姿态跃然纸上，形象生动，惟妙惟肖。

【注解】

采菱曲：起源于春秋时期楚国民间歌曲，是由夏秋采菱藕活动而衍生出的民间曲调。

文王嗜：指的是姜太公在渭水不饵而钓，周文王前来并非观看垂钓，而是访贤。

萍实：甘美的果品。出自汉刘向《说苑·辨物》："楚昭王渡江，有物大如斗，直触王舟，止于舟中。昭王大怪之，使聘问孔子。孔子曰：'此名萍实，令剖而食之，惟霸者能获之，此吉祥也。'"这里指莲蓬和菱角。

48.芙蓉露下落，杨柳月中疏
出自南北朝时期萧悫的《秋思》

【原文】

清波收潦日，华林鸣籁初。
芙蓉露下落，杨柳月中疏。
燕帏细绮被，赵带流黄裾。
相思阻音息，结梦感离居。

【诗意】

入秋以后，多雨的季节已过去，水波清澈明净。秋风初起，繁茂的树林发出沙沙的响声。秋荷在露水浸润下渐渐凋零，杨柳在月色下也显得稀疏了。秋天到了，宫室中垂着燕姬之帏，铺着浅黄色的丝被。她腰上系着赵女之带，身穿褐黄色的裙裾，对着满地秋色发呆。两地相思，音讯全无，梦回残月落，她更感到了离别的凄苦。

【鉴赏】

萧悫是兰陵郡（今江苏常州）人，出身王室，始兴忠武王萧憺孙。梁末入北齐，曾任太子洗马等职，历周入隋，官至记室参军。萧悫工于诗咏，以《秋思》最为著名。这首诗描写深秋时节月上中天、秋露降落、荷叶枯败、杨柳枝疏的景象，蕴含了无限画意，令人不觉充满遐想。"芙蓉露下落，杨柳月中疏"，诗句以写景造境来烘托，暗示宫女在百无聊赖之中伫立已久，又从光阴的流逝中暗示自己青春的暗度，其孤寂、愁怨之情则见于言外。《北齐书·萧悫传》称这两句颇"为知音所赏"。整个诗中满纸愁情淋漓，却终篇不出一"愁"字，不着一"悲"字。诗人把这种感情，完全通过宫女对自然景物和现实处境的感触以及对君王欲见不能的深沉感慨表现出来。

【注解】

潦：指过多的雨水。

华林：指繁茂的树林。

燕帏：燕地所产的帷帐。

赵带：赵地所产的衣带。

49.抵荷乱翠影，采袖新莲香
出自南北朝时期陈叔宝的《采莲曲》

【原文】

相催暗中起，妆前日已光。

随宜巧注口，薄落点花黄。

风住疑衫密，船小畏裾长。

波文散动楫，茭花拂度航。

抵荷乱翠影，采袖新莲香。

归时会被唤，且试入兰房。

【诗意】

　　少女们私下里约好采莲，相互催促早点起来。她们准备梳妆时，天已蒙蒙亮。于是马虎地化了一下妆，就叽叽喳喳地上了船。风停了，有点闷，有人怀疑自己衣衫穿多了；船太小，也有人担心自己衣襟长了。划动小船，水面荡起波纹，船头方向送来茭白的清香。终于到达茂密的荷花丛中，她们急不可待地采莲蓬，忙碌的倩影与翠绿的荷影倒映在水中，显得有些凌乱。新生长的莲蓬很香，沾上了她们彩色的衣袖。当采莲结束后，她们相互呼喊一起回家，并且急不可耐地到闺房里，试着品尝起新鲜的莲子。

【鉴赏】

　　陈叔宝是吴兴郡长城县（今浙江湖州长兴县）人，南朝陈末代皇帝，是历史上著名的亡国之主。在位期间，荒废朝政，耽于酒色，醉心诗文和音乐，最后兵败投降隋朝，隋文帝杨坚赐予宅邸，礼遇甚厚。《玉树后庭花》是陈叔宝的代表作，既显示出他有很高的文化修养，也把他的骄奢淫逸展现得淋漓尽致，被视为"亡国之音"。这首采莲曲，诗人用纪实手法，描写了采莲女早出晚归的生活。"抵荷乱翠影，采袖新莲香"，诗句清新明快，把江南采莲女子的形象描绘得惟妙惟肖。

【注解】

注口：妇女涂了口脂的嘴。

花黄：一种女性的额饰。

采袖：犹彩袖，指彩色的衣袖。

兰房：旧时妇女所居之室。

50.衣香随岸远，荷影向流斜

出自南北朝时期沈君攸的《采莲曲》

【原文】

平川映晓霞，莲舟泛浪华。

衣香随岸远，荷影向流斜。

度手牵长柄，转楫避疏花。

还船不畏满，归路讵嫌赊。

【诗意】

平坦的河流映着拂晓的云霞，采莲的小船泛起白色的浪花。随着江岸远去，很快到了荷花盛开的地方，采莲女采摘了许多莲蓬，衣袖也沾上了清香，斜映在水流中的荷影别有韵味。她伸手牵动荷叶的长长曲柄，转动船桨避开稀疏的荷花。到了快要回去之时，她不怕小船超载，只担心归去的路途太远。

【鉴赏】

沈君攸是吴兴郡（今浙江湖州）人，出身于官宦之家，左民尚书沈僧昊孙、东阳太守沈巡之子。其博学，善文辞，尤工诗。后梁时官至散骑常侍。这首采莲曲音律和谐，已逼似唐人五律。汪灏《广群芳谱》引《致虚杂俎》云：六月廿有四日，谢文君独处无侣，命沈君攸制采莲之曲，以解其悲愁之思，援笔立就，曰："平川映晓霞，莲舟泛浪华。衣香随岸远，荷影向流斜。度手牵长柄，转楫避疏花。还船不畏满，归路讵嫌赊。"谢赞叹久之。由此可见，"六月二十四日荷花节"最早产生于南朝时期。

【注解】

浪华：即浪花。

衣香：衣服的香气。

赊［shē］：遥远。

51.碧叶喜翻风，红英宜照日

出自南北朝时期江洪的《咏荷》

【原文】

泽陂有微草，能花复能实。

碧叶喜翻风，红英宜照日。

移居玉池上，托根庶非失。

如何霜露交，应与飞蓬匹。

【诗意】

荷花因生长在水乡池塘，故其身价卑微，但能开花又能结下丰硕果实。荷叶随风翻卷，仿佛与风嬉戏。荷花与日相映，花色更加动人。假如把荷花由野外移植到仙池之中，身处华贵的环境，根深扎在沃土里，又得到精心培植，一定会使花容更鲜艳、丰姿更秀美。尽管如此，荷花一旦遭遇寒露秋霜的侵袭，也会花落枝枯，最后像蓬草一样随风飘零。

【鉴赏】

江洪是宋州济阳考城（今河南开封兰考县）人，才思敏捷，风流儒雅。曾为竟陵王萧子良开西邸，招文学，以善辞藻游四方，与广陵高爽、会稽虞骞同为诗友。他与著名诗人吴均齐名，二人来往甚密。曾与丘令楷击钵立韵，响绝诗成。梁朝天监末年曾任建阳令，最后坐事而死。这首诗既有对荷花的赞美，又有对荷花遭遇霜露而零落的不平，恐是诗人借咏荷而托志，抒发对朝廷权贵之间争权夺利、相互残杀的感慨。"泽陂有微草，能花复能实"，赞美了荷花位卑而形美德善，既能饱人眼福，又能动人以情。"碧叶喜翻风，红英宜照日"，诗句描绘日下风中荷花形象，那自然生长在池塘中的荷花具有清秀天然之美，况且当红日高照，呈现出优美的姿态时，更能撩拨人的心弦。"移居玉池上，托根庶非失"，可以看出诗人胸有大志，希望有所作为。李白有"坐看飞霜满，凋此红芳年。结根未得所，愿托华池边"的诗句，白居易也有"托根非其所，不如遭弃捐"的慨叹，应该都是借鉴这首诗的结果。整首诗清新明丽，骨气端翔，犹存汉魏古风。

【注解】

泽陂：池沼。

玉池：指仙池。

托根：犹寄身。

飞蓬：指枯后根断遇风飞旋的蓬草。

52.紫荷渐曲池，皋兰覆径路
出自南北朝时期江淹的《池上酬刘记室》

【原文】（节选）

> 戚戚忧可结，结忧视春暮。
> 紫荷渐曲池，皋兰覆径路。
> 葱蒨亘华堂，菡萏杂绮树。
> 为此久伫立，容易光阴度。

【诗意】

　　不知为了什么，我忧肠百结，愁绪绵绵。为了解除忧愁，我来到池塘看风景，眼前正是春余夏初时节。红色的荷花在弯曲的池塘碧水中绽放，水泽边的兰草覆盖了狭窄的小路。华堂四周，植物茂密，满目青翠，枝叶繁盛的绿树丛中，弥漫着淡淡的烟霭。我久久地伫立在池塘边，望着眼前美好的一切，世间的不如意好像都已不复存在，心中只留下一片安闲恬静。在不知不觉中，时间悄悄地过去了。

【鉴赏】

　　江淹是宋州济阳考城（今河南开封兰考县）人，六岁能诗，十三岁丧父。虽家境贫穷，但很好学。这首诗是应酬赠答之作。记室是负责章表书记一类文书的官，刘记室当是江淹的同僚朋友。江淹早年仕途不如意，这首诗应作于早期。"戚戚忧可结，结忧视春暮"，诗人连用两个"忧"字，说明心情忧郁，继而又将忧郁的目光转向春天过后的池塘景物，由此引出了景物的描写。"紫荷渐曲池，皋兰覆径路"，诗句描绘的是池塘荷花繁茂、小径兰花旺盛的景象。前句偏重在水中，后句偏重在岸上。诗人用"渐""覆"两字，惟妙惟肖地把荷花、兰花竞相盛开、盛极一时的暮春景象渲染了出来，炼字精妙。

【注解】

　　皋兰：犹兰皋，指水泽边的兰草。

　　葱蒨[qiàn]：青翠茂盛貌。

　　华堂：正房，泛指房屋的正厅。

　　盆盦[pén yūn]：烟气氤氲貌。

53.秋日心容与，涉水望碧莲
出自南北朝时期江淹的《采菱曲》

【原文】（节选）

秋日心容与，涉水望碧莲。

紫菱亦可采，试以缓愁年。

参差万叶下，泛漾百流前。

高彩隘通壑，香气丽广川。

【诗意】

　　秋高气爽，令人心情格外轻松。采莲女划着船儿，去江对面碧绿的荷花荡，看看最近花开了多少。她原本是想去采莲的，但发现菱角已成熟，于是顺便也采了许多菱角。她想，采一些菱角拿回家，不仅可以缓解灾年饥荒，还可打发愁闷的日子。小船行驶在茂密的荷叶间，荡漾在一条条河流中。红花绿叶把远山挡在了视线外，荷香四溢，广阔的大地无限美好。

【鉴赏】

　　江淹二十岁左右在新安王刘子鸾幕下任职，开始其政治生涯。历仕宋、齐、梁三朝，仕途一路升迁。梁天监元年（502），任散骑常侍、左卫将军，封为醴陵侯。江淹中年以后，官运亨通，仕途的高峰却导致了他创作上的低潮，到齐武帝后期，他就很少有传世之作，故有"江郎才尽"之说。江淹去世时，梁武帝萧衍为他穿素服致哀。其诗拟古而意深，往往在诗中注入复杂的个人情感，别有一番新意。这首诗写出了水乡优美的风景、淳朴的风情，以及采莲女愉悦的心情。"秋日心容与，涉水望碧莲"，初秋既是采菱的季节，更是荷花盛开的时候。"紫菱亦可采，试以缓愁年"，诗人说采紫菱以"缓愁年"，是指可以缓解忧愁。其实应是袅袅不绝的采菱歌，能让人淡忘心中的忧伤。江淹著有《莲花赋》："余有莲华一池，爱之如金。"可见其确实爱莲。

【注解】

　　采菱曲：乐府清商曲辞名，是梁武帝改西曲所作《江南弄》七曲之一，与《采莲曲》相似。六朝诗人大多将女子采菱的活动与隐约缠绵的爱情交织在一起写，因而采菱往往成了一种象征性的求爱活动。

紫菱：指成熟的菱角。

54.鱼戏新荷动，鸟散余花落
出自南北朝时期谢朓的《游东田》

【原文】

> 戚戚苦无惊，携手共行乐。
> 寻云陟累榭，随山望菌阁。
> 远树暖阡阡，生烟纷漠漠。
> 鱼戏新荷动，鸟散余花落。
> 不对芳春酒，还望青山郭。

【诗意】

我心里忧愁不开心，就邀请朋友一同玩。我们登上云雾笼罩的层层高楼，顺着山势眺望华美的楼阁。只见远处树木郁郁葱葱，一片烟霭迷离的景象。而眼前荷塘中，鱼儿嬉戏，触动了水中嫩绿的荷叶；鸟儿飞动，枝上残余的花瓣纷纷飘落。春酒虽美，但我们还是停杯对景，眺望那烟霭迷离的青山水郭。

【鉴赏】

谢朓是陈郡阳夏县（今河南周口太康县）人，出身名门贵族，与山水诗人谢灵运同族，世称"小谢"。南齐建武二年（495）夏日，谢朓出任宣城（今属安徽）太守，复选中书郎，实现了他"凌风翰""恣山泉"的愿望。永泰元年（498），谢朓因功升任尚书吏部郎。永元元年（499），江祏等人联合始安王诬告谢朓欲谋反。东昏侯将谢朓打入大狱。不久谢朓就死在狱中，年仅三十六岁。谢朓长于五言诗，其诗清新隽永，流畅和谐，对仗工整，耐人咀嚼。这是一首记游之作，写的是诗人与友人携手共游东田所见的美景和感受，勾画了一幅鱼戏池中荷叶动、鸟散枝头残花落的暮春图。"鱼戏新荷动，鸟散余花落"，诗人将鱼、荷、鸟、花结合起来写。由荷动可推知鱼戏，此以实写虚也；"鸟散"是瞬间的景象，稍纵即逝，而"余花落"相对缓和些，诗人用"余花落""新荷动"这些细致的动态描写，来表现飞鸟散去后荷动人静和游鱼在水下嬉戏的一瞬间，显得余韵悠悠，体现了诗人闲适恬静的心境。谢朓另有咏荷诗句："夏木转成帷，秋荷渐如盖。"（《后斋回望诗》）

【注解】

东田：南朝太子萧长懋在钟山（今南京紫金山）下所建的楼馆，为当时有名的游览胜地。

悰［cóng］：快乐。

陟［zhì］：登，上。

累榭：重重叠叠的楼阁。榭：台上有屋叫榭。

蘭阁：华美的楼阁。

芳春酒：芳香的春酒。这里指美酒。

55.雾夕莲出水，霞朝日照梁

出自南北朝时期何逊的《看伏郎新婚诗》

【原文】

雾夕莲出水，霞朝日照梁。

何如花烛夜，轻扇掩红妆。

良人复灼灼，席上自生光。

所悲高驾动，环佩出长廊。

【诗意】

晚上，清纯的新娘像是在朦胧夜色中出水的荷花；早上，她的艳色如同照在门庭上的朝霞。但这都不如新婚之夜，轻罗小扇掩不住她的美貌盛妆。她青春靓丽，充满了期待，在酒席宴上光彩照人。当她听到高大的马车启动的声音，知道是娘家人要回去了，于是哭哭啼啼地跑出长廊去送行。

【鉴赏】

何逊是东海郯（今山东临沂兰陵县）人，侨居丹徒，齐太尉中军参军何询子。八岁能诗，弱冠州举秀才。一生大部分时间辗转于诸王藩邸，职不过记室，位不过幕僚，终生失意，郁郁而终。诗与阴铿齐名，杜甫将二人合称"阴何"。文与号称"神童"的刘孝绰齐名，世称"何刘"。其诗善于写景，工于炼字，为沈约所赏。这首诗描写了古代女子出嫁的美貌和仪式。"雾夕莲出水，霞朝日照梁"，诗人运用"照梁""出水"的典故，来形容女主人公姿容的艳丽，将早晨带露出水的荷花比作美丽端庄、艳光四射的新娘。

【注解】

出水：出自曹植所作的《洛神赋》。"灼若芙蕖出绿波"，诗句形容洛神像刚刚出水的芙蓉，鲜明夺目，美艳绝伦。这里喻指新娘。

照梁：出自宋玉所作的《神女赋》。"其始来也，耀乎如白日初出照屋梁"，诗句写神女刚出现时那种光艳照人、使人不敢逼视的美感。

花烛：喻结婚。古代新婚之夜，新娘新郎通宵不睡，谓之"守花烛"。

环佩：圆形玉佩。这里喻指新娘。

56.渠荷的历莽抽条，枇杷晚翠梧桐凋
出自南北朝时期周兴嗣的《千字文》

【原文】 (节选)

渠荷的历，园莽抽条。

枇杷晚翠，梧桐蚤凋。

陈根委翳，落叶飘摇。

游鹍独运，凌摩绛霄。

【文意】

池塘中的荷花开得光润鲜艳，园林内的青草生长出嫩嫩枝条。枇杷叶子到了冬天还是绿的，梧桐一到秋天树叶就凋零。老树根蜿蜒曲折，落叶在秋风里四处飘荡。只有远游的鲲鹏独立翱翔，直冲布满彩霞的云霄。

【鉴赏】

周兴嗣祖籍陈郡项（今河南周口沈丘县）人。世居江南姑孰（今安徽马鞍山当涂县）。其博学，善属文。十三岁开始到齐的京师建康（今江苏南京）游学，十几年后，精通了各种纪事文章的写法。梁武帝继位，拜安成王国侍郎。帝每令兴嗣为文，如《铜表铭》《栅塘碣》《檄魏文》《次韵王羲之书》。每奏辄称善，官终给事中。其编著的《千字文》传诵千古。据载，周兴嗣为了将其编完，一夜不睡，累得须发皆白。这里节选其中八句。"渠荷的历，园莽抽条"，描绘了春天美丽的景色。

【注解】

的〔dì〕历：光亮、鲜明貌。

委翳：萎谢之意。

鹍：一种大鸟，与鲲鹏类似。

57.荷香带风远，莲影向根生

出自南北朝时期吴均的《采莲曲》（其一）

【原文】

江风当夏清，桂楫逐流萦。

初疑京兆剑，复似汉冠名。

荷香带风远，莲影向根生。

叶卷珠难溜，花舒红易倾。

日暮凫舟满，归来渡锦城。

【诗意】

　　在炎热的夏天，江风吹过，显得特别凉爽。精美的小船顺流划进荷塘，萦回荡漾。瞬间，朵朵荷花展现在眼前。荷叶刚出水时，挺拔如京兆剑；等到荷叶张开，又像汉代宫女戴的冠帽。风掠荷塘，清香远溢；红莲映水，水底莲影酷似长在根上。晶莹的水珠跳上了半卷的荷叶，想溜也没法溜掉。然而荷花完全盛开，花瓣却很容易倾斜。傍晚，鸭形的小船上已经满载莲蓬，于是掉转船头返回繁华都城。

【鉴赏】

　　吴均是吴兴故鄣（今浙江湖州安吉县）人，出身贫寒，性格耿直，好学有俊才。沈约见其文，倍加称赏。其诗清新，其文工于写景，诗文自成一家，常描写山水景物，称为"吴均体"，开创一代诗风。这首诗较生动地反映了"涉江采芙蓉"的全过程，展示了当时风行一时的荡舟采莲的生活画面，采莲人的欢笑仿佛就在耳边。"荷香带风远，莲影向根生"，诗句写出了荷花"暗香清远"、莲影相互辉映的特点，虽非名句，亦堪玩味，孟浩然的"荷风送香气"与此似有"血缘"关系。

【注解】

　　京兆剑：古之京兆有名为芙蓉的利剑。

　　汉冠名：芙蓉冠子，汉代宫女所戴冠帽名，形似荷叶。

　　锦城：锦官城的简称，掌管织锦官员的官署。

58.愿君早旋返，及此荷花鲜

出自南北朝时期吴均的《采莲曲》（其二）

【原文】

锦带杂花钿，罗衣垂绿川。

问子今何去，出采江南莲。

辽西三千里，欲寄无因缘。

愿君早旋返，及此荷花鲜。

【诗意】

　　头戴华丽的彩带，镶金的首饰精美，身穿丝裙，如初荷出清水。女子如此精心打扮，请问今天将去哪里？原来是要去采摘江南莲蓬。辽西离这里有三千里，路远且道阻，她想把采到的莲子寄给远方的你，但没机会。只希望你早日凯旋，趁这鲜艳的荷花还盛开着。

【鉴赏】

　　这首诗纯用白描手法，描写了女子从出门采莲到希望远方的征人能在这荷花盛开之时回到故乡，借莲诉说爱恋之意，抒发了对远方丈夫的思念之情和对青春难留的无限感慨。"辽西三千里，欲寄无因缘"，"辽西"与"江南"的对比突出了采莲女与"君"地理上相隔之遥远；"欲寄"则透出采莲女难以言说的一往情深。"愿君早旋返，及此荷花鲜"，"荷花鲜"象征着年轻貌美的女子及其纯洁坚贞的品性。

【注解】

锦带：锦做的带子。

花钿：妇女的额饰。

罗衣：轻软的衣服。

辽西：指辽河以西的地区，今辽宁的西部。此指丈夫征戍之地。

无因缘：没有机会。

59.卷荷舒欲倚，芙蓉生即红

出自南北朝时期刘缓的《江南可采莲》

【原文】

春初北岸涸，夏月南湖通。

卷荷舒欲倚，芙蓉生即红。

楫小宜回径，船轻好入丛。

钗光逐影乱，衣香随逆风。

江南少许地，年年情不穷。

【诗意】

立春的时候，湖的北岸还是干涸的；一到夏天，南湖这里就碧波荡漾了。有的荷花含苞欲放，刚露出水面，亭亭植立；有的荷花已经绽放，艳红似火。船小方便掉头，船轻可以轻快进入荷叶丛中。采莲女宝钗的光芒与荷影已经融为一体，微风吹拂衣裙，送来阵阵荷香。江南正是爱情滋长的好地方，年年都有相思之人。

【鉴赏】

刘缓是平原高唐（今山东聊城高唐县）人，出身官宦之家，少知名。历官安西湘东王萧绎记室。刘缓性虚远有气调，风流跌宕，名高一府。时西府盛集文学之士，而缓居首，常云："不须名位，所须衣食；不用身后之誉，唯重目前知见。"后随湘东王之江州。这首诗从侧面描写人物，虽不见采莲女的音容笑貌，但人物形象鲜活生动。"卷荷舒欲倚，芙蓉生即红"，诗句很难分辨是写荷还是写人。诗人用娇艳的荷花衬托采莲女的美丽，交相辉映。"钗光逐影乱，衣香随逆风"，诗句用"钗光""衣香"，使人想象出采莲女的美好形象。至此，美丽的女子与艳丽的荷花已经融为一体，极具江南风情。

【注解】

南湖：一名鸳鸯湖。在浙江省嘉兴县城东南。

卷荷：含苞欲放的荷花。

60.露花时湿钏，风茎乍拂钿

出自南北朝时期刘孝威的《采莲曲》

【原文】

金桨木兰船，戏采江南莲。

莲香隔浦渡，荷叶满江鲜。

房垂易入手，柄曲自临盘。

露花时湿钏，风茎乍拂钿。

【诗意】

采莲女迎着朝阳，高高兴兴去采莲。精致华丽的小船缓缓进入荷塘，淡雅的荷香隔着沙洲随风飘来，沁人心脾。碧绿的荷叶上还有昨夜凝结的水珠，在晨曦照耀下折射出光芒。荷塘里荷叶青青，将小船掩映其中，果实饱满的莲蓬垂下了头，弯弯的荷茎自然临近荷叶，伸手就可以摘下。花朵上的露水，打湿了采莲女手腕上的镯子；在微风中摇晃的荷茎，忽然掠过她头上的首饰，发出清脆的声响。

【鉴赏】

刘孝威是彭城（今江苏徐州）人，出身官宦之家，齐大司马从事中郎刘绘之子。初为安北晋安王法曹，转主簿。累迁中舍人，并掌管记。大同九年（543）白雀集东宫，孝威上颂，其辞甚美。太清中，迁中庶子，兼通事舍人。刘孝威以诗胜，气调爽逸，风仪俊举，与庾肩吾、徐摛等并为萧纲的"高斋学士"。这首诗整个画面静中有动、动中有静，色彩明丽、鲜亮，语言浅近自然、婉转流畅，给人以清新明快之感。采莲不是最重要的，重要的是在"戏采江南莲"中体会平和与自然。"露花时湿钏，风茎乍拂钿"，诗句体物入微，形象描绘了采莲女喜悦的心情，钗钿碰撞有声，荷香满江，这样的美景哪里有呢？

【注解】

钏［chuàn］：镯子，妇女戴在手腕上的装饰品。

钿［diàn］：古代用金翠珠宝等制成的花朵形首饰。

61.宁知寸心里，蓄紫复含红

出自南北朝时期沈约的《咏新荷应诏》

【原文】

勿言草卉贱，幸宅天池中。

微根才出浪，短干未摇风。

宁知寸心里，蓄紫复含红。

【诗意】

　　不要因为荷花是草本花卉就轻视它，它只要有幸植根于皇宫的池塘里，自然就与其它草卉身份不同，一定会受世人瞩目。刚出水的嫩荷显得那么细小，短小的荷茎才伸出水面，就连风都吹不动它。荷茎长不满寸，看上去若有若无，然而谁能知道，其中所含的花蕾胚芽，却孕育着一个万紫千红的将来。

【鉴赏】

　　沈约是吴兴郡武康县（今浙江湖州德清县）人，少时孤贫，笃志好学，聪明过人。南朝宋时期，起家奉朝请，迁郢州外兵参军。南齐建立后，任征虏记室、太子家令、著作郎、国子祭酒。梁武帝萧衍即位后，沈约荣宠一时，历任左仆射、中书令、尚书令、左光禄大夫、侍中、太子少傅。沈约的诗与王融诸人的诗皆注重声律、对仗，时号"永明体"，其文学主张和创作实践领导了时代的风气。这是一首应诏诗，就是遵从皇帝的诏命而创作的。诗人借咏新荷，表达他人生的远大志向。"微根才出浪，短干未摇风"，描绘了新荷初露水面的状态，根细茎弱，荷柄未伸，嫩叶未展。"宁知寸心里，蓄紫复含红"，那荷的根茎虽然细瘦如鞭，又短又小。然而只等夏天一到，就会把那绚丽的色彩洒满整个池塘。原来，之前的所有卑微渺小都是在蓄势待力。整首诗清新自然，语短言深，蕴意深刻，咏物抒情，一气呵成。诗中犹自凝聚着一股强大的力量，让人心生美好的希望。最后，沈约封侯拜相，历仕宋、齐、梁三朝，成为当世首屈一指的大学者，真正做到了又"红"又"紫"。

【注解】

应诏：遵从皇帝的诏命。

天池：本谓神话中的瑶池，这里指皇宫中的池塘。

62.微风摇紫叶，轻露拂朱房

出自南北朝时期沈约的《咏芙蓉》

【原文】

微风摇紫叶，轻露拂朱房。

中池所以绿，待我泛红光。

【诗意】

半卷的嫩荷叶被微风一吹，在水波里轻轻摇动。那清凉的露水，滋润着红色的花蕾。池塘中的水之所以呈现一片翠绿，是因为在等我绽放出艳红的花朵。

　　沈约游览玄武湖时，看到荷花盛开，想到萧绎的《采莲赋》，有感而发写下此诗。这首诗生动而有味，描写了荷花在风中摇曳的优美风姿，最大的特点是从颜色上做文章，紫叶、朱房、绿池、红光等四种事物构成了一幅色彩斑斓的图画。"微风摇紫叶，轻露拂朱房"，诗人咏荷花含苞未放的姿容，紫叶与红蕾互相映衬，形象地写出了红花与绿叶密不可分的关系。"中池所以绿，待我泛红光"，诗人采用拟人化的手法，让池中的花苞开口说话。一个"待"字，既写出了荷花含苞待放的情韵，也表达了诗人一种昂扬奋发的精神。诗句中的"我"既是荷花，也是诗人自己，给人以一种身临其境的感觉。整首诗既是咏物，也是抒怀，寄托的寓意很明显，诗人始终在等一个让自己大放异彩的时机。

【注解】

　　紫叶：荷叶尚在卷曲刚露出水面时的颜色。

　　朱房：含苞未放的红色花蕾。

63.芙蓉始出水，绿荇叶初鲜

出自南北朝时期阮研的《棹歌行》

【原文】

芙蓉始出水，绿荇叶初鲜。

且停白雪和，共奏激楚弦。

平生此遭遇，一日当千年。

【诗意】

出水的新荷亭亭玉立,就像眼前年轻的船娘。绿色的荇菜嫩叶新鲜翠碧,宛如船娘那绿色的衣裙。在这样的美景下,与船娘合唱高雅的歌曲,然后共同演奏激扬的楚国琴曲。这是我平生以来仅有的一次奇遇,一日的经历比人生千年还要难忘。

【鉴赏】

阮研是陈留(今河南开封)人,官至梁交州刺史。其善书法,行草甚精熟,时称"萧、陶(即萧子云、陶弘景)等各得右军(王羲之)一体,而此公筋力最优"。其隶则习钟公,然风神不及。棹歌是行船时所唱之歌。这首诗是诗人的一日泛舟游记,描绘了一幅春日江面生机勃勃的图画。"芙蓉始出水,绿荇叶初鲜",诗人没有一句写人,但处处有船娘的倩影。既是描写风景如画的江面,又暗示了美丽的女主人公。诗句欢快流畅,清朗秀丽,流露出诗人的无限喜悦心情。

【注解】

白雪:古琴曲名。这里指高雅的曲子。

激楚:古琴曲名。这里指激扬的楚国琴曲。

64.人来间花影,衣渡得荷香

出自南北朝时期祖孙登的《赋得涉江采芙蓉》

【原文】

浮照满川涨,芙蓉承落光。

人来间花影，衣渡得荷香。

桂舟轻不定，菱歌引更长。

采采嗟离别，无暇缉为裳。

【诗意】

夕阳映红了整个江面，荷花沐浴在霞光中。有位采莲女划着小船，正从荷塘深处出来，她的倩影在艳丽的花影之间时隐时现，她的衣襟上沾上了浓郁的荷花香气。轻盈的小船出没在荷花丛中，采菱歌曲长久地回荡在荷塘。采莲的时间过得很快，她想起了与他长久的离别，不禁一声叹息，感叹没有空闲把荷花荷叶缝成漂亮的衣裳。

【鉴赏】

祖孙登，生卒年不详。仕于南朝陈，曾为记室，为司空侯安都门客。太建初，与张正见、徐伯阳、李爽、贺彻、阮卓、王由礼等以文为友，游宴赋诗。这首诗描写了江南莲花和采莲之美，同时运用借景抒情及白描手法，抒写了采莲女因离别而产生的忧愁。"人来间花影，衣渡得荷香"，诗句写出了荷花的茂密和馥郁。人影在花影间摇晃，人还是花？似乎融为一体。花连成影又暗寓一花叶茂密之境。衣襟沾上荷香，衣香还是荷香？又似融为一体，并暗嵌一香气浓郁之境，可谓构思缜密。

【注解】

赋得：赋得体诗产生于南北朝的梁代，指摘取古人成句为题之诗，题首多冠以"赋得"二字。

落光：犹霞光。

嗟[jiē]：叹息。

缉[qī]：一种缝纫方法。一针连着一针密密地缝。

65.白水丽金扉，青荷承日晖
出自南北朝时期祖孙登的《咏城堑中荷诗》

【原文】

白水丽金扉，青荷承日晖。

叶似环城盖，香乱上桥衣。

岸高知水落，影合见菱稀。

犹疑涉江处，空望采莲归。

【诗意】

澄清的水里倒映着华丽的屋舍，绿色的荷叶在晚霞中随风摇曳。荷叶又大又圆，遮住了远方的城市。荷花丛中阵阵香风迎面袭来，不知是荷花荷叶的香气，还是桥上那采莲女身上的衣香。发现河岸变高了就明白是水位回落，看得见荷花倒影就知道菱叶稀疏。我犹豫不决，神思恍惚，不知哪个地方是渡口，徒然怅望，只见一艘艘采莲船从远处归来。

【鉴赏】

这首诗情景交融，描写诗人在护城河所见荷花景色，流露出诗人内心的迷茫和苦闷。"白水丽金扉，青荷承日晖"，夕阳中的护城河，因开满荷花而生机勃勃。"犹疑涉江处，空望采莲归"，"犹疑""空望"四字点题，诗人是有满腹心事还是被眼前美景迷住了，一时竟找不到渡口，不免有点惆怅。

【注解】

堑 [qiàn]：防御用的壕沟，护城河。

金扉：华贵的门户。

青荷：绿色的荷叶。

66.岸阔莲香远，流清云影深

出自南北朝时期惠标的《咏水诗三首》（其二）

【原文】（节选）

骊泉紫阙映，珠浦碧沙沉。

岸阔莲香远，流清云影深。

【诗意】

骊山温泉倒映出高高的宫殿，珠江看得见碧净的沙粒。整个江面十分开阔，江中荷叶田田，朵朵荷花风姿绰约，在很远的地方就能闻到荷香。清澈的江水缓缓向东流，而水中的白云不知飘向何处。

【鉴赏】

惠标，生卒年不详。他是南朝陈代和尚，曾长期云游漂泊，对闽、浙、赣一带的自然风光相当熟悉，而且非常热爱，因而写了不少吟咏山水的诗。他的诗偈句中占尽各种水，以水烘托自然景物，使景达到风神兼具的境界。这首诗咏水，看似写景实则写心，看似咏水实则悟禅，是一首以水喻心、以水喻禅的诗。"岸阔莲香远，流清云影深"，诗句颇具禅意。万千景象美不胜收，诗人却悟到美景自心而生，而非外景自美。诗心淡然，佛性本真，则所见之景无不清新。反之，心有忧虑，为欲所困，则所见之景皆凄风枯荷。所以，诗句中夹着淡淡的荷花清香，沁人心脾。一说此诗为祖孙登所作。

【注解】

骊：骊山，又名蓝田山，在今陕西西安临潼区东南。周代、秦代和汉代，这里都建立了离宫。

紫阙：帝王宫殿。

67.弱柳垂江翠，新莲夹岸红

出自南北朝时期惠标的《咏水诗三首》（其三）

【原文】（节选）

长川落日照，深浦漾清风。

弱柳垂江翠，新莲夹岸红。

【诗意】

太阳快要落山，余晖洒在宽阔的江面上。柔柔的凉风吹拂水滨，碧波荡漾。岸边杨柳依依，倒映在清澈的水中，一片翠绿。水中央的新荷竞相开放，姹紫嫣红，清香四溢。

这首咏水诗，描绘了夕阳晚照下的美丽江景。诗人的心与禅在自然界融为一体，因为最高的禅境就在自然现象之中。陈文帝即位后，闽中刺史陈宝应起兵造反，惠标作五言诗以送之。陈宝应败，惠标从坐伏诛。这首咏水诗，写得清新自然，富有韵味。"弱柳垂江翠，新莲夹岸红"，"弱柳"与"新莲"、"江翠"与"岸红"，不仅对仗工整，而且色彩对比鲜明，描绘出一幅暮江红莲图。一说此诗为祖孙登所作。

【注解】

弱柳：柔细的柳条。

68.擎荷爱圆水，折藕弄长丝
出自南北朝时期卢思道的《采莲曲》

【原文】

> 曲浦戏妖姬，轻盈不自持。
> 擎荷爱圆水，折藕弄长丝。
> 佩动裙风入，妆销粉汗滋。
> 菱歌惜不唱，须待暝归时。

【诗意】

小河弯弯，采莲船上一群美女在玩耍。她们兴高采烈，行动轻快，急不可待地采摘着荷花。她们托起荷叶，喜欢荷露滴在水里泛起圆圆的涟漪。她们折断莲藕，喜欢拨弄那绵长相连的藕丝。微风阵阵吹来，衣袂飘飘如仙。她们忙得汗流满面，洗掉了脸上的晨妆。她们不停地唱着采菱歌，要等到天暗了再回家。

【鉴赏】

　　卢思道是范阳涿县（今河北保定涿州市）人，聪明善辩，发奋读书。由于自恃多才，经常看不起别人，所以官运不畅。北齐建立，任给事黄门侍郎。文宣帝高洋去世，只有卢思道一个人被选用了八首挽歌，人称"八米卢郎"。北齐灭亡，投降北周，授予仪同三司。隋初，历任武阳郡太守、散骑侍郎。其诗对仗工整，气势充沛，语言流畅。这首采莲曲承袭齐梁余风，辞藻浓艳，描写了采莲女的美丽形态。"擎荷爱圆水，折藕弄长丝"，诗人用"擎""折""弄"几个字，描写出一群美女"戏"荷的热闹场景，生动传神。

【注解】

　　妖姬：多指妖艳的侍女、婢妾，这里指美女。

　　暝：天黑。

69.早菱生软角，初莲开细房

出自南北朝时期庾信的《奉和夏日应令诗》

【原文】（节选）

五月炎蒸气，三时刻漏长。

麦随风里熟，梅逐雨中黄。

早菱生软角，初莲开细房。

愿陪仙鹤举，洛浦听笙簧。

【诗意】

农历的五月，天气走向炎热，白天变得漫长。麦子在暖暖的风中渐渐熟了，梅子经过几场雨后开始黄了。水中的菱角开始结出果实，而最早的荷花开始慢慢开放，露出里面粉嫩的小莲蓬。此刻，好想陪仙人一起飞入荷花丛中，与洛水女神一起倾听美妙的音乐。

【鉴赏】

庾信是南阳郡新野县（今河南南阳新野县）人，南梁中书令庾肩吾之子，自幼随父出入于萧纲的宫廷，后来又与徐陵一起任萧纲的东宫学士，成为宫体文学的代表作家，其文学风格被称为"徐庾体"。梁为西魏所灭后，庾信留居北方，官至车骑大将军。北周代魏后，他又更迁骠骑大将军、开府仪同三司，故世称其为"庾开府"。庾信在北方，一方面身居显贵，被尊为文坛宗师，受皇帝礼遇，与诸王结布衣之交；另一方面又深切思念故国乡土，为自己身仕敌国而羞愧，因不得自由而怨愤。著名的《哀江南赋》是其代表作。而这首应景诗是庾信早期作品，描写了五月之初的美好物候。"早菱生软角，初莲开细房"，在夏风夏雨的滋润中，荷叶舒展，迎来了荷花的初开，表达了诗人对美好未来的期待。庾信另有诗句"秋衣行欲制，风盖渐应欹"（《赋得荷诗》），以"风盖"喻荷叶大如盖，能当风雨。还有诗句"槐庭垂绿穗，莲浦落红衣"（《入彭城馆诗》），以"红衣"喻荷花花瓣，后被唐朝诗人王维引用。

【注解】

奉和：谓做诗词与别人相唱和。

三时：指早、午、晚。

刻漏：漏壶，古代计时器。漏是指带孔的壶，刻是指附有刻度的浮箭。

仙鹤：这里指仙人。

洛浦：这里指洛神。

笙簧：指笙的乐音。

70.丽质徒相比，鲜彩两难同
出自南北朝时期辛德源的《芙蓉花》

【原文】

洛神挺凝素，文君拂艳红。

丽质徒相比，鲜彩两难同。

光临照波日，香随出岸风。

涉江良自远，托意在无穷。

【诗意】

洛神的洁白、文君的艳红，都是天生丽质，但与红白荷花相比，其鲜艳的色彩远比不上荷花。特别是当灿烂阳光照在水面之时，随着从岸上吹来的风，荷花四处飘香，令人心旷神怡。遥想当年屈原渡江南行，洁身自好，我要效法屈原，借荷花来寄托感情，准备主动退隐，保全贞洁人格。

【鉴赏】

辛德源是陇西郡狄道县（今甘肃定西临洮县）人，沉静好学，博览群书，少即有名。曾仕北齐。入北周，为宣纳上士。及文帝受禅，郁郁不得志。入隋，隐于山林。素与武阳太守卢思道友善，时相往来。这首诗先描绘洛神、文君的丽质，然后与荷花的艳彩加以对比，进而又以荷花自比，且在对比和比喻中使事用典，自然贴切，耐人寻味。"丽质徒相比，鲜彩两难同"，诗人通过与洛神文君对比，衬托出荷花美好的品貌和鲜艳的姿彩，的确天生丽质、姿容非凡。"涉江良自远，托意在无穷"，诗句为双关语，一方面赞美屈原坚持理想的斗争精神，另一方面抒发自己决不同流合污的高尚情操。

【注解】

洛神：即宓妃，中国神话中的洛水女神。在曹植《洛神赋》中，洛神被作为理想美神的化身。

凝素：洁白之意。

文君：卓文君，中国古代四大才女之一。其姿色娇美，通音律，善抚琴，所写诗句"愿得一心人，白头不相离"（《白头吟》）流传至今。

涉江：最早见于《楚辞·九章》。屈原借以表现其纯洁高雅、坚贞自守的品格，这里借以表现女子对专一爱情的渴望与向往。

托意：寓意、寄情。

71.一茎孤引绿，双影共分红

出自隋朝杜公瞻的《咏同心芙蓉》

【原文】

灼灼荷花瑞，亭亭出水中。

一茎孤引绿，双影共分红。

色夺歌人脸，香乱舞衣风。

名莲自可念，况复两心同。

【诗意】

难得一见的并蒂莲，开得鲜艳明亮，预示吉祥。它亭亭玉立在清澈的水中。一枝孤茎引出一抹绿，两朵花影共同分开两抹红。它秀丽的颜色，仿佛歌女的容貌娇嫩欲滴；它馥郁的清香，好像舞衣引起的微风到处飘溢。这样的并蒂莲自然会互相思念，更何况两心是在一起的。

【鉴赏】

杜公瞻是中山曲阳（今河北保定）人，官安阳令。曾为南北朝宗懔的《荆楚岁时记》作注，并有意识地将《荆楚岁时记》所记南方风俗与北方风俗进行比较。这首诗生动地刻画了并蒂莲的形貌色泽，从远至近，从形态到颜色、香气，用美人来衬托比拟，清丽而不浓艳，雅致而不俗媚。"一茎孤引绿，双影共分红"，诗句描写并蒂莲的花苞形态，对偶工整，"一"对"双"、"孤"对"共"、"引绿"对"分红"，观察细腻，描写轻盈，造词凝练隽永，生动传神，当属咏荷之佳句。"名莲自可念，况复两心同"，诗人以莲寓人，揭示主旨，表达两心相悦的情感，实为点睛之笔。

【注解】

同心芙蓉：指并蒂莲。

歌人：这里指歌女。

况复：何况的意思。

72.棹移浮荇乱，船进倚荷来

出自隋朝殷英童的《采莲曲》

【原文】

荡舟无数伴，解缆自相催。

汗粉无庸拭，风裙随意开。

棹移浮荇乱，船进倚荷来。

藕丝牵作缕，莲叶捧成杯。

【诗意】

她划船去采莲，没有女伴陪同。她解去系船的缆绳，催促自己尽快开船。天气炎热，汗湿粉脸，她也顾不及擦拭，任风随意吹拂裙裾。她奋力划动船桨，漂浮在水面的荇草被搅乱了。采莲小船向前进发，原本相倚着的荷花荷叶迎面而来。夜深了，她还不想回去，蓦然想起远方的人，于是把藕丝牵扯成一缕一缕的，还把摘到的荷叶卷成酒杯模样，望月兴叹。

【鉴赏】

殷英童出身陈郡（今河南周口）殷氏，其父南梁才子殷不害。殷英童善楷隶书，兼工画。北周御正中大夫，入隋朝任晋熙郡守，封建安县开国男。这首诗描写了北方采莲女子泼辣又多愁的可爱形象，她们不同于江南女子柔弱轻盈。"棹移浮荇乱，船进倚荷来"，诗句写船移动时荇草荷花的动态。两句诗前后皆是因果关系，因"棹移"而"浮荇乱"，因"船进"而"倚荷来"。"来"字用得有趣，本是船行靠近荷花，一个"来"字则赋荷以生灵，仿佛不是船行，而是荷花自己前来；一个"倚"字，荷花之娇慵情态若在眼前。"藕丝牵作缕，莲叶捧成杯"，"藕丝"与"偶思"、"杯"与"悲"双关，诗句描写采莲女触景生情，想起了心上人，相思一旦牵动，缕缕不散，情意难已。

【注解】

荡舟：这里指划船。

无庸：无须、不必的意思。

73.水溢芙蓉沼，花飞桃李蹊

出自隋朝薛道衡的《昔昔盐》

【原文】（节选）

> 垂柳覆金堤，蘼芜叶复齐。
> 水溢芙蓉沼，花飞桃李蹊。
> 采桑秦氏女，织锦窦家妻。
> 关山别荡子，风月守空闺。

【诗意】

垂柳低垂，覆盖在金黄色的堤岸上。蘼芜到了夏天，叶子又变得异常繁茂。娇艳的荷花盛开了，荷叶碧绿，池塘的水太满，顺着缺口潺潺流出。桃李的花瓣随风飘落，撒满了树下的小路。有位女子貌美如采桑的秦罗敷，她对丈夫的思念情怀像织锦的窦家妻那样真切。丈夫已去关山之外，而她在风月之夜只能独守空闺，忍受寂寞。

【鉴赏】

薛道衡是河东郡汾阴县（今山西运城万荣县）人，历仕北齐、北周。隋朝建立后，任内史侍郎，加开府仪同三司。炀帝时，出为番州刺史，改任司隶大夫。因论时政，为御史大夫裴蕴所弹劾。后为炀帝赐自尽，天下称冤。其诗与卢思道齐名，在隋代诗人中艺术成就最高。这是一首闺怨诗，主题是女子思念远征的丈夫，诗中着重描绘暮春景象以衬托人物的内心感受。这里节选其中八句。"水溢芙蓉沼，花飞桃李蹊"，诗句写初夏荷花、桃李的勃勃生态。上句写水溢池塘，可以想象荷花随着池水上下起伏漂浮的美景；下句写落花纷飞，可见池畔花瓣翻飞覆道的景色。诗句描写荷花与桃李交相辉映，岸上与池中相辅相成。这令人心旷神怡的美景，与诗中思妇的孤寂悲愁恰恰形成鲜明的反差。诗人以美景反衬人之忧愁，手法高妙。

【注解】

昔昔盐〔yàn〕：隋唐乐府题名。昔昔，夜夜的意思。盐，即艳，是一种音乐的曲名。

金堤：即堤岸。堤之土黄而坚固，故用"金"修饰。

蘼芜：香草名，其叶风干后可做香料。古人相信蘼芜可使妇人多子，然而在古诗词中"蘼芜"一词多与夫妻分离或闺怨有关。

蹊〔xī〕：小路。

秦氏女：指罗敷，是邯郸城一个姓秦的农家女，以采桑为生，大约生活在汉末至三国时期。她忠于爱情，热爱家乡、热爱生活，是古赵邯郸美女的代表。这里用来表示思妇的美好。

窦家妻：指晋窦滔之妻苏蕙。苏蕙丈夫窦滔因厌战不从军令，被革职发配到流沙（今甘肃敦煌），遇到了歌妓赵阳台，娶作了偏房。窦滔奉命出镇襄阳，本欲携妻妾同往，可苏蕙为赵妾之事赌气不从，窦滔只带着赵阳台赴任。苏蕙独守长安空闺中，日子稍长，便感寂寞难耐。她便用吟诗作文来排遣孤寂的时光。她将所写诗词织在八寸锦缎上，并把这副锦缎命名为"璇玑图"，派人送交窦滔。窦滔捧着"璇玑图"，细细体味，完全读懂了其意思。最终决定将赵阳台送回关中，并派遣了人马，到长安接来了苏蕙。自此，夫妻恩爱偕老。这里用来表示思妇的相思。

荡子：即游子，这里指征夫。

从唐代到五代十国

74.清水出芙蓉，天然去雕饰

出自唐代李白的《经乱离后天恩流夜郎忆旧游书怀赠江夏韦太守良宰》

【原文】

> 览君荆山作，江鲍堪动色。
>
> 清水出芙蓉，天然去雕饰。

【诗意】

假如江淹、鲍照看到你在荆山的大作，肯定会被深深打动，为之动情于色。清澈如许的水中才会生长出纯洁无瑕的荷花，自然而然的事物远胜过雕琢装饰的那些东西。

【鉴赏】

李白先世曾迁居碎叶（今吉尔吉斯斯坦托克马克市），后其父逃归于蜀，定居绵州昌隆县青莲乡（今四川绵阳江油市青莲镇），李白即出生于此。开元十三年（725），李白出蜀，"仗剑去国，辞亲远游"。李白爽朗大方，爱饮酒作诗，喜交友。天宝元年（742）被召至长安，供奉翰林。其文章风采颇为唐玄宗所赏识，但在政治上不受重视，又遭权贵谗毁，仅一年余即离开长安。安史之乱爆发后，他怀着平乱的志愿，参加了永王李璘的幕府。因受永王争夺帝位失败牵累，流放夜郎（今贵州境内），中途遇赦东还。行至江夏，太守韦良宰招待了他。这首诗是李白当时与老朋友韦太守离别时所作。在这首自传体长诗中，诗人回顾了自己的人生历程，抒发了自己的政治感慨。这里节选其中四句。"览君荆山作，江鲍堪动色"，李白点赞韦太守的文章堪与江淹、鲍照的文笔媲美。"清水出芙蓉，天然去雕饰",诗句进一步说韦太守的文章自然清新,就像刚出水的荷花,清新美丽、天然纯洁。诗人以荷花作比喻,间接赞美了对方的人品。同时,诗句也表达了李白对诗文的见解,主张纯美自然,反对装饰雕琢。这两句诗成为李白诗歌风格的最好描述,后人经常引用这两句诗形容李白的诗风。诗人还从侧面写出了荷花之美,捕捉到"清水出芙蓉"这一刹那间的美丽景象,遂成此句,写得入木三分,堪称咏荷佳句。

【注解】

江夏:鄂州,治所在今湖北武汉武昌。

韦太守良宰:即江夏郡太守(鄂州刺史)韦良宰。

荆山:在今湖北武当山东南、汉水西岸,漳水发源于此。

江鲍:南朝梁文学家江淹和南朝宋文学家鲍照的并称。

75.荷花娇欲语,愁杀荡舟人

出自唐代李白的《渌水曲》

【原文】

渌水明秋月,南湖采白蘋。

荷花娇欲语,愁杀荡舟人。

【诗意】

清澈的湖水在秋夜的月光下波光粼粼,有位美丽的姑娘来到南湖采摘白蘋。含苞待放的荷花就像多情的少女,姿态娇媚,好像有话要说,却愁坏了这位划船的姑娘。

【鉴赏】

李白是屈原之后最具个性特色、最伟大的浪漫主义诗人,被后人誉为"诗仙"。这首诗构思别致精巧,描写的是一幅迷人的胜似春光的秋景画。"渌水明秋月,南湖采白蘋",诗句写实,点明时间、地点与劳动内容。白蘋在古典诗歌中总是寄寓着哀愁,就如霜月与芦花,它们的白弥散着岁月的忧伤。"荷花娇欲语,愁杀荡舟人",诗人笔下的荷花不仅"娇"而且"欲语",不特"欲语"而且十分媚人,以致荡舟采蘋的姑娘对荷花产生了妒意,暗喻这位女子心事重重,或许是思念远方的心上人,写出了她的孤独寂寞之感。诗句描写的是典型的南方秋景,不仅无肃杀之气,无萧条之感,而且生气勃勃,胜似春天,表现出诗人愉悦的情绪。

【注解】

渌水曲:古乐府曲名。渌水:即绿水,清澈的水。

南湖:这里指洞庭湖。

蘋:蘋似槐叶,而连生浅水中,五月有花白色,故谓之白蘋。

愁杀:即"愁煞",愁得不堪忍受的意思。

荡舟人:这里指采蘋的姑娘。

76.风动荷花水殿香,姑苏台上宴吴王

出自唐代李白的《口号吴王美人半醉》

【原文】

风动荷花水殿香,姑苏台上宴吴王。

西施醉舞娇无力，笑倚东窗白玉床。

【诗意】

微风吹动荷花，送来满殿清香。莺歌燕舞的姑苏台上，摆宴欢愉的是吴王李蒇。西施般的美人半醉后起舞，娇柔无力，舞罢一曲以后，妩媚地微笑着，倚躺在东窗下镶嵌着白色玉石的床榻上休息。

【鉴赏】

自玄宗天宝元年（742）到宪宗元和十五年（820），是唐朝政治由盛转衰的转变时期。其间，朝内屡兴大狱，屠戮驱逐忠良；对外东征西讨，耗费钱财。李白以孤臣孽子之身心流落江湖，所以李白的忧愤情愫极为深切，时常有抨击时政的诗作。这首诗约作于天宝七载，李白通过描写吴王美人的容貌、举止、情态乃至生活环境，勾勒出一幅帝王嫔妃的生活情趣图。"风动荷花水殿香，姑苏台上宴吴王"，诗人叙景起兴：荷花虽香，因风而献媚于水殿，描绘出一幅微风吹动荷花、清香充溢满殿的景致。诗人在这首诗中，因望见"姑苏台"而托言感怀吴王，实则借古鉴今，含蓄警示当朝皇上唐玄宗，不要像吴王那样沉溺于酒色，表现出诗人对国家安危的忧虑和对民生疾苦的关怀。可见，裘马轻狂、狂歌痛饮的诗人，意趣高远，超旷洒脱。

【注解】

口号：即口占，古诗标题用语，表示随口吟成。

姑苏台：又名姑胥台，在苏州城外西南的姑苏山上，相传为吴王夫差所筑。

吴王：这里指的是吴王李祗，时任庐江太守。

77.镜湖三百里，菡萏发荷花

出自唐代李白的《子夜吴歌·夏歌》

【原文】

镜湖三百里，菡萏发荷花。

五月西施采，人看隘若耶。

回舟不待月，归去越王家。

【诗意】

镜湖之大有三百余里，到处都是含苞欲放的荷花。西施五月曾在这里采莲，引来观看的人挤满了若耶溪。可西施回家不满一个月，就被越王勾践选中，进入锦绣宫殿。

【鉴赏】

李白的诗想象丰富，善于从民间文艺和神话传说中吸取营养和素材。他在许多诗中描写西施，把西施作为荷花女神来歌咏。这首诗以轻快的笔调，叙述了西施在若耶溪采莲的故事，从荷花美到西施美，构思十分巧妙。李白采用婉曲手法从侧面渲染出西施的美貌绝伦，也抒发了他对夏天镜湖荷花的喜爱。"镜湖三百里，菡萏发荷花"，广阔三百里的镜湖，在含着花苞的荷花吐发的时候，西施泛舟出现了，成为采莲人，但是她的艳丽和美名引起了轰动。"人看隘若耶"，人人争餐秀色，使宽阔的若耶溪变得狭隘了，诗人写一"隘"字而传神，那种人潮汹涌、人舟填溪满岸的热闹场面，如在眼前。"回舟不待月，归去越王家"，西施就像一朵最美最新鲜的荷花，被皇帝选中后送往宫廷。而诗人也希望自己被皇帝看中，一朝选在君王侧。后来，诗人终于以卓越的才华，留在唐玄宗身边两年，实现了这个梦想。

【注解】

镜湖：鉴湖，在今浙江绍兴城西南，相传黄帝铸镜于此而得名。

若耶：若耶溪，在今浙江绍兴境内。溪旁旧有浣纱石古迹，相传西施浣纱于此，故又名"浣纱溪"。

78.秀色掩今古，荷花羞玉颜
出自李白的《咏苎萝山》

【原文】

西施越溪女，出自苎萝山。

秀色掩今古，荷花羞玉颜。

浣纱弄碧水，自与清波闲。

皓齿信难开，沉吟碧云间。

勾践征绝艳，扬蛾入吴关。

提携馆娃宫，杳渺讵可攀。

一破夫差国，千秋竟不还。

【诗意】

西施是越国浣纱溪边的美女，出生于苎萝山。她秀色清丽盖过古今女子，连荷花仙子都自感愧羞不如。她在溪水边洗衣服，自在地与绿水嬉戏，像清澈的水波一样悠闲。平时，她是相当矜持，很少能见到她笑露白齿。她对着水中的蓝天白云，独自沉吟，似有淡淡的愁绪。越王勾践征召全国绝色美女，要给吴王施美人计。西施为了报国，扬起蛾眉昂然赴吴。她深受吴王夫差宠爱，被安置在馆娃宫里，深宫清锁，音信邈远，高不可攀。等到夫差被勾践打败之后，西施竟然永远没有回来。

【鉴赏】

这是一首西施的赞歌，赞美西施的如花容颜、纯洁心灵及家国情怀。诗人近乎完整地讲述了西施的故事，囊括了西施的出身、美貌、沉稳、使命、归宿，一步步地穿越历史时空，来到春秋战国的烽火岁月。西施本是越国乡村平凡农家人的女儿，但她天生丽质。"秀色掩今古，荷花羞玉颜"，诗人以荷花来对比，描写出西施的美艳，不愧有"沉鱼之容"。西施不仅美貌，而且情韵动人，得江南女儿之仙态。"浣纱弄碧水，自与清波闲"，她冰清玉洁，闲情无限。一个"弄"字把女儿家戏水的娇柔情态表现得淋漓尽致，一个"闲"字展现了少女的天真烂漫，无忧无虑。从整首诗来看，诗人把西施的美貌看作自己才华的自况、自比，西施终于"一破夫差国"，而诗人在政治上一事无成。"千秋竟不还"，既有对西施历史功绩的赞赏，也有诗人自叹自伤的袅袅愁绪升腾。

【注解】

越溪：指越国苎萝山下的浣纱溪。

苎萝山：山名。在浙江省诸暨市南，相传西施为此山鬻薪者之女。

79.若耶溪傍采莲女，笑隔荷花共人语

出自唐代李白的《采莲曲》

【原文】

若耶溪傍采莲女，笑隔荷花共人语。

日照新妆水底明，风飘香袂空中举。

岸上谁家游冶郎，三三五五映垂杨。

紫骝嘶入落花去，见此踟蹰空断肠。

【诗意】

夏天的若耶溪上，有几位少女在采莲。她们隔着荷花轻声说笑，人面荷花交相辉映。阳光照耀着她们的新妆，水底倒映出她们的倩影。她们的衣袖在风中冉冉飘动，伴随着荷香。岸上是谁家的俊美少年，他们三三五五地骑着马，在杨柳树阴里来回游荡，迟迟不肯离开。夕阳西下，紫骝马嘶鸣着，踏着落花远去。见此情景，怎不令人发愁断肠。

【鉴赏】

这首诗是李白漫游会稽一带所作。诗人将吴越采莲女的娇艳清纯放在荷花丛中加以表现，又用岸上游冶郎的徘徊踟蹰不忍离去反衬采莲女的魅力，描绘出明艳、活泼、大方的采莲女的新形象，委婉传神，细腻生动，意味悠远。同时，诗人通过描写精心装扮的少女在阳光明媚的春日里快乐采莲的旖旎美景，来表达自己对时光飞逝的感叹，以及对美景易逝的无奈之情。"若耶溪傍采莲女，笑隔荷花共人语"，这些采莲女绰约于荷花间，或是和风细雨，或是娇嗔微微，有一种神秘感。荷叶

田田，荷花朵朵，与春风满面的少女的粉颊交相辉映。"笑隔荷花"似有似无的朦胧之美，将采莲女的神态细腻地表现出来，生动形象。

【注解】

游冶郎：出游寻乐的青年男子。

紫骝：古骏马名。

踟蹰[chíchú]：即徘徊，心中犹疑，要走不走的样子。

80.攀荷弄其珠，荡漾不成圆

出自唐代李白的《折荷有赠》

【原文】

涉江玩秋水，爱此红蕖鲜。

攀荷弄其珠，荡漾不成圆。

佳人彩云里，欲赠隔远天。

相思无因见，怅望凉风前。

【诗意】

秋水浩渺，江上泛舟，采莲女最喜爱的还是这艳红的荷花。她攀折一支碧绿荷叶，戏弄荷叶上的水珠，只见它滚动着却总不成圆。彩色云霞倒映在清澈的江水中，也映红了她的脸庞，她想折荷赠送给远方的他，但又路途太远。苦苦相思而不能相见，她只能伫立在秋风中，带着无限惆怅眺望远方。

【鉴赏】

这首诗运用委婉含蓄的艺术手法,借荷花来表达爱情。诗人紧紧围绕"折荷"这一短暂的细节,把采莲女由"爱此红蕖鲜"到"相思无因见"的整个内心的细微变化,揭示得一览无余,抒发了她无限怅惘的心情。"攀荷弄其珠,荡漾不成圆",诗句巧妙地暗喻了这位女子细微的内心活动。诗人运用了南朝民歌中常用的谐音与双关的艺术手法,"荷"谐音"合","攀荷"即有希望匹合成双之意。"不成圆"的"圆",又双关为团圆之圆。那么由"攀荷"到"不成圆",已非简单的动作与物象描写,而是重在刻画这位女子由对专一爱情的渴望而产生的焦虑与苦闷的心态,淋漓尽致地表现出人物的内心情感。

【注解】

涉:本义是步行渡水,这里有泛舟游历之意。

81.素手把芙蓉,虚步蹑太清

出自唐代李白的《古风·其十九》

【原文】

西上莲花山,迢迢见明星。

素手把芙蓉,虚步蹑太清。

霓裳曳广带,飘拂升天行。

邀我至云台,高揖卫叔卿。

恍恍与之去,驾鸿凌紫冥。

俯视洛阳川,茫茫走胡兵。

流血涂野草，豺狼尽冠缨。

【诗意】

西岳华山莲花峰上，远远地看见华山仙女。她素手握着皎洁芙蓉，太空之中凌空而行。她身穿五彩华丽的衣服，宽大的衣带随风飘动，云彩一样飘然升空。她邀请我登上彩云高台，拜见那仙人卫叔卿。恍惚之间与仙人同去，驾着鸿雁飞入高空。俯视中原一带，到处都是安禄山的叛军。只见鲜血淋漓涂满了野草，而这些叛军个个都封爵簪缨。

【鉴赏】

李白《古风》组诗共五十九首，各首诗相对独立，但在主题、立意、风格及诗学渊源上又表现出整体性。这首诗写于天宝十五载（756），时洛阳已陷于安史叛军之手，而长安尚未陷落。诗中虚构了一个虚无缥缈的仙境，以此反衬中原地带叛军横行、人民遭难的残酷景象，表现了诗人独善兼济的思想矛盾和忧国忧民的沉痛感情。"素手把芙蓉，虚步蹑太清"，美丽的仙女纤纤素手握着芙蓉，翩翩凌空而行，遨游于高高的天宇。李白借助想象，描绘出一幅鲜艳飘逸的仙女飞天图。此诗写法奇特，前十句虚拟游仙之事，后四句忽然转入现实，前后形成鲜明对比。由此可见李白诗天马行空、想象奇诡之处。

【注解】

明星：传说中的华山仙女。

卫叔卿：传说中的仙人。

紫冥：指天空。

洛阳川：泛指中原一带。

豺狼：比喻安禄山叛军。

冠缨：穿戴上官吏的衣帽。

82.秋花冒绿水，密叶罗青烟
出自唐代李白的《古风·其二十六》

【原文】

碧荷生幽泉，朝日艳且鲜。

秋花冒绿水，密叶罗青烟。

秀色空绝世，馨香为谁传。

坐看飞霜满，凋此红芳年。

结根未得所，愿托华池边。

【诗意】

荷花生长在幽静的山林溪水边，朝阳把它们映照得鲜艳无比。一朵朵秋荷在清波里茁壮成长，茂密的圆叶在晨雾中泛起缕缕云烟。秀丽的花容、清香的气息绝世空前，可有谁知道和赞赏呢？我坐在荷花边，眼看秋霜渐浓，秋风劲起，荷花将凋谢了芳华。真希望荷花能在景色秀丽的池沼里生长，时时鲜艳，永不残败。

【鉴赏】

这是李白二十八岁时的作品。岁月的仓促，雄心的未酬，让他将心情寄托在早秋的一池荷花上。李白借碧池荷花暗示自己的才高道洁，并希望举荐给皇上重用。诗人以荷为喻，赞扬贞洁之士有美德，惜其才不得见用，位不得其处。李白写荷之美，综以"艳""鲜"，分以"花""叶""色""香"，陪以"朝日""绿水""青烟"，荷花馨香清新悠远，闻之让人神清气爽。"秋花冒绿水，密叶罗青烟"，诗人托物言志，通过写荷花秀丽的花容，表达了对自己高洁品性的自信。"结根未得所，愿托华池边"，表达了诗人希望像荷花生长在华美的池子里一样，期盼得到举荐和朝廷垂青。李白这首诗中的荷花，如同美玉藏在深山，隐于幽谷。

【注解】

红芳：指红花。

华池：神话传说中的池名，在昆仑山上。泛指景色秀丽的池沼。

83.竹色溪下绿，荷花镜里香

出自唐代李白的《别储邕之剡中》

【原文】

借问剡中道，东南指越乡。

舟从广陵去，水入会稽长。

竹色溪下绿，荷花镜里香。

辞君向天姥，拂石卧秋霜。

【诗意】

向你打听去剡中的道路，你举手示意遥指东南方的越地。乘船由扬州而南下，长长的流水一直通向绍兴。溪边竹色翠绿，清水明净如镜，映着朵朵荷花，传出阵阵清香。与你辞别前往天姥，拂去石头上的灰尘，我将高卧上面，不怕秋日霜露。

【鉴赏】

李白在唐开元十二年（724）出蜀远游，两年后便从广陵到剡中。这首诗是李白告别广陵（今扬州）友人储邕前往会稽（今绍兴）时所作。"竹色溪下绿，荷花镜里香"，荷花原生于水中，诗人不说荷花香，却说"镜中香"。荷花水中的倒影是不会香的，但李白想象力超群，一句"镜中香"颇具禅意。水静且清，伴以飘香的荷花、泛绿的翠竹，描绘出江南水乡所独具的景色。"辞君向天姥，拂石卧秋霜"，到天姥山终日与秋霜相伴是何等的舒畅，诗人将想象中的事如实写来，充分展现了他热爱大自然、向往大自然的一片童心。

【注解】

储邕：李白的朋友。

剡［shàn］：剡溪，水名，浙江曹娥江上游的一段。

天姥：山名。在浙江省天台县与新昌县之间，是绍兴的南屏障。

84.笑入荷花去，佯羞不出来

出自唐代李白的《越女词五首》（其三）

【原文】（节选）

耶溪采莲女，见客棹歌回。

笑入荷花去，佯羞不出来。

【诗意】

有位采莲女泛舟在若耶溪上，看见别的船上的客人时，便唱着古乐府民歌中船歌，掉转船头而去。伴随着欢笑声，她将小船划入荷花丛中，并假装怕羞似的不出来。

【鉴赏】

李白《越女词》共有五首，是诗人初游吴越时所见的几个情景的个别记录，分别刻画了五种不同性格的越地女子形象。这首诗虽很浅白，但韵味却很隽永，写出了诗人对水乡女子的喜爱之情。"笑入荷花去，佯羞不出来"，"佯羞"二字极精彩，将少女欲看青年男子却又羞涩的心理与情态描写得惟妙惟肖。透过这两个字，仿佛可以看到在密密层层的荷花丛中，那位采莲女正从荷花荷叶的缝隙中偷偷地窥视着游客。鲜艳的花朵与美人的脸庞相互映衬，这和谐美妙的景象真令人心醉神迷。

【注解】

棹歌：行船时所唱之歌。

85.大嫂采芙蓉，溪湖千万重

出自唐代李白的《湖边采莲妇》

【原文】

小姑织白纻，未解将人语。

大嫂采芙蓉，溪湖千万重。

长兄行不在，莫使外人逢。

愿学秋胡妇，贞心比古松。

【诗意】

小姑在家纺织麻布，还不知道与人打交道。大嫂去湖里采芙蓉，溪曲湖宽，荷叶密布。大哥外出远行了，大嫂不要与陌生人相见说话。要学秋胡的贤妻那样不受诱惑，更要像松树一样贞洁。

【鉴赏】

《湖边采莲妇》为李白自创乐府新辞。诗人漫游湖边，见湖中莲花盛开，枝叶飘曳，湖中姑嫂二人荡舟采莲，笑语连声，于是即兴写成此诗。这首诗没有奇特新颖的想象，没有精工华美的辞藻，通过对小事的描写，生动地写出了一个采莲妇朴实的心理，刻画出一个对爱情坚贞不渝的女子形象。诗人在这首诗中，把"小姑织白纻，未解将人语"与"大嫂采芙蓉""莫使外人逢"相对比，以小姑的天真烂漫，来衬托"大嫂"的拘谨防范，表现了采莲妇的贤淑和纯朴。"愿学秋胡妻，贞心比古松"，诗人借用典故，把采莲妇的贞洁之心升华到一个新的高度。

【注解】

纻［zhù］：苎麻，这里指用苎麻纤维织的布。

大嫂：这里指兄嫂。

秋胡：春秋鲁人，婚后五日，游宦于陈，五年乃归，见路旁美妇采桑，赠金以戏之，妇不纳。及还家，母呼其妇出，即采桑者。妇斥其悦路旁妇人，忘母不孝，好色淫逸，愤而投河死。后以"秋胡"泛指爱情不专一的男子。

86.芙蓉老秋霜，团扇羞网尘
出自唐代李白的《中山孺子妾歌》

【原文】

中山孺子妾，特以色见珍。

虽然不如延年妹，亦是当时绝世人。

桃李出深井，花艳惊上春。

一贵复一贱，关天岂由身。

芙蓉老秋霜，团扇羞网尘。

戚姬髡剪入春市，万古共悲辛。

【诗意】

中山王的孺子妾，只是凭着美丽的容貌而得到中山王的宠爱。虽然说比不上李延年的妹妹李夫人，但仍然是当时的绝色佳人。种在庭院中央的桃树和李树，每年初春季节开花，分外艳丽。一贵一贱，自己怎么能够决定呢，全在于上天的安排。荷花在寒意渐深的秋霜季节里渐渐凋零, 美人的团扇落满了灰尘。戚夫人在高祖时曾是多么得宠, 却落得髡发入春市的悲惨下场。自古以来, 失意人的悲伤辛酸都是一样的。

【鉴赏】

《中山王孺子妾歌》是南朝齐文学家陆厥创作的一首杂歌, 萧统将其收录于《文选·卷二十八》杂歌类。李白借用乐府旧题, 描写宫中嫔妃的宠辱不在自身而在命运, 以此喻仕途穷通。前六句写美人因貌美而受宠。"一贵复一贱, 关天岂由身"二句为第二段, 为前后过渡句, 也是点明诗旨的关键句。后四句写宫中嫔妃有的因色衰而爱弛, 有的因斗败而获罪。"芙蓉老秋霜, 团扇羞网尘", 本意谓荷花逢霜而衰败、团扇天凉被闲置, 比喻美人迟暮, 爱弛宠歇。诗人借残荷凋零, 表达了失意之人的苦闷与心酸。

【注解】

中山: 汉于中山封王者, 唯景帝子刘胜。

孺子: 汉代王妾之有号者。

延年妹: 李延年的妹妹李夫人, 有倾国倾城之貌, 是汉武帝最宠爱的妃子。

深井: 这里指庭院中间的空地。

团扇: 汉成帝时, 班婕妤失宠, 供养于长信宫, 作了一首《团扇歌》, 以表达自己失宠后的心情。

戚姬: 戚夫人。汉高祖刘邦时, 戚夫人得宠, 高祖驾崩以后, 吕后用残酷的手段整治戚夫人, 剃去头发, 挖去双眼, 残害致死。

髡［kūn］: 古代一种把头发剃光的刑罚。

舂 [chōng] 市：古代舂人所役女犯劳作之处。

87.昔日芙蓉花，今成断根草
出自唐代李白的《妾薄命》

【原文】

> 汉帝重阿娇，贮之黄金屋。
>
> 咳唾落九天，随风生珠玉。
>
> 宠极爱还歇，妒深情却疏。
>
> 长门一步地，不肯暂回车。
>
> 雨落不上天，水覆难再收。
>
> 君情与妾意，各自东西流。
>
> 昔日芙蓉花，今成断根草。
>
> 以色事他人，能得几时好。

【诗意】

  汉武帝曾经十分宠爱阿娇，为她筑造金屋让她居住。武帝对她娇宠万分，即使她的唾沫落下，也会被看作像珠玉那样珍贵。但是宠极爱衰，由于阿娇性情善妒，被汉武帝疏远。阿娇被贬长门宫后，即使与武帝的寝宫相距很近，武帝也不肯回车一顾。雨落下来，就不能再飞上天空；水倒在地，也难以再收回。武帝与阿娇之间的情意，如同流水一般各奔东西。昔日阿娇如荷花一样娇美，如今却成了可怜的断根草。如果凭借姿色侍奉他人，能够得宠到几时呢？

【鉴赏】

　　这首五言古诗属乐府杂曲歌辞，语言质朴自然，气韵天成，比喻贴切，对比鲜明。李白"依题立义"，通过叙述陈皇后阿娇由得宠到失宠之事，揭示了封建社会中妇女以色事人、色衰而爱弛的悲剧命运。诗人用比兴的手法，形象地揭示出这样一条规律："昔日芙蓉花，今成断根草。"诗人用"芙蓉花"与"断根草"作喻，使得宠与失宠形成对比，提醒一时得宠的宫妃，别忘了日后会有色衰见弃的一天。全诗半是比拟，最后得出结论"以色事他人，能得几时好"，显得自然而又奇警，自然得如水到渠成，读之让人惊心动魄。李白在诗中表达了一种悲悯，悲悯当中又有一种启示。

【注解】

　　阿娇：汉武帝刘彻第一任皇后。

　　回车：掉转车头。

88.樽当霞绮轻初散，棹拂荷珠碎却圆

出自唐代杜甫的《宇文晁尚书之甥崔彧司业之孙尚书之子重泛郑监前湖》

【原文】

郊扉俗远长幽寂，野水春来更接连。

锦席淹留还出浦，葛巾欹侧未回船。

樽当霞绮轻初散，棹拂荷珠碎却圆。

不但习池归酩酊，君看郑谷去夤缘。

【诗意】

郑审在郊外的住处远离世俗，显得十分幽静。春天冰雪融化，春雨绵绵，湖水上涨要与住处接连了。不仅有精致的酒席招待，而且安排泛舟湖上游玩。大家虽已醉得站不稳了，游船却没折返，继续在荷花丛中荡漾。在美丽的晚霞映照下，船桨不时碰落翠绿荷叶上圆圆的水珠。大家相互碰杯，玩得十分尽兴。郑审不但在宴席上纵情痛饮，你看他游湖时依旧谈笑风生，善于结交朋友。

【鉴赏】

杜甫出生于河南巩县（今河南郑州巩义市），原籍湖北襄阳，系杜审言之孙。年轻时应进士举，不第，漫游各地，后客居长安十年。这首诗是杜甫陪朋友郑审接待一位家世显赫的年轻人时所作。诗人通过盛赞朋友，抒发了"樽当霞绮轻初散，棹拂荷珠碎却圆"的闲情逸致。"樽"是酒器，"棹"是船桨，多么富有诗意。"荷珠碎却圆"，多美的荷珠啊，令人赏心悦目。诗人观察仔细，荷叶上有一层角质层和绒毛，使得水的内聚力大于对荷花的附着力，所以荷花上水珠在水的表面张力作用下形成圆球状。此句后被苏轼在《阮郎归·初夏》中引用，将其改为"琼珠碎却圆"。南宋诗人李光更有"荷珠圆复碎"的诗句。

【注解】

司业：学官名，

郑监：秘书监郑审。杜甫老友郑虔（郑广文）的侄子。

习池：宴饮胜地。这里指代欢宴处。

郑谷：汉代隐士郑璞的隐居之处谷口。这里因为郑审与郑璞同姓的缘故，指代郑监前湖。

89.竹深留客处，荷净纳凉时

出自唐代杜甫的《陪诸贵公子丈八沟携妓纳凉晚际遇雨二首》（其一）

【原文】^(节选)

<blockquote>

落日放船好，轻风生浪迟。

竹深留客处，荷净纳凉时。

公子调冰水，佳人雪藕丝。

片云头上黑，应是雨催诗。

</blockquote>

【诗意】

　　太阳落山，正好是乘船纳凉的时机。河上清风缓缓吹拂，水面慢慢泛起微波。水边竹林茂密幽深，正是设宴的好地方；眼前荷叶碧净，荷花鲜艳，还是歇凉的好地方。诸公子格外殷勤，用冰块调制冷饮，美女们兴高采烈，正在清洗藕丝。不料天公不作美，天空泛起一片黑云，要下解暑的雨了，这莫不是雨在催人快快吟诗。

【鉴赏】

　　这首诗是杜甫早年困居长安时陪一些贵公子携妓纳凉时的即兴之作，着重表现出游"遇雨"之前大自然景色的美好和人们心情的恬静。"竹深留客处，荷净纳凉时"，描写了竹深荷净、凉气宜人的山中之境。"竹深""荷净"四字，既使人仿佛看到了一丛丛茂密的翠竹、一朵朵散发着清香的荷花，同时也在静态的美中不知不觉地强调了动感。

丈八沟：唐长安城中地名，在今陕西西安雁塔区。丈八沟原为一条人工渠，建于唐代天宝年间，当时这一带是休闲游览胜地。

放船：即乘船，顺流而下可言放船。

雪：这里是擦净、揩干的意思。

片云：言极少的云。

90.圆荷浮小叶，细麦落轻花

出自唐代杜甫的《为农》

【原文】

锦里烟尘外，江村八九家。

圆荷浮小叶，细麦落轻花。

卜宅从兹老，为农去国赊。

远惭勾漏令，不得问丹砂。

【诗意】

锦官城置身于战乱之外，江畔小村里有八九家人家。圆圆的新荷小叶静静地浮在水面上，嫩绿的小麦已在轻轻地扬花。真想寻一住宅从此终老，耕田劳作远离长安。很惭愧不能像晋代葛洪那样，抛弃一切世俗求仙炼丹。

【鉴赏】

安史之乱中，杜甫投奔唐肃宗，授左拾遗，之后出为华州司功参军，不久弃官入蜀。在成都城西浣花溪畔，建成了一座草堂，世称"杜甫草堂"。这首诗是杜甫卜居成都草堂时所作，表达了诗人想告老为农求道的生活愿望，语言质朴，景物描写细致入微，意蕴悠长。"圆荷浮小叶"写荷叶叶圆、浮于水面的样子，"细麦落轻花"写麦子刚刚抽穗扬花的情状。前句写荷叶动于水中，后句写麦花扬于空中，两相对比，也相映衬，遂使画面更趋丰满。诗人触景生情，后两句"卜宅从兹老，为农去国赊"，下决心"为农"而"从兹老"，这是诗人一种极其无奈的自嘲。

【注解】

锦里：即锦官城，是古代成都之别称。

勾漏令：指东晋葛洪，著名炼丹家和医药学家，曾求为勾漏令。

91.风含翠筱娟娟净，雨裛红蕖冉冉香
出自唐代杜甫的《狂夫》

【原文】

> 万里桥西一草堂，百花潭水即沧浪。
> 风含翠筱娟娟净，雨裛红蕖冉冉香。
> 厚禄故人书断绝，恒饥稚子色凄凉。
> 欲填沟壑唯疏放，自笑狂夫老更狂。

【诗意】

我寄身的草堂，在万里桥的西面。草堂附近浣花溪上的百花潭，就是我的沧浪之水。翠竹轻摇，带着水光的枝枝叶叶，明净悦目。细雨滋

润着荷花，花朵开得格外娇艳，微风轻轻吹过，荷香缕缕。做了大官的朋友早与我断了书信来往，长久饥饿的小儿子，脸色凄凉，让我愧疚而感伤。我这老骨头快要扔进沟里了，无官无钱只剩个狂放，我笑自己，当年的狂夫老了却更加狂放。

【鉴赏】

　　杜甫是唐代伟大的现实主义诗人，与李白合称"李杜"。这首诗作于杜甫客居成都时。诗人将两种看似无法调和的情景成功地调和起来，形成一个完整的意境。一面是"风含翠筿""雨裛红蕖"的赏心悦目之景，一面"凄凉""恒饥""欲填沟壑"的可悲可叹之事，全都由"狂夫"这一形象而统一起来。全诗始终用一种倔强的态度来对待生活的打击，表明了"狂夫"二字的深刻含义。"风含翠筿娟娟净，雨裛红蕖冉冉香"，描写雨露荷花，质地细密，用词清艳，情致饱满，给人以久违的静美。其中"含"和"裛"两个动词运用很妙，"含"有小心呵护之意，暗示了风的柔和；而"裛"通"浥"，有"润物细无声"的意味，足见雨之细。诗人以精心之笔，描写了微风细雨，营造了一个美好的审美境界。

【注解】

　　狂夫：这里指行为狂放、不拘小节的人。

　　筿：细小的竹子。

　　裛［yì］：古同"浥"，沾湿。

92.糁径杨花铺白毡，点溪荷叶叠青钱

出自唐代杜甫的《绝句漫兴九首》（其七）

【原文】

糁径杨花铺白毡，点溪荷叶叠青钱。

笋根稚子无人见，沙上凫雏傍母眠。

【诗意】

漫天飞舞的杨花撒落在小径上，溪水中片片青绿的荷叶点染其间，又好像层叠在水面上的圆圆青钱。那一只只幼雉隐伏在竹丛笋根旁边，真不易为人所见。那岸边沙滩上，刚刚孵出的小鸭子亲昵地偎依在母鸭身边安然入睡。

【鉴赏】

《绝句漫兴九首》是杜甫的组诗作品。这组绝句写在他寓居成都草堂的第二年，九首诗写草堂一带由春入夏的自然景物和诗人的情思感触。这首诗刻画细腻逼真，语言通俗生动，展现了一幅美丽的初夏风景图。全诗一句一景，字面看似乎是各自独立的，一句诗一幅画面；而联系在一起，就构成了初夏郊野的自然景观。细致的观察描绘，透露出诗人漫步林溪间时对初夏美妙自然景物的流连欣赏的心情，闲静之中微寓客居异地的萧寂之感。"点溪荷叶叠青钱"，"点""叠"二字，把荷叶在溪水中的状态写得十分生动传神，使全句活了起来。唐代大部分铜钱呈现青色，初夏层层荷叶如同叠叠青钱，生动形象。

漫兴：随兴所至，信笔写来。

穇［shēn］：谷类磨成的碎粒。

93.沈竿续蔓深莫测，菱叶荷花静如拭

出自唐代杜甫的《渼陂行》

【原文】(节选)

> 凫鹥散乱棹讴发，丝管啁啾空翠来。
> 沈竿续蔓深莫测，菱叶荷花净如拭。
> 宛在中流渤澥清，下归无极终南黑。
> 半陂以南纯浸山，动影袅窕冲融间。

【诗意】

渔歌声声惊散水鸟，它们飞鸣的声音如丝管齐鸣，唤来了晴天。在深邃的渼陂湖中，清凌凌的菱叶漂浮在如镜的湖面上，荷花净得如同擦过一般，洁净如新，不染半点污秽。船到湖心好像到了清旷的渤海，终南山的黑影映入无尽的水中之天。南半湖浸满了终南山的倒影，山影轻轻摇动于平静的水波间。

【鉴赏】

唐玄宗天宝十三载(754)，时杜甫居长安下杜城。这首诗是杜甫与岑参一同游赏渼陂湖时所作，描写了天气变化时渼陂湖的不同景象，开启了歌咏渼陂湖的先声。全诗想象丰富而神奇，充满浓厚的浪漫气息，

表达了诗人的独特感受，抒发了人生哀乐无常的感慨。这里节选诗的中间八句，诗人采用了一些诗歌手法，加上比喻等修辞手法，将不同方位，一天中不同时间段的渼陂，不遗余力地展示出来。即使是没有亲身领略过的人，也能从中感受它的奇异风光。荷花盛开、灵动如画的渼陂湖，也吸引了诗人韦应物来此吟诗，一句"游鱼时可见，新荷尚未密"（《任鄠令渼陂游眺》），道出了其绝美景色。

【注解】

渼陂：古代湖名。在今陕西省西安市鄠邑区西，汇终南山诸谷水，西北流入涝水。

凫鹥〔yī〕：凫和鸥，泛指水鸟。

啁啾〔zhōu jiū〕：指多种乐器齐奏声。

渤澥〔xiè〕：即渤海。

终南：即终南山，位于陕西省境内秦岭山脉中段，古城长安（西安）之南。

裹窕〔yáo〕：影子动摇的样子。

94.雨荒深院菊，霜倒半池莲
出自唐代杜甫的《宿赞公房》

【原文】

杖锡何来此，秋风已飒然。

雨荒深院菊，霜倒半池莲。

放逐宁违性，虚空不离禅。

相逢成夜宿，陇月向人圆。

【诗意】

  高僧手持锡杖，怎么也会来到这里？在这秋风飒飒的季节我与您相逢。阴雨摧荒了您深院的菊花，寒霜压倒了半池莲影。遭到放逐又岂能违背心性？身居荒野也未能放弃禅宗。今夜与您相逢共宿，皎洁的月亮也向我们现出圆圆的光影。

【鉴赏】

  这首诗是乾元二年（759）深秋杜甫在秦州时作。赞公是杜甫的旧友，在长安大云寺做住持时，曾留杜甫在寺内小住，并赠送丝细毛布。杜甫因上疏为宰相房琯求情，被贬弃官，暂居秦州，不意遇到了谪置此地的赞公。诗中描写了夜宿赞公土室的所见所感，对赞公的守禅本性给予赞美，抒发了他乡遇故知的欣喜之情。"雨荒深院菊，霜倒半池莲"，秋意渐深，荷花已残，诗人用词精准，以"荒""倒"二字，描写了自己与赞公处境的萧条、凄凉。

【注解】

  陇月：洁白明亮的月亮。

95.俱飞蛱蝶元相逐，并蒂芙蓉本自双

出自唐代杜甫的《进艇》

【原文】

南京久客耕南亩，北望伤神坐北窗。

昼引老妻乘小艇，晴看稚子浴清江。

俱飞蛱蝶元相逐，并蒂芙蓉本自双。

茗饮蔗浆携所有，瓷罂无谢玉为缸。

【诗意】

我在成都过着田园般的生活，独坐在草堂的北窗，极目北望，长安是那么的遥远，昔日的繁华旧景早已荡然无存，这怎不教人感到黯然神伤呢？在这个风和日丽的早晨，我身着布衣，深情地牵引着老妻乘上小艇，在浣花溪上鼓棹游赏，清澈的溪水在阳光下荡漾着波光，不远处，孩子们在水里无忧无虑地洗澡嬉戏。浣花溪岸边的蝴蝶缠缠绵绵，翩翩双飞，你追我逐。溪水上的荷花如双栖鸳鸯一般，并蒂双双。把煮好的茶汤和榨好的甘蔗浆，用瓷坛来盛装也不比玉制的缸来得差，放在艇上可以随取随饮。

【鉴赏】

这首诗是唐肃宗上元二年（761）杜甫在成都所作。此时的杜甫已至知天命之年，无情的岁月之手把他从一个胸怀大志的少年变成历经沧桑的中年。全诗运用直抒胸臆与借景抒情相结合的手法，含蓄地表达诗人的情感与态度。诗中可见，此时杜甫的人生价值观发生了重大转变，

由追求显达仕途转变成追求陶然田园，由勃勃雄心转变成淡泊宁静。"俱飞蛱蝶元相逐，并蒂芙蓉本自双"，诗人写"俱飞蛱蝶"和"并蒂芙蓉"，犹如双栖鸳鸯一般都是成双成对的，象征着夫妻或两个相爱的恋人双宿双飞、永不离分。

【注解】

　　进艇：即划小船。

　　南京：指当时的成都。

　　蛱［jiá］蝶：蝴蝶。

　　瓷罂［yīng］：盛酒浆等用的陶瓷容器。

96.沙上草阁柳新暗，城边野池莲欲红
出自唐代杜甫的《暮春》

【原文】

　　　　卧病拥塞在峡中，潇湘洞庭虚映空。

　　　　楚天不断四时雨，巫峡常吹千里风。

　　　　沙上草阁柳新暗，城边野池莲欲红。

　　　　暮春鸳鹭立洲渚，挟子翻飞还一丛。

【诗意】

　　因为卧病在床所以被困在这巫峡，湘江洞庭湖的空阔苍茫终成虚空。巫峡一年四季经常疾风暴雨，令人愁上心头。沙滩上，草阁旁，杨柳成荫，其色已显暗绿。城边的池塘里，莲花已长出花苞，红色欲吐。暮

春了，成对的鸳鸯与鹭鸶站立在水中的沙滩上；有些鸟儿携儿带女忽上忽下，聚在一起来回飞翔。

【鉴赏】

这首诗作于唐代宗大历二年（767）早春，当时杜甫客居夔州（今重庆奉节）西阁。前两联以峡中拥塞之景与气候之恶劣衬无限愁闷之情。"卧病拥塞在峡中，潇湘洞庭虚映空"，以"拥塞"一词写出巫峡的逼仄，与想象中潇湘洞庭的宏阔构成对比。"楚天不断四时雨，巫峡常吹千里风"，写出巫峡的气候特点，表明不宜久居。诗人借景抒情，表现了他久居峡中的苦闷心情。"沙上草阁柳新暗，城边野池莲欲红"，描写了巫峡暮春时节的景色。"柳新暗"对"莲欲红"，色彩暗对明、绿对红，对比鲜明，"新"与"欲"又暗含时光悄悄流逝。虽满目是景，却莫名孤寂，因为诗人孤舟至此，无亲无故，贫病交加。整首诗既是时令所见，又是心境写照，表达了诗人厌倦漂泊异乡、迫切想要离开的心情。

【注解】

潇湘：指湘江。

挟［xié］：用胳膊夹着。

97.芙蓉如面柳如眉，对此如何不泪垂

出自唐代白居易的《长恨歌》

【原文】（节选）

归来池苑皆依旧，太液芙蓉未央柳。

芙蓉如面柳如眉，对此如何不泪垂。

春风桃李花开日，秋雨梧桐叶落时。

西宫南内多秋草，落叶满阶红不扫。

【诗意】

回来后看见池苑依旧，太液池的荷花仍在，辉映在未央宫中的垂柳之间。荷花开得像玉环的脸，柳叶儿好似她的眉，此情此景怎教人不落泪，如何不心生悲戚呢？春风吹开桃李花，物是人非不胜悲；秋雨滴落梧桐叶，场面寂寞更惨凄。兴庆宫和甘露殿，处处萧条，秋草丛生。宫内落叶满台阶，长久不见有人扫。

【鉴赏】

白居易祖籍山西太原，到其曾祖父时迁居下邽（今陕西渭南临渭区），生于河南新郑（今河南郑州新郑市），是与李白、杜甫并称的唐代三大诗人之一。其诗题材广泛，形式多样，语言平易通俗，有"诗魔"和"诗王"之称。白居易考取进士后，唐宪宗让他做了翰林学士，不久又让他担任了左拾遗。虽然仕途起伏，但还算顺畅，后官至太子少傅、刑部尚书，封冯翊县侯。《长恨歌》作于元和元年（806），是白居易的代表作之一。在这首长篇叙事诗里，诗人以精练的语言、优美的形象，叙事和抒情结合的手法，叙述了唐玄宗、杨贵妃在安史之乱中的爱情悲剧。这里节选其中八句。"芙蓉如面柳如眉，对此如何不泪垂"，诗人用芙蓉来比喻杨贵妃的美貌，诗句再现了李隆基在杨玉环被赐死马嵬坡之后回到宫中，触景生情，含泪思念杨贵妃。

太液、未央：汉宫中有太液池、未央宫。这里皆借指唐长安皇宫。

98.昔在溪中日，花叶媚清涟

出自唐代白居易的《京兆府新栽莲》

【原文】

污沟贮浊水，水上叶田田。

我来一长叹，知是东溪莲。

下有青污泥，馨香无复全。

上有红尘扑，颜色不得鲜。

物性犹如此，人事亦宜然。

托根非其所，不如遭弃捐。

昔在溪中日，花叶媚清涟。

今年不得地，憔悴府门前。

【诗意】

我来到京兆府门前，看到有条浑浊的污水沟，水上有一片荷花。我一声长叹，知道这是来自东溪的荷花品种。只见这些荷花花枝惨败，下面有青污泥，既没有了荷香，荷叶上也都是灰尘，花瓣更不鲜艳。事物都这样，人事也这样。像这样荷花生根不是地方，还不如抛弃了的好。想起荷花曾在东溪，红妆翠盖倒映在清水中，美不胜收。我顿时感觉自己与这荷花命运相同，今年不得志，没有好去处，只能疲惫地徘徊在这京兆府门前。

【鉴赏】

白居易很喜欢莲花，尤其是白莲。他的咏白莲诗还有《东林寺白莲》《隔浦莲》《种白莲》《感白莲花》等，分别写于不同时期，表露了白居易触物生情的微妙心绪。这首诗是白居易为盩厔（今西安周至县）县尉所作，表达了他不愿与世俗同流合污、始终保持高洁操守的人生志趣。前八句景物描写，描写了莲花的惨败景象。诗人慨叹莲花的悲惨遭遇，借咏莲"物性犹如此，人事亦宜然"的比兴手法，讽喻自己孤高自洁却时运不济的可悲情境。"托根非其所，不如遭弃捐"，诗人借物抒情，生存的地点不是好地方，表达诗人对现状和当下环境的不满。"昔在溪中日，花叶媚清涟"，诗人用莲花曾经在溪中的美好时光，表达自己对过去生活的缅怀。

【注解】

京兆府：唐玄宗时把长安所在的雍州改为京兆府。

东溪：即宛溪，在安徽宣城，是白居易年轻时生活过的地方。

得地：唐人口语，谓得其所。

99.草萤有耀终非火，荷露虽团岂是珠

出自唐代白居易的《放言五首》（其一）

【原文】

朝真暮伪何人辨，古往今来底事无。

但爱藏生能诈圣，可知宁子解佯愚。

草萤有耀终非火，荷露虽团岂是珠。

不取燔柴兼照乘，可怜光彩亦何殊。

【诗意】

　　白日真黑夜假谁去分辨，从古到今的事无尽无休。世人只是上了假圣人的当，去爱臧武仲那样的人，哪知道世间还有宁武子那样装呆作傻的人呢？草丛中的萤火虫发出的亮光，终究不是火光；荷叶上的露珠虽然圆润，哪里是真珠呢？不要试图用烧柴去照亮车马，可怜的光彩也有很大的差别。

【鉴赏】

　　《放言五首》是白居易创作的一组政治抒情诗，作于唐宪宗元和十年（815）诗人在被贬谪去江州（浔阳）途中。在这五首诗中，诗人根据自己的阅历，分别就社会人生的真伪、祸福、贵贱、贫富、生死诸问题纵抒己见，以表明对当时社会政治的态度并告诫世人。这首诗运用比喻，把抽象的哲理表现为具体的艺术形象，放言政治上的辨伪——略同于近世所谓识别两面派的问题。"草萤有耀终非火，荷露虽团岂是珠"，诗人以萤火非真火、露珠非珍珠来比拟世间存在着许多假象，提醒人们不要被某些表象迷惑了。

【注解】

　　放言：意即无所顾忌，畅所欲言。

　　臧［zāng］生：指臧武仲。《论语·宪问》："子曰：臧武仲，以防求为后于鲁。虽曰不要君，吾不信也。"

　　宁［nìng］子：指宁武子。《论语·公冶长》："宁武子，邦有道则知，邦无道则愚。其知可及也，其愚不可及也。"荀悦《汉记·王商论》：
"宁武子佯愚。"

100.蔷薇带刺攀应懒，菡萏生泥玩亦难

出自唐代白居易的《题山石榴花》

【原文】

一丛千朵压阑干，翦碎红绡却作团。

风袅舞腰香不尽，露销妆脸泪新干。

蔷薇带刺攀应懒，菡萏生泥玩亦难。

争及此花檐户下，任人采弄尽人看。

【诗意】

一丛杜鹃花似有千朵压在栏杆上，好像剪碎的红绡却又围成一
团。杜鹃花随风摇曳似美人舞腰轻摆，芳香不尽；夜露打湿了美丽的花
朵，如美人脸上的泪痕，经阳光照晒已经消逝。蔷薇浑身长满了刺让人
不敢接近，荷花生长于淤泥中，只可远观而不可亵玩。怎么能及这杜鹃
花长在屋檐下，任人随意采摘任凭人看。

【鉴赏】

这首诗是白居易被贬江州期间所作。诗中通过将杜鹃花与蔷薇、荷
花等进行对比，表达了诗人对人情世态的感叹。诗人设喻新奇，构思精
巧，措辞妙丽，意境绝佳。"一丛千朵压阑干，剪碎红绡却作团"，诗句
描绘杜鹃花开放时花朵多，颜色浓，花形呈作团状。诗人以剪碎了红绡

又团作团来比拟杜鹃花朵，也是以人习见之物引发联想。"蔷薇带刺攀应懒，菡萏生泥玩亦难"，诗人用蔷薇、荷花的不易接近，来反衬杜鹃花的平易近人。被贬在江州的白居易见到杜鹃花红似火，怀念远方挚友，充满感伤之情。最后，诗人又称杜鹃"任人采弄尽人看"，似有无可奈何、委曲求全之意，流露出诗人随遇而安的思绪。白居易对杜鹃花颇有深情，其诗以山石榴为题的还有《山石榴寄元九》《戏问山石榴》《喜山石榴花开》《山石榴花十二韵》等。

【注解】

山石榴花：即杜鹃花。

红绡：指红色薄绸，

101.叶展影翻当砌月，花开香散入帘风

出自唐代白居易的《阶下莲》

【原文】

叶展影翻当砌月，花开香散入帘风。

不如种在天池上，犹胜生于野水中。

【诗意】

莲叶展开，翠绿如盖，月照当空，影落阶下。荷花怒放，清香四溢，随风入帘，满室飘香。这荷花如果种植在天上仙池中，一定要比生在野外池塘里更好。

【鉴赏】

这首诗所描绘的荷花是诗人在江陵时所见，措辞妙丽，景色清幽，诗情画意，尽在其中。白居易被贬江州，心情十分苦闷，自称为"翻身落霄汉，失脚到泥涂""拾遗风采近都无""变作腾腾一俗夫"。他赞美阶下莲叶展花香，却又深深惋惜它生在野水之中，就像对东林寺白莲花的惋惜一样，本非俗物，可惜是处非其所，里面不也有一些自我惋惜在内吗？"叶展影翻当砌月，花开香散入帘风"，写的是月光照耀下的荷叶荷花，一个"翻"字写出了风荷，有动态感。诗句妙丽，景色清幽，诗情画意，尽在其中。

【注解】

砌：台阶。

102.白露凋花花不残，凉风吹叶叶初干

出自唐代白居易的《衰荷》

【原文】

白露凋花花不残，凉风吹叶叶初干。

无人解爱萧条境，更绕衰丛一匝看。

【诗意】

白露时节，荷花将凋未残；风雨之后，荷叶刚被吹干。没人能够欣赏此时此刻荷花所处的萧条景象，我绕着衰败的花丛转了一圈又一圈，看了一遍又一遍。

【鉴赏】

这首诗是白居易在白露时节见荷花衰败有感而作。诗中对荷魂牵梦绕、藕断丝连，除了对于人生的感悟以外，隐隐有对于时局的担忧，此中深意不须道破或者不敢道破。"白露凋花花不残，凉风吹叶叶初干"，诗中描写了秋荷走向衰败时的景致，虽然白露时节的露水在花瓣上，但并没有让倔强出水的荷花闻风而落，写出了诗人别有的一番审美情趣。从取材到立意都为咏荷诗增添了新意，也为后世人的绘画创作提供了借鉴。

【注解】

一匝：环绕一周叫一匝。

103.风荷老叶萧条绿，水蓼残花寂寞红
出自唐代白居易的《县西郊秋寄赠马造》

【原文】

紫阁峰西清渭东，野烟深处夕阳中。
风荷老叶萧条绿，水蓼残花寂寞红。
我厌宦游君失意，可怜秋思两心同。

【诗意】

在城郊的紫阁峰西渭河以东，夕阳之中，野烟笼罩的深处，有那么一个好去处，我常常来这里游玩。看那风中荷叶已老，虽有余绿，但很萧条；水蓼尚有残花未谢，红润的枝干，在秋风中，显得十分寂

寞。如今，我厌倦了四处漂泊，你我虽然人在两处，而秋思与失意之心则是相同的。

【鉴赏】

这首诗写于诗人任盩厔县尉时。诗人借萧条、寂寞的景物，喻自己怀才不遇的心境。"紫阁峰西清渭东，野烟深处夕阳中"，前句言地点，后句言时间，以野烟、夕阳状其妙趣、深邃，引人向往。"风荷老叶萧条绿，水蓼残花寂寞红"，残破的荷叶、光秃秃的荷梗和残败的荷花，透出一丝深秋的萧瑟；几片飘零的花瓣，不禁增添了几分由怜而生的伤感。"我厌宦游君失意，可怜秋思两心同"，流露出诗人怀才不遇、不得志的情绪。全诗委婉含蓄，耐人寻味。

【注解】

马造：是白居易在盩厔县结识的一位孤傲却有才华的朋友。

紫阁峰：在今陕西西安周至县。

清渭：指渭河。唐时由于渭河上游水质较清，故谓之清渭。

水蓼：亦称辣蓼。蓼科，一年生草本，茎直立或倾斜，多分枝，红褐色。

宦游：为求做官而出外奔走。

104.白日发光彩，清飙散芳馨

出自唐代白居易的《东林寺白莲》

【原文】(节选)

东林北塘水，湛湛见底清。

中生白芙蓉，菡萏三百茎。

白日发光彩，清飙散芳馨。

泄香银囊破，泻露玉盘倾。

欲收一颗子，寄向长安城。

但恐出山去，人间种不生。

【诗意】

东林寺北面有一个池塘，池水清澈见底。池里开满了白莲花，几百株花含苞欲放。白莲花在日光下流光溢彩，清风里芳香飘逸。花朵张开如同剖开香囊，荷叶如同玉盘，露珠点点滚落。想采一颗莲子寄到长安去，又怕它在俗世中无法成活。

【鉴赏】

唐宪宗元和十年(815)，白居易被贬为江州(今江西九江)司马。次年秋天，白居易上庐山。他与东林寺僧人交往颇深，并对寺院修行生活充满了诚挚感情。这首诗描绘了夏日东林寺白莲盛开的情景。"白日发光彩，清飙散芳馨"，白莲通体洁白、一红不染，让白居易分外动心。这白莲仿佛是他自己，虽然一场宦海浮沉，最终还是清白落拓。白莲花的孤清、遗世独立，但馥郁芳香的形象，正是他自己的现实写照。"欲收一颗子，寄回长安城。但恐出山去，人间种不生"，在诗人心里，这白荷本就是天上仙子，怎样在人间养成呢。在历代古诗中，白居易是咏白莲的第一人。

【注解】

东林寺：位于江西省九江市庐山西北麓。释迦牟尼创佛之初，为迎合民众爱莲心理，以莲花为喻义，吸引了广大信徒。东林寺建寺之初，慧远法师依据佛教经典所述的净土莲池状貌，在东林寺前开凿东、西二池，遍种白莲，借莲孕心，以莲结社。东林白莲，花色青白，丰满清香，每朵有一百三十余枚花瓣，品种罕有，中外驰名。

105.红鲤二三寸，白莲八九枝

出自唐代白居易的《草堂前新开一池，养鱼种荷，日有幽趣》

【原文】（节选）

小萍加泛泛，初蒲正离离。

红鲤二三寸，白莲八九枝。

【诗意】

新塘之上，微风吹起涟漪，相互交叠的嫩萍起伏不定。初生的香蒲，随着风波飘摇。只见几枝白莲在池水里含笑怒放，清澈的池水中游动着玲珑娇小的红鲤鱼。

【鉴赏】

当年被宦海耽误的白居易，在庐山营建了一所草堂，并在草堂前池塘里引种了白莲。这首诗描写了"白家池"美景,展现出自然幽静之趣,从而抒发出诗人内心的欢欣之情。这里节选其中四句。"红鲤二三寸,白莲八九枝",诗人观察细致,"二三寸""八九枝",分别写出了鱼之"小"、莲之"少"。红鲤初生,白莲初放,这是一幅生机勃勃的画面,色彩鲜明,幽静恬淡,赏心悦目。当诗人看见这几枝洁白的莲花,那欢快简直无以言表,因为这是他自己拥有的白莲花啊!其时,他还写了另一首:"何以洗我耳,屋头飞落泉。何以净我眼,砌下生白莲。"(《香炉峰下新置草堂即事咏怀题于石上》)诗句将作者的恬然心境表露无遗,他想着反正长安想回去也回去不了,不如在这里扎根养老。

【注解】

泛泛:荡漾的样子。

离离:这里指飘动貌。

106.冷碧新秋水,残红半破莲
出自唐代白居易的《龙昌寺荷池》

【原文】

冷碧新秋水,残红半破莲。
从来寥落意,不似此池边。

【诗意】

荷池经过一场秋雨,碧绿的池水中透着一股凉意,只有半朵残破的红莲在那里摇曳。从来没见过如此冷落失意的凄美景色,好像不是在这龙昌寺荷池边。

【鉴赏】

唐元和十年（815），白居易因直言上疏，被谪贬江州任司马。三年后，接诏由江州司马任忠州（今重庆忠县）刺史。这个阶段的白居易犹如从高处"摔"了下来，政务之余，常流连于忠州山川之间，寻幽访古，探奇览胜。这首诗是白居易游龙昌寺所作。"冷碧新秋水，残红半破莲"，诗人用"冷碧""残红"四个字，把荷塘经秋雨从盛夏转秋凉的大环境描写出来，勾画出一幅清冷的秋荷图。诗人伫立池边，看着眼前枯黄的荷叶，零落的莲蓬，在秋日晨光中，呈现出别是一番滋味的美丽。此景此情，善感的白居易自然会触动一生坎坷寥落的心绪。"从来寥落意，不似此池边"，诗人身寄忠州，漂泊不定，流离他乡，望残荷而倍感寂寞冷落。这首诗虽短，却句句平实易懂，细揣其诗，其意却并不浅，诗中所赞誉的残荷之美和寓意的现实，尽显其唯美而富有哲理的字句之中，令人回味。

【注解】

龙昌寺：亦名巴台寺，在忠州城西二里，即今之白公祠左，始建于唐。

107.夜来风吹落，只得一回采
出自唐代白居易的《隔浦莲》

【原文】

隔浦爱红莲，昨日看犹在。

夜来风吹落，只得一回采。

花开虽有明年期，复愁明年还暂时。

【诗意】

　　昨天隔河看见对岸有一朵红莲，十分讨人喜爱。经过一夜风吹，已经凋落在水中了。看来想采摘这莲花，机会只有一次。虽然明年还有花开的时候，但现在还早着呢，心情不免有些惆怅。

【鉴赏】

　　白居易喜欢秋水莲花，有他命运和现实的折射。他不仅乐于赏花，而且还有惜花之情。这首诗乐府体裁，写得通俗易懂，却又耐人寻味。"夜来风吹落，只得一回采"，诗人为一夜之间被风雨摧残的莲花而惋惜，感叹莲花花期之短暂。"花开虽有明年期，复愁明年还暂时"，最后诗人由花及人，抒发了对人生短暂的感伤之情，并含有惜时之意，甚有"花开堪折直须折，莫待无花空折枝"之意。

108.菱叶萦波荷飐风，荷花深处小船通

出自唐代白居易的《采莲曲》

【原文】

　　菱叶萦波荷飐风，荷花深处小船通。

　　逢郎欲语低头笑，碧玉搔头落水中。

【诗意】

碧绿的菱叶在水面飘荡，灼灼盛开的荷叶在风中摇曳。荷花深处，采莲的小船轻快地飞梭。采莲女恰巧碰见自己的心上人，想跟他打招呼又怕人看见，便低下头，微笑中透露着羞涩，一不留神，头上的玉簪掉落水中。

【鉴赏】

这首诗创作于白居易出任杭州之时。此时，诗人远离上层政治集团的钩心斗角，沉醉在旖旎的江南风光和与友人的诗酒酬和之中，生活轻松、舒心。这首诗细腻动人，描写了一位采莲女初恋时腼腆的情态和羞涩的心理，含羞娇涩，生动传神，刻画入微，自然逼真。"菱叶萦波荷飐风，荷花深处小船通"，小船从荷花的深处悠然划出，就像一组电影长镜头，画面充满了动感。"逢郎欲语低头笑，碧玉搔头落水中"，一个"逢"字说明他们刚刚相遇。接着，诗人以欲语还羞、搔头落水两个动作细节的描写，活灵活现刻画出一个娇羞、可爱的采莲少女形象。诗人运用了国画中的"留白"技巧，对于恋人相遇后的行动好像什么都没说，故意给人留下了无穷的想象空间。

【注解】

搔头：这里用作名词，是簪的别名。

109.绕郭荷花三十里，拂城松树一千株

出自唐代白居易的《余杭形胜》

【原文】（节选）

> 余杭形胜四方无，州傍青山县枕湖。
>
> 绕郭荷花三十里，拂城松树一千株。

【诗意】

余杭依青山傍绿水，山川壮美独一无二。西湖有三十里荷花绕城墙，青山下有九里松树拂城。

【鉴赏】

这首诗是诗人在杭州刺史任上所作。唐代的杭州是"州城"和"县城"两座小城并列的布局，上演一出"双城记"，直到长庆年间白居易任杭州刺史时依然如此。诗人的这首诗，不是写西湖的风光，而是写西湖所在地余杭。这里节选其中四句。"余杭形胜四方无，州傍青山县枕湖"，诗句总赞余杭风景天下第一。"绕郭荷花三十里，拂城松树一千株"，诗人描写了余杭荷花、松树绕城郭的优美景致。其中的"三十里""一千株"皆是虚指，运用夸张手法，意在突出强调余杭荷花、松树之多，以给人留下深刻的印象。

【注解】

余杭：今在杭州市北部。唐代设杭州余杭郡，辖钱塘、余杭等八县。

110.荷芰绿参差，新秋水满池

出自唐代白居易的《池上早秋》

【原文】（节选）

荷芰绿参差，新秋水满池。

早凉生北槛，残照下东篱。

【诗意】

初秋到了，满池碧波荡漾，荷叶菱角参差不齐，绿色正在变黄。北面的护池栏杆，早秋时已有几分凉意，夕阳余晖洒落在东面的篱笆上。

【鉴赏】

这首诗是白居易于唐宝历二年（826）在苏州时作。全诗写景抒情，有沧桑之叹。这里节选其中四句。"荷芰绿参差，新秋水满池"，秋水满池，碧波荡漾，有荷花点点，菱芰片片点缀其中，秋风徐来，清凉送爽，一扫夏日的炎热。"早凉生北槛，残照下东篱"，池上美丽的秋景，配上这栏杆、篱笆，每当夕阳返照，色彩鲜明，风景宜人。诗人描绘出一幅荷塘早秋画面，清新明快，令人赏心悦目。

【注解】

新秋：初秋。

111.飐浪嫩青荷，重栏晚红药

出自唐代白居易的《和微之四月一日作》

【原文】（节选）

四月一日天，花稀叶阴薄。

芳节或蹉跎，游心稍牢落。

飐浪嫩青荷，重栏晚红药。

两地诚可怜，其奈久离索。

【诗意】

　　人间江南四月天，花红渐渐稀少，绿荫渐渐繁盛。美好的初春时节，已经虚度过去，游玩的心情突然低落起来。不过初夏景色也不错，清清河水里新荷逐浪颤动，重重围栏中芍药吐蕊飘香。想起你我还是身处异地，虽然两地风光都惹人喜爱，但好久不见也实在无奈。

【鉴赏】

　　这首诗是白居易为苏州刺史时所作，诗人借赏玩初夏美景，抒发了与知己元稹分居两地的无奈之情。"飐浪嫩青荷，重栏晚红药"，诗人用"青荷""红药"，描写出苏州初夏时节的旖旎风光。

【注解】

　　微之：元稹，字微之。白居易好友，两人同科及第，并结为终身诗友。

　　牢落：犹寥落。

　　红药：指红色的芍药花。

112.荷香清露坠，柳动好风生

出自唐代白居易的《六月三日夜闻蝉》

【原文】

荷香清露坠，柳动好风生。

微月初三夜，新蝉第一声。

乍闻愁北客，静听忆东京。

我有竹林宅，别来蝉再鸣。

不知池上月，谁拨小船行。

【诗意】

　　盛开的荷花散发出阵阵清香，荷叶上的清露像要坠入水中。柔柔的南风吹过来，杨柳依依。今天是六月初三夜，新月高悬天空，意外地听到了今年的第一声蝉鸣。初听到这声音，勾起了我这个北方人的愁绪，静静听着想起东都洛阳。我在那里的住宅外有一片竹林，想来此时也有蝉在鸣叫。不知道我家倒映着月亮的水池中，是否有人趁着月色在泛舟游玩。

【鉴赏】

　　这首诗清新自然不拘束，描写了白居易在苏州看到的景色。"荷香清露坠，柳动好风生"，诗人写荷、柳，伴随清露、好风，通过嗅觉、听觉的感受来描绘夏夜纳凉的清爽舒适。诗句与孟浩然的"荷风送香气，竹露滴清响"极为相似。柳下风生，出自北周庾信《小园赋》中"桐间零落，柳下风来"。"不知池上月，谁拨小船行"，诗人触景生情，思念家乡之情悄然而生，也暗含着他盼望早日辞官闲居的心情。

【注解】

微月：指农历月初的月亮。

东京：这里指洛阳。

113.吴中白藕洛中栽，莫恋江南花懒开
出自唐代白居易的《种白莲》

【原文】

吴中白藕洛中栽，莫恋江南花懒开。

万里携归尔知否，红蕉朱槿不将来。

【诗意】

这吴中的白莲移种到洛阳，不再留恋在江南懒懒开放的日子。我不远千里把你带过来，你知不知道为什么？那些江南的美人蕉、红槿花开落短暂，而你不一样，将来能陪着我一起慢慢度过。

【鉴赏】

白居易把苏州的白莲花，千里迢迢寄回洛阳新居。这是他的得意之笔。在任地方官三年秩满回到洛阳后，他又一次引种白莲，并专门写了《种白莲》。这首诗描写了白莲这种孤清不群、遗世独立，但仍馥郁芬芳、颇具神韵的形象，字里行间流露出白居易对纯洁无瑕的白莲花赞美备至。白居易又在长安待了一段，大和三年（829）彻底回到洛阳长期定

居。他对喜欢的白莲花悉心养护。一旦外出，归来后也首先查问，"先问江南物在耶""回头点检白莲花"（《问江南物》）。由此可见，白莲花已融入了他的心魂。

【注解】

红蕉：即美人蕉，形似芭蕉而矮小，花色红艳。

朱槿：又名扶桑。落叶灌木，叶阔卵形，花红、白色。古代只有红色花的才叫朱槿。

114.白藕新花照水开，红窗小舫信风回

出自唐代白居易的《白莲池泛舟》

【原文】

白藕新花照水开，红窗小舫信风回。

谁教一片江南兴，逐我殷勤万里来。

【诗意】

白莲池里，从江南移植过来的白莲花终于盛开了。我怀着激动的心情，划着红窗小船来欣赏。湖上微风吹起涟漪，只见白莲亭亭玉立在清水中，风姿绰约。谁叫这一片江南璀璨的景色，不远万里，追逐我来到这里。

【鉴赏】

诗人泛舟白莲池上，清水出芙蓉的美景，引起了他对江南生活的美

好回忆。"白藕新花照水开，红窗小舫信风回"，"白藕""红窗"，色彩对比突出，写出了白莲花带给诗人的愉悦心情。"谁教一片江南兴，逐我殷勤万里来"，诗人在白莲池中，看到一片莲花盛开，满心喜悦。这是他熟悉的江南盛景，似乎又回来了。晚年的白居易，对江南往事念念不忘。他六十七岁时，写了三首《忆江南》。其中一首写道："江南忆，其次忆吴宫。吴酒一杯春竹叶，吴娃双舞醉芙蓉。早晚复相逢。"苏州自然风光跃然眼前，令人心驰神往。

【注解】

舫：船。

115.素房含露玉冠鲜，绀叶摇风钿扇圆
出自唐代白居易的《六年秋重题白莲》

【原文】

素房含露玉冠鲜，绀叶摇风钿扇圆。

本是吴州供进藕，今为伊水寄生莲。

移根到此三千里，结子经今六七年。

不独池中花故旧，兼乘旧日采花船。

【诗意】

素净的莲蓬含着露珠儿，洁白如玉的花瓣刚开放。青嫩的莲叶随风摆动，叶面上的露珠晶莹明亮，圆圆的莲叶宛如镶嵌了珠宝的团扇。这原本是苏州进贡的莲藕，如今成了盛开在洛阳的莲花。它从很远的地

方移植到这里,花开花落已有六七年,莲子结了不少。不仅池中的白莲花依旧,就连曾坐过的采莲船还是旧模样。

【鉴赏】

　　白居易把白莲从苏州移植到洛阳。大和六年(832)秋天,诗人看到这些白莲依然生机勃勃,欣然动笔再次赞美这白莲花。"素房含露玉冠鲜,绀叶摇风钿扇圆",素房含露,似玉冠鲜润,绀叶摇风,如翠钿圆扇,诗句描绘了白莲纯洁如玉、亭亭玉立的风姿。"移根到此三千里",描写了白莲虽移根外域,远离乡梓,但始终不忘初心,凸显其忠贞不屈的品格。"结子经今六七年",白莲从吴州移栽到伊水多年后依然生机勃勃,诗句写出了白莲具有顽强的生命力。

【注解】

　　绀[gàn]:青色。

　　钿扇:镶嵌金、银、玉、贝等物的团扇。这里比喻荷叶。

　　吴州:这里指苏州。

　　伊水:这里指洛阳。

116.烟蔓袅青薜,水花披白蘋

出自唐代白居易的《题西亭》

【原文】(节选)

　　　　池鸟澹容与,桥柳高扶疏。

　　　　烟蔓袅青薜,水花披白蘋。

【诗意】

　　碧绿的池水泛起阵阵涟漪，有几只水鸟休闲自得地嬉水；小木桥边的柳树高大茂盛，枝叶高低疏密有致。西亭外空旷偏僻，晨雾袅袅，弥漫在青藤上；微风吹来，水中溅起白色的浪花，美丽的白莲花在波浪中摇曳生姿。

【鉴赏】

　　白居易有多首描写西亭的诗，因为他是西亭的主人："我今幸作西亭主，已见池塘五度春。"这是一首五言古诗，堪称写景佳作，这里节选其中四句。"池鸟澹容与，桥柳高扶疏"，诗句清新优美，描写了西亭的清幽宁静，远离俗世纷扰，令人向往。"烟蔓袅青薛，水花披白蘤"，诗句对仗工整，一"青"一"白"，勾画了一幅美丽的白莲晨曦图，间接抒发了诗人对西亭及白莲花的喜爱之情。

【注解】

　　水花：这里指浪花。

　　白蘤：白莲花。

117.不与红者杂，色类自区分

出自唐代白居易的《感白莲花》

【原文】（节选）

　　　白白芙蓉花，本自吴江渍。

　　　不与红者杂，色类自区分。

谁移尔在此，姑苏白使君。

初来苦憔悴，久乃芳氛氲。

月月叶换叶，年年根生根。

陈根与故叶，销化成泥尘。

化者日已远，来者日复新。

一为池中物，永别江南春。

【诗意】

这通体洁白的莲花，原本生长在吴淞江边。这白莲花不与争奇斗艳的红花混杂，颜色和种类自然能区分。是谁把你移植到这里的呢？是苏州刺史白居易。你刚移种过来时因水土不服而憔悴，时间长了才慢慢香气馥郁。你月月换新叶，年年生新根。那些残根败叶，化成了碎泥土尘。没有了残根败叶，新长出的根叶每日不一样，最后终于开出了美丽的花。可你没想到，一旦成为这池塘中的花，就永远告别那缤纷多彩的江南春天。

【鉴赏】

这首诗作于大和八年（834）。白居易喜爱江南的白莲花，因为莲花是君子人格的象征，所以他离开苏州调回京城前，带上了白莲花的种子。"不与红者杂，色类自区分"，诗句描写了白莲花具有天然之美，与其它荷花有所不同，更是冰清玉洁，赞美了白莲花遗世独立、孤清不群。"谁移尔在此，姑苏白使君"，将江南的白荷花郑重引种到北方的，白居易是历史上留下名字的第一人。"一为池中物，永别江南春"，诗人写白莲花，也喻自己，流露出对江南的深深眷恋和怀念。

吴江：这里指吴淞江，古名松江、松陵江、笠泽江。

渍〔fén〕：水边、岸边。

使君：古代称刺史为使君，意为奉天子之命出使四方的使者。

氛氲：形容香气浓郁。

118.小娃撑小艇，偷采白莲回

出自唐代白居易的《池上二绝》（其二）。

【原文】

小娃撑小艇，偷采白莲回。

不解藏踪迹，浮萍一道开。

【诗意】

有一个小男孩撑着轻快的小船，偷偷地去采了白莲回来。他不懂得怎么掩藏踪迹，水面的浮萍留下了一条船儿划过的痕迹。

【鉴赏】

《池上二绝》作于大和九年（835），白居易时任太子少傅分司东都洛阳。一日游于池边，看见小娃撑船，即兴写下此诗。全诗平实通畅，叙述了一个小男孩生活中的一件小事，贴近现实生活，富有生活情趣。"小娃撑小艇，偷采白莲回"，诗句描写小男孩偷采白莲的情景，一个"撑"字写出了他的干练，一个"偷"字写出了他的天真，一个天真幼稚、活泼淘气的儿童形象跃然纸上。"不解藏踪迹，浮萍一道开"，小男孩忘记自己是瞒着大人悄悄地去的，没想到去隐蔽自己的踪迹，得意忘形地划着小船回来了，诗人准确地捕捉了小男孩瞬间的心理，以特有的通俗风格将他描写得非常可爱。全诗文字洗练，如同大白话，但极富韵味，勾画出一幅别样有趣的采莲图，令人读后忍俊不禁。白居易还有这样一首诗："小桃闲上小莲船，半采红莲半白莲。不似江南恶风浪，芙蓉池在卧床前。"（《看采莲》）此诗风格与《池上》类似，也是模仿江南民歌，首句"闲上"两字，声调和意趣都变活泼为闲缓，"半采红莲半白莲"是一个复沓，更增加了民歌的意味。

【注解】

艇：指轻快的小船。

119.不独使君头似雪，华亭鹤死白莲枯

出自唐代白居易的《苏州故吏》

【原文】

江南故吏别来久，今日池边识我无。
不独使君头似雪，华亭鹤死白莲枯。

【诗意】

江南来的老朋友，好久不见了。今天我们相聚在白莲池边，你还能不能认出我。不仅是我老了，头发雪白，而且令人伤心的是，我从苏州带回的鹤死了，我最喜爱的白莲也干枯了。

【鉴赏】

白居易由于身体原因，回到洛阳后就再也没回江南。而他种植的白莲花，因为大旱，或者因为他实在年老无力打理，终于枯死了。这时，从苏州来了他曾经的下属，于是伤感地写下这首诗。"不独使君头似雪，华亭鹤死白莲枯"，诗人写鹤死莲枯，有伤痛惋惜之意，表达了自己对江南的思念，抒发了对人生苦短的感叹。白居易一生最爱白莲花，他从卑微的布衣做到唐朝的高官，在中年以后看到了江南美丽的白莲花，以前关于生命的迷惘都蓦然散去。他把白莲花带在身边，养在身边，也实践着莲花一样的精神，穷则独善其身，达则兼济天下。白莲花已经是他灵魂的化身，白莲花就是白乐天。

【注解】

故吏：原来的属吏。

使君：州郡长官的尊称。这里指白居易。

华亭鹤：晋陆机在河桥打了败仗，被人谗陷而判死刑，行刑前叹息再也听不到故乡华亭（华亭县：今上海松江，唐朝时设置的县，属苏州）的鹤鸣声。典出自南朝宋刘义庆《世说新语》。这里比喻留恋往事故物之心情。

120.应为洛神波上袜，至今莲蕊有香尘

出自唐代温庭筠的《莲花》

【原文】

绿塘摇滟接星津，轧轧兰桡入白蘋。

应为洛神波上袜，至今莲蕊有香尘。

【诗意】

莲花在碧绿的荷塘里摇曳着，波光滟滟倒映着星河。不远之处漂来一叶扁舟，在轧轧摇桨声中，轻轻地驶入长满白蘋的水域。仿佛是洛水女神凌波微步经过荷塘，一直到现在，那鲜艳的莲花蕊上还留有她的芳香之尘。

【鉴赏】

温庭筠是太原祁县（今山西晋中祁县）人，出身没落贵族家庭，为唐初宰相温彦博之孙。他从小有着良好的生活条件，也造就了他对诗词的敏感，富有天赋，文思敏捷，文风艳冶多姿。诗与李商隐齐名，时称"温李"。其诗辞藻华丽，浓艳精致。这首诗咏莲而不言莲，景物之间衔接紧密，描写了一眼望不到头的荷塘景色。"绿塘摇滟接星津，轧轧兰桡入白蘋"，诗句看似信手拈来，却写得极为艳丽，犹如一幅唯美的画。"应为洛神波上袜，至今莲蕊有香尘"，诗人十分巧妙地活用典故，眼前的莲花好像是曹植笔下"翩若惊鸿，婉若游龙"的洛神，突出了莲花的形象和芳香，使全诗颇具浪漫主义情味，令人百读不厌。

【注解】

摇滟：犹摇艳，荡漾、摇曳的意思。

星津：指星河。

兰桡：小舟的美称。

香尘：芳香之尘。多指女子之步履而起者。

121.浓艳香露里，美人清镜中

出自唐代温庭筠的《芙蓉》

【原文】

刺茎澹荡碧，花片参差红。

吴歌秋水冷，湘庙夜云空。

浓艳香露里，美人清镜中。

南楼未归客，一夕练塘东。

【诗意】

长有小刺的荷茎在碧波中自在荡漾，荷叶随之轻轻摆动。那些花瓣红红白白，无比娇艳。秋风起，秋水寒，远处传来江南采莲歌谣，夜空中似乎有湘妃下凡。荷花浓艳，香飘四方，连露珠都渗透了香气。荷花如美人般映入水里，在月光下倒影婆娑。我这个身在异乡的人，被这美景深深吸引，整个晚上徘徊在荷塘东。

【鉴赏】

温庭筠曾以叔叔的身份帮助过女才子鱼玄机，帮她寻找归宿，甚至安排她被休掉后的生活。这首诗是温庭筠（即诗中的"南楼未归客"）于一夕游赏练塘时有感而发。诗人由眼前的荷花而想起远方有位美丽的姑娘正等待自己归去。"吴歌秋水冷，湘庙夜云空"，诗人想象这位姑娘因久久见不到自己而独自唱着思念的歌曲，字里行间充溢着凄清孤寂之感。不管是那位女才子还是其他姑娘，温庭筠在诗中着意描绘了荷花美好动人的形象。"浓艳香露里，美人清镜中"，诗人把荷花描摹得浓香艳丽，但字里行间却充溢着凄清孤寂之感，给人感觉荷花在孤寂中独自绽放，虽美却无人观赏。诗人描写美人丽容映镜，妩媚浓艳，加之秋水澄碧，叶绿花红，更衬托出美人的妖娆多姿。

【注解】

澹荡：舒缓荡漾的样子。

湘庙：指娥皇、女英二妃庙。在今湖南岳阳湘阴县北。

浓艳：指色彩浓重而艳丽。

南楼：出自谢灵运《南楼中望所迟客》，后以"南楼"为思念故人未归之典。

122.同心表瑞荀池上，半面分妆乐镜中

出自唐代温庭筠的《和太常杜少卿东都修竹里有嘉莲》

【原文】

春秋罢注直铜龙，旧宅嘉莲照水红。

两处龟巢清露里，一时鱼跃翠茎东。

同心表瑞荀池上，半面分妆乐镜中。

应为临川多丽句，故持重艳向西风。

【诗意】

杜少卿好运当头，他如当年杜预停注《春秋》、率军势如破竹击败东吴一样，马上要到京都长安履新。他在洛阳的旧宅里，有并蒂莲倒映在池水中，一片艳红，吉祥喜庆。在蒙蒙细雨中，两处莲叶之间，鱼儿游

嬉腾跃。芳香的池塘里，开着祥瑞的并蒂莲，花开两朵，半含半露，犹如失散后重逢的一对夫妻。这并蒂莲特别浓艳，在秋风中摇曳多姿。它的主人应像谢灵运一样才华横溢，可写出更多美丽的诗句。

【鉴赏】

这首诗通篇用典，娴熟、妥帖，切合嘉莲形象和主人的身份。诗人将并蒂莲视为嘉莲，多视角描绘嘉莲之美，极为传神地展现了一幅呈现吉祥的璀璨嘉莲图。"同心表瑞荀池上，半面分妆乐镜中"，诗人抓住并蒂莲"同心""半面"的特征来写，进一步突出了嘉莲的美丽可爱，也暗寓了诗人对杜少卿学识才华和人品的赞誉。

【注解】

太常少卿：唐太常寺主要职官之一，从四品，掌礼仪、宗庙、社稷。杜少卿是温庭筠友人，然其人和原诗都已失考。

修竹里：东都洛阳一里巷名，内有杜少卿旧住宅。

春秋罢注：系魏晋杜预的典故。

铜龙：见《汉书》"上尝急召太子出龙楼门"，张晏注："门楼上有铜龙。"这里借指帝宫。

清露：这里指微雨。

龟巢：《史记·龟策列传》"是为嘉林，龟在其中，常巢于芳莲之上"，后因以代称莲叶。

荀池：这里指莲池。

半面分妆：源见"徐妃半面妆"。形容花朵半含半露的姿态。

乐镜：指乐昌之镜。南朝陈将要灭亡时，驸马徐德言与妻乐昌公主估计不能相保，就将铜镜一分为二，双方各执一半分开行动，相约于正月十五日当街卖破镜来取得联系。陈朝灭亡，妻没入杨素家。到期，徐德言辗转依约至京，找到卖破镜的妻子，夫妻团聚。

临川：在今江西省抚州市。此处指南朝宋谢灵运。沈约《宋书》言他"博览群书，文章之美江左莫逮……后为临川内史"。

123.绿茎红艳两相乱，肠断，水风凉

出自唐代温庭筠的《荷叶杯·一点露珠凝冷》

【原文】（节选）

一点露珠凝冷，波影，满池塘。

绿茎红艳两相乱，肠断，水风凉。

【词意】

拂晓时刻，荷叶上凝聚着晶莹的露珠，寒气逼人。池水波平如镜，池塘里到处是盛开的荷花。采莲船上，有位少女望着倒映在水中的花影发呆。绿色的花茎与红色的花朵杂在一处，在月色下朦朦胧胧，让人分辨不清。冷风吹，水浸骨。少女此刻想到了与心上人的离别，不由得心中苦闷愁断肠。

【鉴赏】

温庭筠诗词兼工，其词更是刻意求精，注重文采和声情，成就在晚唐诸人之上，为"花间派"首要词人，被尊为"花间派"之鼻祖，对词的发展影响很大。温庭筠游越中时，写了多首《荷叶杯》的词。调名"荷叶

杯"，是因为作品写的这段生活发生在莲塘里，故而有意选用了切"荷"的调名。词人借这个调名，用以创造出一个波寒浪平的凄迷意境以寄托他的惜别之思。这首词是其中之一，词人通过描写荷塘拂晓时的景色来表现秋日离愁，情景交融，意象优美。"一点露珠凝冷，波影，满池塘"，"凝冷"是感情的色彩，正是诗中女主人公心理的写照。"满"在这里非常传神，非常有气魄，正如一幅巨大的画，画面满是绿的荷叶，红的莲花，不仅立于水面，亦且倒映于水中。"绿茎红艳两相乱，肠断，水风凉"，这个"乱"字用得艳极，乱是迷离相交的状态，表现了一种惜别的伤感之情；"肠断"二字融景入情，抒发女主人公凄凉失落的情愫。温庭筠是个多情细腻的才子，有人喜欢秋荷风清月白的美丽，他却能感受这种美丽原来出自不得已的寒凉。诗人另两首《荷叶杯》，都是描写采莲女的期盼和幽怨，意境与此词相似。

【注解】

凝冷：犹冷森森，含着凉气。

肠断：这里是魂断之意，形容神情入迷。

124.三秋庭绿尽迎霜，惟有荷花守红死

出自唐代温庭筠的《懊恼曲》

【原文】（节选）

藕丝做线难胜针，蕊粉染黄哪得深。

玉白兰芳不相顾，青楼一笑轻千金。

莫言自古皆如此，健剑刺钟铅绕指。

三秋庭绿尽迎霜，惟有荷花守红死。

【诗意】

藕丝难以承受针的重量，做不了线。那涂在脸上的额黄胭脂，虽一时很美，但妆色易褪，无法长久保持鲜艳。佳人虽好，却反遭抛弃。男子为青楼一笑竟不惜千金之费，其重色寡情可谓甚矣。不要说男人心自古如此，同是金属，但宝剑削铁，而铅却绕指，可见物性各有不同。至于人，既然有重色轻德的，必然也有重德轻色的。九月深秋时节，庭院翠绿的草木无不迎霜变色，枯萎凋零。唯有秋水荷花，虽叶枯蕊蔫，红衣也落尽，但纵然是死，也要带着自己艳红的青春容颜而死。

【鉴赏】

《懊恼曲》是温庭筠采用乐府古题创作的七言诗。这首诗歌颂坚贞不渝的爱情，这里节选其中八句。开头几句，诗人借反面例子发端，含有明显的怨情。"藕丝做线难胜针，蕊粉染黄哪得深"，诗人用"藕丝""蕊粉"作比，富有哲理。"三秋庭绿尽迎霜，惟有荷花守红死"，诗人使用象征隐喻手法，借物写人。诗句中一贬一褒，感情强烈；一绿一红，色彩对比鲜明。可谓瑰丽奇崛，凄艳动人。"守红死"的荷花，被诗人赋予了带有悲剧美的崇高人格，她同那些迎霜变色的绿草相对照，更显得坚贞不渝、光彩照人。以荷花至死犹红的意象喻指历代那些美丽多情、气节凛然的妇女，这是诗人的独创。

【注解】

懊恼曲：亦作《懊恼歌》。据《古今乐录》云："《懊恼歌》者，晋石崇为绿珠所作。"《懊恼曲》即其变曲。

蕊粉：指妇女化妆用的额黄粉。

玉白兰芳：古代常以玉、兰代表君子之德，此处指佳人。

刜[fú]：砍。汉时人有西闾过以"刜钟不铮（响）"形容宝剑之锋利的记述。

125.小姑归晚红妆浅，镜里芙蓉照水鲜

出自唐代温庭筠的《兰塘词》

【原文】（节选）

露凝荷卷珠净圆，紫菱刺短浮根缠。

小姑归晚红妆浅，镜里芙蓉照水鲜。

【诗意】

圆圆的露珠晶莹剔透，更显得卷荷雅洁出尘；紫色的菱角有短刺，浮在水面的根须缠绕在一起。晚归的采莲女虽然浓妆淡了，但清镜中的人与荷花之影依然那么鲜艳。

【鉴赏】

温庭筠经常用花为载体，借物抒情，人与花之间有了内在的沟通。生命与生命的叠加，使得诗歌更有厚度。《兰塘词》是温庭筠创作的新乐府，风格清丽，音调柔美，这里节选其中四句。"露凝荷卷珠净圆，紫菱刺短浮根缠"，诗人用"露珠""卷荷""紫菱"来描写田园风光，清新自然，给人以美的享受。"小姑归晚红妆浅，镜里芙蓉照水鲜"，美丽

的采莲女如同"镜里芙蓉",写出了她朴实自然之美。诗人用特有细腻心思接触到荷花意象的特定含义,"镜里芙蓉"是花人合一,表达诗人对时光的感悟和生命本质的阐释。

【注解】

　　小姑:这里指少女。

　　红妆:指女子的盛妆。

126.水清莲媚两相向,镜里见愁愁更红
出自唐代温庭筠的《莲浦谣》

【原文】

　　　　鸣桡轧轧溪溶溶,废绿平烟吴苑东。

　　　　水清莲媚两相向,镜里见愁愁更红。

　　　　白马金鞭大堤上,西江日夕多风浪。

　　　　荷心有露似骊珠,不是真圆亦摇荡。

【诗意】

　　采莲女划着小船,发出轧轧的桨声,行驶在宽广的溪水中。吴苑东边那荒芜的绿野上,炊烟袅袅升起。流水清澈见底,艳丽的荷花和娇媚的人两两相对,清镜中映出了她因愁而红通通的脸庞。此时江堤上,恰有一位少年骑着高大的白马经过,他挥舞着饰金的马鞭,神采飞扬。夕阳西下时,忽然起风了,平静的西江瞬间波涛起伏。荷叶上滚动的露珠,就好像一颗颗宝珠,虽然不是真的很圆,但总在那里晃荡着。

【鉴赏】

　　乐府诗始于汉武帝，当时有太乐、乐府二署，分别掌管雅乐和俗乐。这首诗属于俗乐，是温庭筠写的新乐府，与其它采莲曲相比，更有深意。温庭筠在诗中刻画了一位有着高尚情操的采莲女形象，不仅姿态优美，而且多情聪明，非常饱满又富有感染力。全诗通过叙述她摇船行进时的所见所感，写出了感时、伤己、怀人、惜志等多层意思。全诗委婉温柔，风格沉郁含蓄，读来令人荡气回肠。"水清莲媚两相向，镜里见愁愁更红"，亦花亦人，颇见巧思。诗人不是纯客观地去写荷花和人，而是夹杂了人物心理的忧愁色彩。水中之莲，实为镜中之人，然而莲媚却是愁更红，这就披露了人物的内心世界。"荷心有露似骊珠，不是真圆亦摇荡"，"圆"谐音"缘"，"荷心"指采莲女的心。采莲女明指"不是真圆"，但偶遇贵族公子，内心还是"摇荡"。诗人即景取譬，关合巧妙，颇有民歌风味。

【注解】

　　莲浦：种有莲花的水口。

　　鸣桡［ráo］：谓开船。

　　溶溶：形容水面宽广。

　　废绿：荒芜的绿野。

　　吴苑：原指吴王夫差的宫殿。这里指吴地之苑。

　　西江：唐代多称长江中下游为西江。这里指南京西的一段长江。

　　骊珠：宝珠。《庄子·列御寇》："夫千金之珠，必在九重之渊，而骊龙颔下。"

127.都无色可并，不奈此香何

出自唐代李商隐的《荷花》

【原文】

都无色可并，不奈此香何。

瑶席乘凉设，金羁落晚过。

回衾灯照绮，渡袜水沾罗。

预想前秋别，离居梦棹歌。

【诗意】

　　荷花绽放时的艳丽，没有什么花能与之匹敌，它的芳香也是别具一格。我静静地坐在草席上，清风徐徐吹来，月光下的荷花摇曳多姿。而夕阳下的荷花更有一番风韵，鲜艳的花朵在夕阳的金辉里，如同金色的马笼头。晚上回到家里，我看到烛光下的锦被，又想到了你我曲江相遇之情景，记得当时你渡水而来还打湿了罗袜。此刻，想到秋天来临之前你我又要分别，心中苦闷，天各一方，以后只能在梦中一起听棹歌了。

【鉴赏】

　　李商隐是怀州河内（今河南焦作沁阳市）人，开成二年（837）进士及第，起家秘书省校书郎，迁弘农县尉，成为泾原节度使王茂元幕僚。因卷入"牛李党争"的政治旋涡，备受排挤，一生困顿不得志。在李商隐赴泾原节度使王茂元幕府之前，他就认识了王茂元小女儿王晏媄，并且进行了热烈的追求。某日傍晚，王氏随人到曲江纳凉观荷。李商隐被约前来相见，遂作此诗。这首诗主要用象征手法，借描写荷花来寄托诗人的情事。本来是描写自己热恋之人，但却不直接描写女方本身，而是以荷花出之。"都无色可并，不奈此香何"，诗人极言荷花之芙，先说它的色，后写它的香，赞美荷花风姿绰约，让百花失色，实际上是盛赞王氏的貌美。"预想前秋别，离居梦棹歌"，这是诗人在叹别。王氏将于立秋之前返济原探父，不知何时得再重逢，诗人预想分离后唯能于梦中见其倩影了。这首诗写出了诗人恋爱时的甜蜜和淡淡离愁，是他对王氏热情追求的内心写照。

【注解】

金羁：饰以黄金的马笼头。傅玄《良马赋》："饰以金羁，申以玉缨。"

前秋：秋前之意。

棹歌：指行船时所唱之歌。《南史·羊侃传》："（侃）性豪侈，善音律，自造《采莲》《棹歌》两曲，甚有新致。"

128.惟有绿荷红菡萏，卷舒开合任天真

出自唐代李商隐的《赠荷花》

【原文】

世间花叶不相伦，花入金盆叶作尘。

惟有绿荷红菡萏，卷舒开合任天真。

此花此叶常相映，翠减红衰愁杀人。

【诗意】

人世间的花和叶是不能相比的，花被供入金盆，叶却归于尘土。唯

有碧绿的荷叶衬着未开的荷花，无论是张开还是卷起都是天然本性。荷花与荷叶长时间互相交映，直到荷叶减少、荷花凋谢时，才令人愁苦至极。

【鉴赏】

　　这首诗是李商隐写给新婚妻子王氏的，明里句句都是写花，但实际上句句都是写人。诗人比喻自己和王氏是天造地设的一对，不管是荷花凋落，抑或是荷叶衰败，都让人伤感，希望俩人能像荷花荷叶一样长长久久、永不分离。"惟有绿荷红菡萏，卷舒开合任天真"，诗人以清新明晰的语言，描绘出荷花荷叶相映的绚丽。我国民间长期流传着这样的谚语："荷花虽好，也要绿叶扶持。"李商隐形象地表现了与这谚语相似的意思。"此花此叶常相映，翠减红衰愁杀人"，明里是忧虑荷叶减翠，红花衰落，令人伤感，实际则是担心双方年老色衰，但愿青春常驻，希望俩人白头到老。全词委婉含蓄，耐人寻味，在众多的咏荷诗词中实属上乘之作。

【注解】

　　不相伦：不相比较。意谓世人皆重花而轻叶。

　　金盆：铜制的盆，供注水盥洗之用。

　　愁杀：亦作愁煞。谓使人极为忧愁。

129.荷叶生时春恨生，荷叶枯时秋恨成

出自唐代李商隐的《暮秋独游曲江》

【原文】

荷叶生时春恨生，荷叶枯时秋恨成。

深知身在情长在，怅望江头江水声。

【诗意】

荷叶初生时，我与你相遇，不久分离，春愁已生。荷叶干枯时，你却永远离开了我，秋怨又成。我心里很明白，只要我身在人世，对你的情意天长地久。多少惆怅，只有那流不尽的江水声。

【鉴赏】

这首诗借咏荷花怀故人，带有的淡淡的哀愁，显得哀婉动人。诗人独游曲江，回想当年与王晏媄相知相恋，如今妻子病故，独留自己孑然一身，感慨万千，写下了这首悼亡诗。"荷叶生时春恨生，荷叶枯时秋恨成"，诗句表面写荷叶，实际是通过荷叶生长和枯萎，讲述自己和王氏的爱情故事。句中春生与秋枯、恨生与恨成映衬对比，更丰富了诗的内涵。"深知身在情长在，怅望江头江水声"，诗句无限凄婉，将前两句所蕴含的绵绵深情推向无以复加的诗境。你像枯荷一样永远离开了，留给我一片凄凉。只要我还活着，对你的情意就永远不会消失。那曲江潺潺的流水，带给我多少惆怅啊。诗人以荷叶的生与枯象征情感和人生的变化，诉说了自己直到死亡才会消失的爱。

曲江：即曲江池。在今陕西省西安市东南。

春恨：犹春愁。

130.水仙欲上鲤鱼去，一夜芙蓉红泪多

出自唐代李商隐的《板桥晓别》

【原文】

回望高城落晓河，长亭窗户压微波。

水仙欲上鲤鱼去，一夜芙蓉红泪多。

【诗意】

回头望汴州方向的高高城楼，银河已经渐渐暗淡向西下落。长亭窗外，水天一色，荡漾着层层轻波。即将远行的游子，像那水仙琴高就要乘赤鲤凌波而去。而送别的美人在哭泣，如同风雨后的荷花，一夜流下的红泪谁知几多。

【鉴赏】

典故入诗，倘能运用自然，如出己手，则可使文辞优美，又可丰富诗作内容。唐代诗人中，李商隐最善于用典。此诗写于唐代汴州西的板桥店。李商隐在此地遇见诗人李郢，可能还有李郢在汴州的情人。聚散匆匆，欢宴言别，于是一首奇幻绚丽的离别诗在李商隐的脑海中油然而生，遂挥笔墨，写下此诗。这首诗运用了丰富的想象力，描写了一对恋人在板桥话别时万般不舍的情景。整首诗歌充满了奇幻绚丽的色彩和新

奇浪漫的情调，这种写法实在是写离别的一种新境界。"回望高城落晓河，长亭窗户压微波"，"晓河"是时间，"长亭"是地点，诗人描写出一对恋人分别的场景。"水仙欲上鲤鱼去，一夜芙蓉红泪多"，诗人巧用典故，把风雨荷花写得如此绮丽忧伤，表达了这对恋人面对离别时的万般不舍。诗人将这样的悲苦别离写得如此诗意盎然，即使千年以后，仍旧让人在浩渺的荷花水岸怆然落泪。当我们送别心爱的人，在无法确定的归期里，那每一回首、每一挥手，都让人忧伤酸楚。那泪也是芙蓉红泪，滴在心中，令人为之动容。

【注解】

板桥：唐代汴州（今河南开封）西的板桥店。

高城：这里指汴州城。

长亭：这里是指板桥近旁一座临水的亭阁。

水仙：神话传说中的琴高，他曾经会仙术，曾乘赤鲤来，月余复入水去。这里指游子。

红泪：典故出自《拾遗记》，魏文帝美人薛灵芸离别父母登车上路，用玉唾壶承泪，壶呈红色，及至京师，壶中泪水凝结如血。

131.西亭翠被余香薄，一夜将愁向败荷

出自唐代李商隐的《夜冷》

【原文】

> 树绕池宽月影多，村砧坞笛隔风萝。
>
> 西亭翠被余香薄，一夜将愁向败荷。

【诗意】

　　月光之下，宽阔的池塘边到处是长长的树影。窗帘外面，传来长夜不停歇的村砧坞笛声。我一个人独宿西亭，伊人已去，其香犹在，夜冷凄清，彻夜无眠，眼前所见只有池中枯瘦的残荷。

【鉴赏】

　　李商隐一生仕途不顺，寄情于诗。他以独特的视角，将残荷、枯荷、败荷纳入诗歌意象中，赋予它们新的内涵。此为悼亡诗，是诗人在妻子亡故之后，留宿岳父家所作。伊人已去，物是人非，前景迷离有如孤鸿，诗人的凄苦之情溢于诗外。"西亭翠被余香薄，一夜将愁向败荷"，诗人触景生情，他所思所愁的也就是"翠被余香薄"。昔日此处曾同宿，如今孤身一人，离愁瞬间盈满心田，眼前的败荷增添了无限的悲凉之感，荷之意象便是诗人内心孤寂、凄凉的写照。

【注解】

　　村砧：指捣衣声。

　　坞笛：指吹笛声。

　　凤萝：犹凤罗，意思是有彩凤图案的丝织品。这里指窗帘。

　　余香：这里指诗人亡妻遗留的香泽。

132.芭蕉开绿扇，菡萏荐红衣

出自唐代李商隐的《如有》

【原文】

> 如有瑶台客，相难复索归。
>
> 芭蕉开绿扇，菡萏荐红衣。
>
> 浦外传光远，烟中结响微。
>
> 良宵一寸焰，回首是重帏。

【诗意】

　　仿佛有天上的仙女来做客，与我相互讨论，她也因留恋美景而难以选择是否归去。这位内心忧虑的仙女手持绿扇，仿佛芭蕉展开了绿叶。她身披红衣，像荷花般艳丽。她去了，渐渐地远了，我似乎看到一道强光远传浦外，也听到一道轻烟中发出轻微响声。我猛回首，只见一寸残焰孤单地颤抖着，就让它陪伴我独坐帐幕之中。

【鉴赏】

　　李商隐的爱情诗辞藻清丽，隽永优美，意味悠长却又往往含义晦涩，可以说是最早的朦胧派诗人。此诗写梦忆，诗人以迷离惝恍的形式、幻觉的描摹表现深藏心间的强烈恋情，借梦境抒发了内心的向往，表现了对不可言喻的爱情的追恋、反思与哀痛。李商隐有不堪回首的爱情故事，吐露的是无穷的回味与无可奈何的感叹。现实是残酷的，天人一方，诗人也许已感到，对所爱之人的思念将是遥遥无尽期的。"芭蕉开绿扇，菡萏荐红衣"，诗人为表现难言的隐情，用美丽的意象织就一幅艳丽图画。这幅画面色泽鲜明，从色相看有红、绿的区别，以色调论为芭蕉的暗绿，缀以荷花的粉红。"良宵一寸焰，回首是重帏"，诗句点题，言本无其人，本无其事，仅梦中如见有人，如逢其人，梦醒之后，良宵烛下，却是空闭重帏，帏中的人已不知所终。李商隐在这首诗中，通过使用瑶台客、绿蕉红荷、神女等一个个意象的重叠，增加诗中的朦胧之感。整首诗空灵又迷茫，代表了李商隐诗歌独具的情思朦胧、意境飘逸的风格。

【注解】

瑶台：仙人居住的地方，亦以喻月宫。

结响：声音。

重帏：一层又一层帷幔。

133.秋阴不散霜飞晚，留得枯荷听雨声

出自唐代李商隐的《宿骆氏亭寄怀崔雍崔衮》

【原文】

竹坞无尘水槛清，相思迢递隔重城。

秋阴不散霜飞晚，留得枯荷听雨声。

【诗意】

亭外竹林环绕，雨后枝叶无尘，景物焕然一新。相思之情啊飞向远方，可却隔着好几个城市。秋天了，天空上阴云连日不散，估计晚上又是寒霜纷飞。思念无处安放，好在池塘留有枯残的荷叶，可听深夜萧瑟的雨声。

【鉴赏】

　　李商隐不仅会写爱情诗，还擅长写友情诗，同样凄美动人。约在大和七年（833），李商隐参加科举考试未中第。于是他去投靠当时担任华州刺史的表叔崔戎。崔戎对李商隐有知遇之恩，他的两个儿子崔雍、崔衮和李商隐的感情也很好。崔戎病故后，李商隐离开了崔家。在旅途中，他寄宿在一户骆姓人家，面对满园秋色，怀念起崔雍、崔衮两兄弟，于是写下了这首富有情致的诗。诗中紧扣"寄怀"这一主题，把修竹、清水、静亭、枯荷、秋雨作为抒发情感的载体，其意境清疏秀朗，而孕育其中的心境又是极为深远的，残荷的美感便跃然纸上。"秋阴不散霜飞晚，留得枯荷听雨声"，"留""听"二字写情入微，淅沥的秋雨洒落在枯荷上，发出一片错落有致的声响，更增加了环境的寂寥，从而加深了对朋友的思念。诗人将枯荷升华为凄美的意象，成为咏荷诗中的千古妙句。

【注解】

　　水槛［jiàn］：指临水有栏杆的亭榭。这里指骆氏亭。

　　迢递：遥远貌。

134.对影闻声已可怜，玉池荷叶正田田
出自唐代李商隐的《碧城三首》（其二）

【原文】（节选）

　　　　对影闻声已可怜，玉池荷叶正田田。

　　　　不逢萧史休回首，莫见洪崖又拍肩。

　　　　紫凤放娇衔楚佩，赤鳞狂舞拨湘弦。

鄂君怅望舟中夜，绣被焚香独自眠。

【诗意】

　　你的倩影多么美丽，你的声音多么动听。你像出水芙蓉，娇美可爱。你如古代美女弄玉，不逢萧史，决不回首赐情。你绝不会轻佻，见了洪崖，又去爱上别的风流男人。你当时像紫凤那样热烈，衔住了佩玉不放；我也像赤龙那样奔放，疯狂地拨动你的琴弦。如今我像孤独的鄂君，坐在船上面对夜空发呆；绣被仍在，我只得独自一人焚香，因相思而难以入睡。

【鉴赏】

　　李商隐于文宗大和三年（829）至五年到玉阳山修道，与女冠有一段恋情。《碧城三首》这组诗即写于这一时期，是李商隐诗最难懂的诗歌之一，历来众说纷纭。这首诗是其中之二，描写诗人于孤苦寂寞中回忆一次热烈的幽会。前六句写得热烈狂放，描摹情人之间的感觉和对话，纵笔渲染道观中爱情生活的狂放热烈。"对影闻声已可怜，玉池荷叶正田田"，诗句描写一对情侣如胶似漆，对其影而闻其声。"玉池荷叶"鲜美娇嫩，诗人运用隐比手法，写情人娇美可爱。"鄂君怅望舟中夜，绣被焚香独自眠"，这两句写得孤苦凄冷，与前几句造成强烈的对比，诗人从想象回到现实，孤独难眠。这首诗有着一系列的隐比，还有一系列的联想，巧妙地雅化了无法以言辞表达的内容。

【注解】

　　碧城：道教传为元始天尊之所居，后引申指仙人、道隐、女冠居处。

萧史：传说中春秋时的人物，善吹箫。汉朝刘向《列仙传·卷上·萧史》中记载：萧史善吹箫，作凤鸣。秦穆公以女弄玉妻之，作凤楼，教弄玉吹箫，感凤来集，弄玉乘凤、萧史乘龙，夫妇同仙去。此处喻指男主人公。

洪崖：传说中的仙人名。《吕氏春秋·古乐》称其曾为黄帝作律，于是他从大夏之西走到昆仑山脚下，根据凤凰的叫鸣区别了十二律，后铸十二钟，以和五音，以施英韶。此处喻指道侣。

鄂君：春秋时代人物，官至令尹。后以"鄂君"为美男的通称。

135.萱草含丹粉，荷花抱绿房
出自唐代李商隐的《韩翃舍人即事》

【原文】

萱草含丹粉，荷花抱绿房。

鸟应悲蜀帝，蝉是怨齐王。

通内藏珠府，应官解玉坊。

桥南荀令过，十里送衣香。

【诗意】

萱草开花时，花蕊带有红色的粉末；荷花绽放时，抱着绿色的小莲蓬。杜鹃鸟啼应当是伤悲蜀帝的冤恨，三伏蝉鸣也是齐王后化蝉怨恨齐王抛弃自己。韩翃的诗传入皇宫，得到德宗赏识，后来在官府做中书舍人了。韩翃有一次与柳氏意外在桥南重逢，她送的香膏带着她的衣香。马车渐渐远去，令他目断意迷。

【鉴赏】

这首诗是李商隐有感于韩翃之遭逢，而深寓歆美之作。诗人自慨安能有这种遇合，这一层意思当从字句以外去领会。"萱草含丹粉，荷花抱绿房"，诗句描写初夏景色，萱草是忘忧草，荷花是相思花，诗人借景抒情，寄托了自己对某一个人的情思。李商隐《柳枝》诗序里所记，确实与韩翃和柳氏的故事有诸多相似。柳枝和柳氏同为歌妓，也同样仰慕诗人的才华，后来又同样与诗人分开嫁给了大官。但不同的是，李商隐和柳枝分别后没能再重逢，也没有一个像许俊那样的义士帮他把柳枝抢回来。"桥南荀令过，十里送衣香"，诗句中隐含了诗人自己的艳羡和遗憾。

【注解】

韩翃：天宝末中进士，号大历十才子之一。韩翃少负才名，邻妓柳氏仰慕他。后翃随侯希逸入朝，寻访不得，已为立功番将沙咤利所劫，宠之专房。翃怅然不得割，后入中书，临淄虞侯将许俊以诈取之，以授韩。

悲蜀帝："昔有人姓杜，名宇，王蜀，号曰望帝。宇死，俗说云，宇化为子规。子规，鸟名也。蜀人闻子规鸟，皆曰望帝也。"（《蜀记》）

怨齐王："昔齐后忿而死，尸变为蝉，登庭树嘒唳而鸣，王悔恨。故世名蝉为齐女焉。"（马缟《中华古今注》）

藏珠府：这里喻指皇宫。

应官：犹云当官，是唐人口语。

解玉坊：这里喻指官府。

荀令：汉末政治家荀彧。他到别人家里，坐过的席子好几天都有香味。后以留香荀令比喻美男子。这里借指韩翃。

136.多少绿荷相依偎，一时回首背西风

出自唐代杜牧的《齐安郡中偶题二首》（其一）

【原文】

两竿落日溪桥上，半缕轻烟柳影中。

多少绿荷相倚恨，一时回首背西风。

【诗意】

落日西斜，太阳离地面还有两竿高。我独自站在溪桥上，只见河的对面杨柳含烟，在晚霞中显得若有若无，十分壮观。远处的溪水中绿荷亭亭玉立，好似无数少女相簇相拥。忽然一阵秋风吹过，她们回头背对秋风，好像是在怨恨无情的秋风。

【鉴赏】

杜牧是唐京兆万年（今陕西西安）人，宰相杜佑之孙。大和二年（828）进士，历任监察御史，黄州、池州、睦州刺史，官终中书舍人。人谓之小杜，和李商隐合称"小李杜"，以别于李白与杜甫。其诗风格独特，清丽绝俗，风华绝代。此诗是杜牧在湖北黄州所作。某天下午，杜牧外出散步，望着满眼的秋色，触景生情，挥手写了《齐安郡中偶题二首》。这首诗是其中之一，诗人以拟人化的手法，活灵活现地描绘了秋日西风吹、一池绿荷倾的景象。"两竿落日溪桥上，半缕轻烟柳影中"，诗人没直接写绿荷，而是描写了周围的环境，画面的景象略带暗淡，诗句的情调有点感伤。"多少绿荷相倚恨，一时回首背西风"，这里表面写的是绿荷之恨，实则物中见我，写的是诗人之恨。杜牧是一个有政治抱负

和主张的人，当时受到排挤，出为外官，怀着壮志难酬的隐痛，所以在他面对秋色秋景之时，唯有一声叹息，眼前的绿荷仿佛充满了哀愁。同时，诗人抓住了绿荷相依相偎、随风翻转的瞬间动态，传神地写出了风荷摇曳之美。古人描写荷花的名篇有很多，但是能够真正抓住荷花神韵的却是极少。这首诗描写风中之荷，把荷花描绘得出神入化。诗人托物言志，在傲然回首的绿荷形象中，融合了即使遭到挫折也不肯苟合求荣的岸然兀立的诗人形象。

【注解】

齐安郡：又名古黄州（今湖北省武汉市）。唐代在天宝年间曾改州为郡。

两竿：这里形容落日有两竹竿高。

137.绿眉甘弃坠，红脸恨飘流

出自唐代杜牧的《秋日偶题》

【原文】

荷花兼柳叶，彼此不胜秋。

玉露滴初泣，金风吹更愁。

绿眉甘弃坠，红脸恨飘流。

叹息是游子，少年还白头。

【诗意】

秋天里的荷花柳叶，都显得秋意浓厚无限，经受不住秋的洗礼。

荷花上的晨露滴落在水面上，如同伤心的眼泪掉下来；柳叶被送爽的秋风吹落，显得更忧愁了。柳叶甘愿坠落，而荷花却不愿浮在水中随波漂流。这秋景勾起了我的乡愁，想起自己长期漂泊异乡，从少小离家到现在两鬓斑白，只能一声叹息。

【鉴赏】

杜牧写景抒情的小诗，多以景结情，言有尽而意无穷，回味无穷。这首诗标明"偶题"，应是一首即景抒情之作，"秋"点明了写作的季节。诗人在秋风乍起的季节，把偶然进入视线的荷花、柳叶、露珠，观察到它们的形态、动作，心有所感，加以艺术剪裁和点评，构成一幅色系清幽、情思蕴结的图画。"荷花兼柳叶，彼此不胜秋"，诗人用"荷花"意象表明对逝去光阴的叹惋，用"柳叶"意象营造出一种愁的悲凉意境。"玉露滴初泣，金风吹更愁"，诗人运用人格化的手法，"泣""愁"具体展现出荷花兼柳叶"不胜秋"的情态。"绿眉甘弃坠，红脸恨飘流"，诗人以"绿眉""红脸"与首句的柳叶荷花形成映衬，色彩鲜明，形象优美。实际上诗人用"红脸"指代自己，生动地表明了自己对时光流逝而无所作为的感慨。"叹息是游子，少年还白头"，诗句点题，表明了诗人的"游子"身份，抒发了自己长期漂泊在外的愁苦之情。

【注解】

绿眉：这里喻作柳叶。

红脸：这里喻作荷花。

138.尽日无人看微雨,鸳鸯相对浴红衣

出自唐代杜牧的《齐安郡后池绝句》

【原文】

菱透浮萍绿锦池,夏莺千啭弄蔷薇。

尽日无人看微雨,鸳鸯相对浴红衣。

【诗意】

在蒙蒙细雨的笼罩下,露出水面的翠菱,铺满池面的青萍,绿透了一池锦水。夏莺歌喉婉转,嬉弄蔷薇花枝。整日无人来观赏这朦胧的美丽雨景,池塘里漂着刚凋落的荷花花瓣,一对鸳鸯在细雨中嬉耍。

【鉴赏】

会昌二年(842),杜牧受人排挤,被外放为黄州刺史,无异于贬谪。这首诗便写于这一时期,描写黄州后池夏景,展示了一幅清幽而妍丽的图画。杜牧的七绝成就最高,意境幽美,韵味隽永。杜牧在这首诗中,并不是单纯地描写初夏的后池景物,而是景中有人有情,极具含蓄美。"尽日无人看微雨,鸳鸯相对浴红衣",诗句重点在"看"字,其实微雨霏霏无可寓目,可映入眼帘的应是菱叶、浮萍、池水、花瓣。虽然淡淡写来,却是极为关键的一句,它为整幅画染上一层幽寂、迷蒙的色彩。这个"看"字,暗暗托出观景之人。"红衣"与首句的"锦池"相呼应,荷塘里尽是凋零的花瓣,说明已是深秋季节。而诗人最后心目所注的,是池中戏水的一对鸳鸯,这对鸳鸯映衬出观景人的孤独,必然见景生情,生发许多遐想。诗人妙在不道破注视鸳鸯的人此时所想何事,所怀何情,

而诗外之意却不言自见。

【注解】

啭：指鸟婉转地鸣叫。

红衣：这里指荷花花瓣。

139.露白莲衣浅，风清蕙带香
出自唐代杜牧的《秋夕有怀》

【原文】

念远坐西阁，华池涵月凉。

书回秋欲尽，酒醒夜初长。

露白莲衣浅，风清蕙带香。

前年此佳景，兰棹醉横塘。

【诗意】

夜已深沉，我独自坐在西阁，思念起远方的人。明月倒映在碧波荡漾的荷塘里，寒气袭人。等待书信的时间好长，一晃秋天又要过去了。我酒醒了，长夜漫漫，令人惆怅。秋天的露水洗褪了荷花的颜色，这时候的花瓣已不那么鲜艳。尽管如此，轻柔的晚风依旧吹来荷香，清新又凉爽。记得前年我们在横塘泛舟游玩，当时就沉醉在这样的美景中。

【鉴赏】

杜牧有许多关于秋夕的诗作，著名的是"银烛秋光冷画屏，轻罗小扇扑流萤。天阶夜色凉如水，卧看牵牛织女星"（《秋夕》），诗人借宫女的形象来表达自己怀才不遇的感慨。而这一首《秋夕有怀》，写得清丽生动，令人为之动容。诗人通过回忆，叙写了前年与恋人月下横塘赏荷的情景，抒发了对远方恋人的思念之情。"露白莲衣浅，风清蕙带香"，诗人用了一个拟人同感的比喻，说荷花红衣变浅，是因为秋天的白露增多，但还有一种清香飘在风中，别有一种清凉清新。

【注解】

西阁：犹西楼、西窗，古代有相思之地的含义。

涵：犹涵涵，水波晃动的样子。

莲衣：犹红衣，指荷花花瓣。

风清：轻柔而凉爽。

蕙带：以香草作的佩带。见《楚辞·九歌·少司命》："荷衣兮蕙带，倏而来兮忽而逝。"

兰棹：犹兰舟。

140.牵花怜共蒂，折藕爱连丝
出自唐代王勃的《采莲曲》

【原文】

采莲归，绿水芙蓉衣。秋风起浪凫雁飞。桂棹兰桡下长浦，罗裙玉腕轻摇橹。叶屿花潭极望平，江讴越吹相思苦。相思苦，佳期不可驻。塞外征夫犹未还，江南采莲今已暮。今已暮，采莲花。渠今那必尽娼家。官道城南把桑叶，何如江上采莲花。

莲花复莲花，花叶何稠叠。叶翠本羞眉，花红强如颊。佳人不在兹，怅望别离时。牵花怜共蒂，折藕爱连丝。故情无处所，新物从华滋。不惜西津交佩解，还羞北海雁书迟。

采莲歌有节，采莲夜未歇。正逢浩荡江上风，又值徘徊江上月。徘徊莲浦夜相逢，吴姬越女何丰茸。共问寒江千里外，征客关山路几重。

【诗意】

采莲女开始回家了，碧水中倒映出盛开的荷花。秋风吹起波浪，有野鸭子飞过。小船顺着流水向下游划去，她身穿丝裙，露出洁白温润的手腕，双手轻摇船桨。远远望去，水中沙洲附近都是荷叶荷花。远处有人在唱江南民歌，她听到后心里不是滋味，勾起了对远方丈夫的思念。相思真的很苦，曾与他在一起生活的美好日子不再来。他到塞外那么久了，一直没有回来。每年一度的江南采莲已进入尾声。尽管如此，还能采到荷花。即使到家独守空房，也绝不会沦落为娼。官道城南采桑的罗敷就是榜样。在家闲着，不如到江上去采莲。荷花啊荷花，花叶是多么茂密重叠。她双眉凝翠，荷叶因之而羞愧，艳红的荷花也难比得上她娇艳的脸颊。思念的人不在这里，此时的她，只有惆怅地遥望那别离的地方。她牵动了花，爱怜其两花并蒂；她折断了藕，喜爱其藕丝相连的缠绵样子。往日欢情无处寻找，摘了许多荷花莲藕也徒然。她从不后悔在城西江边分别时对他解佩以赠，但现在总是嫌他寄来的书信太少太慢。夜深人静难以入睡，她又划船来到江上，一边采莲一边唱起采莲歌。此时秋风浩荡，月亮从江面上升起。在月影下徘徊的她，巧遇了其他采莲女。采莲女子如此之多，她们的情况差不多，于是互相打听起千里之外的消息，希望能得到边塞亲人的一些情况。

【鉴赏】

王勃是绛州龙门县（今山西运城河津市）人，聪敏好学，六岁能文，下笔流畅，被赞为"神童"。麟德初应举及第，曾任虢州参军。后往海南探父，因溺水，受惊而死，年二十七岁。他与杨炯、卢照邻、骆宾王并称"初唐四杰"。这首诗袭用乐府旧题，通过对江南水乡采莲姑娘的描写来展现其坚贞秀美的内心世界和对征夫深挚的思念，同时表现出初唐统治者扩边政策给劳动人民带来的痛苦。这首诗运用七言，篇幅宏大，抒情性较强。诗中多用蝉联和复沓的形式，使诗流转圆美，情韵婉扬。"叶翠本羞眉，花红强如颊"，诗人用荷花荷叶与之相比，突出采莲女的美丽。"牵花怜共蒂，折藕爱连丝"，诗人寓情于物，以并蒂莲和藕断丝连，比喻男女爱情的亲密缠绵和恩爱夫妻的形影不离。

【注解】

江讴［ōu］越吹：泛指南方民歌。讴：徒歌。吹：有乐器伴奏的歌。

城南把桑叶：系汉乐府《陌上桑》中女子罗敷忠于爱情的典故。

西津交佩解：系汉刘向《列仙传》中郑交甫在江边遇到两位神女、神女解下玉佩相赠的典故。

北海雁书：系汉班固《汉书·李广苏武传》中苏武北海牧羊、鸿雁传书的典故。

丰茸：茂密的样子，指人多。

141.美人愁思兮，采芙蓉于南浦

出自唐代杨炯的《幽兰赋》

【原文】（节选）

幽兰生矣，于彼朝阳。

含雨露之津润，吸日月之休光。

美人愁思兮，采芙蓉于南浦。

公子忘忧兮，树萱草于北堂。

虽处幽林与穷谷，不以无人而不芳。

【文意】

　　幽兰，就是生于幽谷的兰花，每天在深谷里迎接朝阳。它在生长的过程中浸润着雨露，吸收着日月光华。平日里，美丽的姑娘心里有了思念之愁，就到南湖的水边采摘荷花。帅气的小伙为了忘记心中的愁思，就在北堂的院子里种植忘忧草。而幽兰虽然生长在人迹罕至的深谷中，但它却并不因为没有人观赏而不绽放芳华。

【鉴赏】

　　杨炯是华州华阴（今陕西渭南华阴市）人，幼年时就非常聪明博学，文采出众，唐显庆四年（659）应弟子举及弟，被举神童。唐显庆五年，杨炯时年十一，待制弘文馆，待制十六年。上元三年（676）应制举及第，授校书郎。他一生仕途失意，却成了初唐四杰中唯一的善终者。在杨炯赴任盈川县令的如意元年（692），初唐四杰的其余三人早已归尘归土。杨炯刚进弘文馆的时候，因为年轻，对出仕与否还不太经意。但随着年岁的增长，"学而优则仕"的信念强烈地萌动起来，其间杨炯创作了《幽兰赋》。这里节选其中一段，诗人借物抒怀，表达了他渴望仕途却怀才不遇的情志。"美人愁思兮，采芙蓉于南浦"，诗人把女子的愁思与采莲关联起来，因为荷花还有相思意蕴。"虽处幽林与穷谷，不以无人而不芳"，诗人赞美幽兰虽处无人问津的隐秘之处，也从未放弃高洁的品格和崇高的追求。

【注解】

　　幽兰：兰花。

　　萱草：忘忧草。

　　穷谷：犹深谷。

142.浮香绕曲岸，圆影覆华池

出自唐代卢照邻的《曲池荷》

【原文】

　　　　　　浮香绕曲岸，圆影覆华池。

　　　　　　常恐秋风早，飘零君不知。

【诗意】

　　正值夏季，荷花盛开。池岸弯弯曲曲，四周弥漫着荷花清幽的香气。月光笼罩着荷池，花影绰绰。圆圆的荷叶重重叠叠，覆盖在多彩的水池上。我常常担心萧瑟的秋风来得太早，让你来不及欣赏荷花就凋落了。

【鉴赏】

卢照邻是幽州范阳（今河北保定涿州市）人，博学能文，起家为邓王李元裕府典签，迁益州新都县尉。离职后逗留蜀中，放旷诗酒。后因作诗得罪武三思，被投入监狱中，出狱后身染风疾，痛苦不堪，自沉颍水而死，年近四十岁。这首诗凄美异常，充满了淡淡的忧伤。"浮香绕曲岸，圆影覆华池"，未见其形先闻其香，诗人采取侧面写法，以香夺人，不着意地描绘荷花优美的形态和动人的纯洁，写出了夜荷的神韵。"常恐秋风早，飘零君不知"，是沿用屈原《离骚》"惟草木之零落兮，恐美人之迟暮"的句意，但又有所变化。诗人写的不仅是荷花，更是人生。诗人从荷花的凋零，想到了自己坎坷多舛的人生。所以借咏荷以抒其情怀，含蓄地抒发了自己怀才不遇、早年零落的感慨。

【注解】

浮香：指荷花的香气。

圆影：指圆圆的荷叶。

143.荷香销晚夏，菊气入新秋

出自唐代骆宾王的《晚泊江镇》

【原文】（节选）

荷香销晚夏，菊气入新秋。

夜乌喧粉堞，宿雁下芦洲。

【诗意】

荷花香远益清，送走了晚夏的余热；菊花即将开放，季节已进入秋天。在江镇白茫茫的夜色中，听到了粉墙上的乌啼声，看到了栖宿的鸿雁飞进芦苇荡。

【鉴赏】

骆宾王是婺州义乌（今浙江金华义乌市）人，出身寒微，少有才名，号称"神童"。相传《咏鹅》就是他七岁时所作。永徽年间，任道王李元庆文学、武功主簿，迁长安主簿。仪凤三年（678），任侍御史，因事下狱，遇赦而出。调露二年（680），出任临海县丞，坐事免官。光宅元年（684），跟随英国公徐敬业起兵讨伐武则天，撰写《讨武曌檄》。徐敬业败亡后，骆宾王结局不明，或说被乱军所杀，或说遁入空门。其诗辞采华赡，格律谨严。《晚泊江镇》是骆宾王所作的五言排律，这里节选其中四句。诗句整齐而流利，音节宛转而和谐，描写了诗人在夜泊江镇时所见早秋景色。"荷香销晚夏，菊气入新秋"，诗句描绘初秋风光，"销""入"二字用得别致，荷香销夏，菊气入秋，景象逼真，韵味独到，充分显示了骆宾王的才气。

【注解】

晚夏：指夏季最后一个月，在农历中指六月。

粉堞［dié］：意思是用白垩涂刷的女墙。

144.鸟惊入松网，鱼畏沉荷花

出自唐代宋之问的《浣纱篇赠陆上人》

【原文】（节选）

鸟惊入松网，鱼畏沉荷花。

始觉冶容妄，方悟群心邪。

【诗意】

鸟儿见了西施的俏丽容颜，都被其惊艳，急忙飞入松林之中；鱼儿见了西施的婀娜多姿，都又羞又怕，迅速躲进荷花丛中。开始觉得是红颜祸水，后才悟出是人性邪恶。

【鉴赏】

宋之问是汾州隰城人（今山西吕梁汾阳市）人，唐高宗上元进士。当时掌握实权的是武则天，富有才学的宋之问深得赏识，被召入文学馆，不久出授洛州参军。永隆元年（680），与杨炯一起进入崇文馆任学士。唐中宗神龙元年（705），太子李显复位，深得武则天宠爱的张易之、张昌宗兄弟被杀，宋之问作为张氏兄弟的党羽被贬为泷州（今广东罗定）参军。他逃归洛阳，以告密有功，擢鸿胪主簿。唐玄宗李隆基即位后，被赐死于徙所。其诗文辞华丽，自然流畅，对律诗定型颇有影响。《浣纱篇赠陆上人》叙述了西施在帮助越国消灭吴国后，功成身退，衣锦还乡，回到了家乡会稽。这里节选其中四句。"鸟惊入松网，鱼畏沉荷花"，诗句描写西施之美，一"惊"一"畏"两字，侧面写出西施有"沉鱼落雁"的美貌。"始觉冶容妄，方悟群心邪"，诗句意蕴含蓄，疑是有所寄托。

【注解】

松网：指松林。因松枝密聚如网，故称。

冶容：艳丽的容貌。这里指美丽的女子。

145.既觅同心侣，复采同心莲

出自唐代徐彦伯的《采莲曲》

【原文】

妾家越水边，摇艇入江烟。

既觅同心侣，复采同心莲。

折藕丝能脆，开花叶正圆。

春歌弄明月，归棹落花前。

【诗意】

采莲女的家就住在越水岸边，她摇着轻快的小船，进入了烟雾朦胧的江面。她与知心恋人会合后，便一起去采并蒂莲。他们折断莲藕，喜欢藕丝紧紧相连的样子。荷花绽放时也是荷叶最圆的时候，他们期望像荷花荷叶一样，能时时相伴、处处相随。他们流连忘返，一边唱着古乐府民歌中的情歌，一边欣赏天空中皎洁的月亮，采莲小舟荡漾在荷花丛中。

【鉴赏】

徐彦伯是兖州瑕丘（今山东济宁兖州区）人，少时即以文章著名，时任河北道安抚使的薛元超上表推荐，对策擢第，任蒲州司兵参军。因为文辞华美，与善判事的蒲州司户韦嵩、善书札的蒲州司士李亘并称"河中三绝"。武后诏考天下文士，彦伯试居首位，授予"宗正卿"的职衔。后因参与奉迎被武后废掉了的皇帝中宗李显复位成功，晋升为给事中、太常少卿；又参加撰修《武后实录》，封为高平县子。两次出任州刺史，都很有政绩。任刺史期间写了一篇歌颂祭祀的文章《南郊赋》，受到皇帝的赏识，奉诏入京为"修文馆学士"。其文章典缛，语言清丽沉凝，功力深厚；晚年好为强涩之体，多变易求新，为后进所效，是当时文坛的领袖。

这首采莲曲简洁明快，清新婉丽，描写了采莲女和心上人一起摇船采莲的情景。"既觅同心侣，复采同心莲"，诗人用两个"同心"，暗喻他们成双成对。"折藕丝能脆，开花叶正圆"，诗句描写这对情侣共同劳作，用藕断丝连之意形容他们情意绵绵。"春歌弄明月，归棹落花前"，诗人勾画了一幅迷人的花前月下图，他们情投意合的美好情景，令人神往。

【注解】

春歌：《乐府诗集·清商曲辞一·子夜四时歌》有《春歌》。

归棹：犹归舟。

146.新溜满澄陂，圆荷影若规

出自唐代李峤的《荷》

【原文】

新溜满澄陂，圆荷影若规。

风来香气远，日落盖阴移。

鱼戏排细叶，龟浮见绿池。

魏朝难接采，楚服但同披。

【诗意】

微雨过后，溪水潺潺，快速流入清澈池塘。荷花盛开，片片荷叶盖在水面上，投下圆圆的影子。轻风从池塘中带着荷香吹来，飘向远方。夕阳渐渐西下，荷叶之阴随之移动。碧绿的池塘中，鱼儿在淡黄色的嫩叶之间游动，乌龟昂头游动漾起碧波。可惜的是像魏朝芙蓉池边文士嘉会的盛事不再重现，但愿我能与屈原一样披上华美的荷衣。

【鉴赏】

李峤是赵州赞皇（今河北石家庄赞皇县）人，少有才名，十五岁精通五经，二十岁考中进士。李峤担任大理寺少卿时，曾经改判狄仁杰无罪。此举触怒了武则天，李峤被贬为润州司马。武则天后来意识到冤枉了狄仁杰等人，又把李峤召回朝廷。后仕途顺畅，曾三度拜相，但晚年颠沛。他是武后、中宗时期的文坛领袖，与苏味道并称"苏李"，又与杜审言、崔融、苏味道并称"文章四友"，晚年更被尊为文章宿老，深得时人推崇。这首诗辞采华美，别开生面地描绘了一幅情趣盎然的夏日荷塘图，把荷花与恬静优美的池塘风光结合起来描写，创造出清幽恬淡的意境，诗中有画，情韵宛然。"新溜满澄陂，圆荷影若规"，诗人突出描写荷花静穆娴雅的意态，"新"与"澄"可见荷塘的一片清碧，而圆荷的"规影"更使人倍觉和煦静谧，整个画面清幽淡远。"魏朝难接采，楚服但同披"，诗人用典精妙，取义含而不露，一个"难"字隐约流露出他对盛世难再的怅叹。"楚服"之典显示荷花的高洁，拓展了诗的意境。

【注解】

新溜：解冻后的急流。

缃：浅黄色。

魏朝：系魏都铜雀园芙蓉池留下文士嘉会盛迹的典故。张载《魏都赋》注说："文昌殿西有铜雀园，园中有鱼池。"鱼池即芙蓉池。当年，曹丕、曹植及建安七子常聚于此宴游赋诗。曹丕有《芙蓉池作》，曹植有和诗《公宴》，留下了"朱华冒绿池"这样描绘荷花的佳句。王粲、阮瑀、刘桢、应玚等，也有唱和的《公宴》诗。

楚服：犹楚衣，楚地衣服。常喻荷叶，典出《楚辞》。

147.船移分细浪，风波动浮香

出自唐太宗李世民的《采芙蓉》

【原文】

结伴戏方塘，携手上雕航。

船移分细浪，风波动浮香。

游莺无定曲，惊凫有乱行。

莲稀钏声断，水广棹歌长。

栖乌还密树，泛流归建章。

【诗意】

她们结伴到荷塘采莲，手拉着手，登上雕龙画凤的彩船。小船分开细浪，向前移动；微风荡起水波，吹散荷香。黄莺飞来飞去，不时鸣叫几声；被惊动的野鸭，在水面上乱窜。她们采了许多荷花，才停下来歇息。

她们游兴不减，一边划船一边唱起船歌。时间不早了，晚宿的乌鸦返回茂密的树上，她们顺水漂流回到了宫中。

【鉴赏】

李世民出生于武功（今陕西咸阳武功县）的李家别馆，祖籍陇西（今甘肃），一说是钜鹿郡（今河北），是唐朝的第二位皇帝。他不仅是著名的政治家、军事家，同时还是一位书法家和诗人。李世民从小就对文学诗歌很感兴趣，武德四年（621），才刚及加冠的他就一手创立了他人生中的第一个官方文学组织——"文学馆"，并且倚仗家世，将当时文坛上有名的学士都聘请过来作自己的文学导师。这首诗继承了南朝采莲曲的风格，意境优美，辞藻华丽，描写了宫中嫔妃划船采莲的情景。"船移分细浪，风波动浮香"，"分""动"两字写活了眼前所见景物，寥寥数语就描绘出一幅鲜活的采莲图。此诗虽无微言大义可寻，但铺染即成画面，自然浑成，也足见其文笔不凡。

【注解】

雕航：指画舫。

建章：汉宫名。《史记·封禅书》："于是作建章宫，度为千门万户。"这里指宫阙。

148.吴姬越艳楚王妃，争弄莲舟水湿衣

出自唐代王昌龄的《采莲曲二首》（其一）

【原文】

吴姬越艳楚王妃，争弄莲舟水湿衣。

来时浦口花迎入，采罢江头月送归。

【诗意】

采莲女美丽动人，有的如吴国美女，有的如越国娇娘，有的如楚王嫔妃。她们兴致勃勃，竞相划动小船，船桨溅起的水花弄湿了她们的衣裙。船到达了浦口，迎接她们的是一大片灿烂的荷花。等到采摘完毕，已是明月升起，她们才依依不舍地返回江边。

【鉴赏】

王昌龄出生在山西太原，开元十五年（727）进士及第。开元末年，他离京赴江宁任县丞。天宝七载（748），王昌龄自江宁丞贬为龙标（今湖南省洪江市）尉。在龙标东溪的荷池，见当地酋长的公主、蛮女阿朵在荷池采莲唱歌的情景，深深被其所吸引，遂作《采莲曲》。这首诗既写荷也写人，简直就是一幅意境优美、令人陶醉的水粉画。"吴姬越艳楚王妃，争弄莲舟水湿衣"，从"争弄莲舟"来看似乎是一种采莲的竞赛游戏，采莲女那好胜、活泼的情态就通过"水湿衣"这个细节表现出来。诗人将人与荷花的美好渲染到淋漓尽致，欢快、动人的劳动场面，既有真切的生活实感又有浓郁的童话色彩。"来时浦口花迎入，采罢江头月送归"，诗人运用了拟人手法，"花迎人"和"月送归"，把整个采莲

活动的现场给写活了，极富诗意。诗句写荷花迎接采莲女和月亮送别采莲女，实际上还是为了表现采莲女之可爱。

【注解】

浦口：指江湖会合处。

149.荷叶罗裙一色裁，芙蓉向脸两边开

出自唐代王昌龄的《采莲曲二首》（其二）

【原文】

荷叶罗裙一色裁，芙蓉向脸两边开。

乱入池中看不见，闻歌始觉有人来。

【诗意】

采莲女们身穿绿色丝裙，如同荷叶一样青翠如碧，在田田荷叶丛中若隐若现，仿佛一种颜色。她们红润艳丽的脸庞如同出水芙蓉，在茂盛的荷塘里若有若无，人花两相映照。她们三三两两，进入池塘后不见了踪影。只有当她们清越的歌声响起，才让人感觉到原来池塘里有人在采莲。

【鉴赏】

王昌龄有"七绝圣手"之称，有边塞诗人的美誉。他的诗风气势雄浑、格调昂扬，但又有婉约细腻的一面，像这些采莲曲就写得温柔婉转，令人回味。这首诗描绘了一幅美妙的采莲图，描写了江南采莲女的

劳动生活和青春的欢乐，表达诗人热爱大自然的乐观情怀。"荷叶罗裙一色裁，芙蓉向脸两边开"，诗人以轻松的笔调，描绘出采莲女的裙与叶同色、脸与花共颜，巧妙地将采莲女的美丽与大自然融为一体，使全诗别具一种引人遐想的优美意境。"乱入池中看不见，闻歌始觉有人来"，"始觉"与"看不见"呼应，共同创造出了一种"莲花过人头"的意境。"闻歌"也与"乱"字呼应，悠扬动听的歌声表现出她们活泼开朗的天性，同时也为整个采莲的场景添上了动人的一笔。诗人调动视觉与听觉，营造出一种朦胧美。整首诗句与句联系紧密，意蕴深远，精雕细琢却给人带来清丽自然之感，可以看出诗人炼字炼意的高超技艺。

【注解】

罗裙：用细软而有疏孔的丝织品制成的裙子。

一色裁：像是用同一颜色的衣料剪裁的。

150.芙蓉不及美人妆，水殿风来珠翠香

出自唐代王昌龄的《西宫秋怨》

【原文】

芙蓉不及美人妆，水殿风来珠翠香。

谁分含啼掩秋扇，空悬明月待君王。

【诗意】

遥想当年，她天生丽质，比出水的芙蓉还美。尤其在她浓妆后，更是明艳惊人。轻风吹过临水宫殿，飘来的不仅有荷香，还有她身上珠翠

的香气。西宫中的夜晚静悄悄的，谁料如今的她只能独自悲啼，终日以团扇掩面。皎洁的月亮高高悬在空中，她还痴痴等待着君王的恩宠。

【鉴赏】

王昌龄有一类抒写宫女思妇怨情的闺怨诗和宫词。很多古代的诗人喜欢把自己比作后宫失宠的妃子，来表达自己没有被重用的心情。王昌龄也不例外，他通过写西宫深夜的静与花香，描绘出美景无人欣赏的凄凉景色，揭示了封建社会嫔妃制度的罪恶。诗人在诗中描写宫女的怨与愁，隐含着自己不受重用的伤感。"芙蓉不及美人妆，水殿风来珠翠香"，诗人以荷作比，描写宫女姿容极为漂亮，竟让人人皆夸的荷花也不敢与之比美，犹如绝代佳人。"谁分含啼掩秋扇，空悬明月待君王"，这两句则诗意折转，三宫六院七十二妃，个个都是闭月羞花，岂是谁都能得到宠幸啊！"空悬明月"饱含了无数宫女的悲愁，也寄托了她们的期望。

【注解】

水殿：指临水的殿堂。

谁分：犹谁料。

秋扇：秋凉团扇。系汉班婕妤《怨歌行》中谓秋凉后，扇即弃置不用的典故。喻妇女之被弃。

151.将归问夫婿，颜色何如妾

出自唐代王昌龄的《越女》

【原文】

越女作桂舟，还将桂为楫。

湖上水渺漫，清江不可涉。

摘取芙蓉花，莫摘芙蓉叶。

将归问夫婿，颜色何如妾。

【诗意】

有位美女泛舟采莲，船是用名贵的桂木制作的，连桨也是。小船缓缓驶进荷塘，湖面开阔，水清如镜。奇怪的是，她只摘荷花，不摘荷叶。她寻思着，回家后要去问丈夫，这艳丽的荷花与她相比哪个更美。

【鉴赏】

这是一首采莲曲，与前两首有所不同。诗人描写的是江浙一带的采莲女，画龙点睛地道出了她对青春美的自觉、自矜，写出了她健美活泼的风姿、纯真爽朗的性格以及那充满情趣的爱情。"越女作桂舟，还将桂为楫"，采莲女划着桂树木制作的小船，应该是富庶人家的女子吧。"摘取芙蓉花，莫摘芙蓉叶"，原来她不是去劳动，而是户外游玩，所以只采荷花。"将归问夫婿，颜色何如妾"，采莲女摘取粉嫩的荷花回家，心里想着让丈夫比一比，荷花与"妾"哪个漂亮。可以想象，那娇美的荷花映衬着女子红润的脸庞，该会令丈夫怎样的心旷神怡。这首诗是诗人从乐府民歌中汲取新的营养而创作的，自然清新，无雕凿之痕迹。

越女：原意是指越地美女，后泛指美女。

渺漫：犹渺茫，广远、幽长的意思。

152.腻于琼粉白于脂，京兆夫人未画眉

出自唐代皮日休的《咏白莲》（其一）

【原文】（节选）

腻于琼粉白于脂，京兆夫人未画眉。

静婉舞偷将动处，西施嚬效半开时。

通宵带露妆难洗，尽日凌波步不移。

愿作水仙无别意，年年图与此花期。

【诗意】

这白莲花的颜色比雪花还白，比羊脂白玉还温润。姿色天然而没雕饰，如同没有梳妆打扮过的美人。她像轻灵的张静婉，暗自对着月亮翩翩起舞。花朵含苞欲放，如西施皱眉时的模样。她通宵被露水滋润着，整日在水中凌波微步。此刻，我没有别的想法，只愿做个仙人，每年希望能与这白莲花相遇。

【鉴赏】

皮日休是复州竟陵（今湖北省天门市）人，早年隐居鹿门山，咸通八年（867）进士及第。历任苏州刺史从事、著作佐郎、太常博士、毗陵副使。黄巢称帝后，皮日休被迫任翰林学士。黄巢败亡后，其不知所终。

《唐才子传》中说皮日休作诗讥讽黄巢，因此被杀。皮日休到苏州时结识了陆龟蒙，相互次韵唱和，世称"皮陆"。诗文兼有奇朴二态，且多为同情民间疾苦之作，被鲁迅赞誉为唐末"一塌糊涂的泥塘里的光彩和锋芒"。这首诗描写白莲，巧用典故，既做到神似，又表现了白莲神韵、精神品格和内在特点。"腻于琼粉白于脂，京兆夫人未画眉"，诗人抓住白莲形态特点，比喻恰当，用典自然，描绘出白莲出奇的洁白，与众不同，至纯至美。

【注解】

京兆夫人：出自西汉京兆尹（首都行政长官）张敞为夫人画眉的典故。

静婉：意思是指《梁书·羊侃传》中的张净琬。后因以"静婉"指代歌舞能手。

顰效：即矉效。古代美女西施病心而捧心皱眉，其里丑女以为美而效之。后因以"矉效"形容丑拙之人强学美女之法，弄巧反成拙。

153.细嗅深看暗断肠，从今无意爱红芳
出自唐代皮日休的《咏白莲》（其二）

【原文】

细嗅深看暗断肠，从今无意爱红芳。

折来只合琼为客，把种应须玉甃塘。

向日但疑酥滴水，含风浑讶雪生香。

吴王台下开多少，遥似西施上素妆。

【诗意】

经过仔细品味、深入观察，这白莲的色香确实与众不同，令人心醉神摇。从此以后，对红莲花不感兴趣了。采回插花，只有琼玉的花瓶才能与之相配；栽培种植，必须是玉瓷般的池塘才能与之相合。阳光下，冰雪融化中呈酥散状并有水流滴落，且在风吹的浑讶声中生发出雪香气息。这白莲花就仿佛是西施，当年在吴王台上身着素裙翩翩起舞，何等美丽动人。

【鉴赏】

这首诗着重咏颂白莲高洁的素质，是诗人有感于世风低下而发的。诗人在《原己》一文中说："吾观于今之世，谄颜偷笑，辱身卑己，汲汲于进。"这种世人的人格卑下与虽出污泥却一尘不染的白莲成为鲜明的对照。"细嗅深看暗断肠，从今无意爱红芳"，诗人这种逆反心理，并不是故意与众人作对，而是经过他的"细嗅""深看"，仔细品味，白莲的色、香气质，致使他心醉神摇才改变的。皮日休还有一首咏白莲诗："但恐醍醐难并洁，祇应薝卜可齐香。半垂金粉知何似，静婉临溪照额黄。"（《木兰后池三咏·白莲》）陆龟蒙有诗与之唱和。

【注解】

断肠：即销魂。这里指花之色香使人心醉神迷。

浑讶：形容风吹"凝酥"的雪，发出的多气孔共鸣音。

154.欹红婑婿力难任，每叶头边半米金

出自唐代皮日休的《木兰后池三咏·重台莲花》

【原文】

欹红婑婿力难任，每叶头边半米金。

可得教他水妃见，两重元是一重心。

【诗意】

盛开的重台莲花红得那样娇美，它向前倾斜着，莲茎似乎很难将它支撑。每一片莲叶上，滚动着几滴晶莹的露珠，使圆圆的莲叶青翠欲滴。如此美丽的重台莲花疑似水中仙子出现，这一枝上开出两朵花的莲花其实同出于一个花心。

【鉴赏】

这首诗用简洁的词句描写重台莲花的风采和特征，形象地展现了重台莲花超然的秀色和神圣的美。"欹红婑婿力难任，每叶头边半米金"，"力难任"三个字用得令人叹服，诗人不直言莲花垂得有多低，而是说花茎难以支撑，这拟人手法的妙用，使整个画面更形象逼真、富有情趣。诗人再用"半米金"来借喻露珠，体现了诗人的感情，也多少能使莲叶上那露珠闪烁光芒的情景较为形象地得到展现。

【注解】

重台莲：令人称奇的观赏荷名品，因花中长花而得名。

婑婿[wǒ duò]：柔弱美好貌。

半米：谓极少。

水妃：指水中的神女。

155.盈盈一水不得渡，冷翠遗香愁向人

出自唐代陆龟蒙的《秋荷》

【原文】

蒲茸承露有佳色，荇叶束烟如效颦。

盈盈一水不得渡，冷翠遗香愁向人。

【诗意】

带着晶莹露珠的菖蒲已经很美，在风中摇曳的荇叶也好看，然而它们都是东施效颦，远远没有亭亭玉立的秋荷有风韵。那秋荷仿佛是渴望渡江的佳人，似乎盼望着谁，终日徘徊在江水边。寒风吹动翠绿色的荷叶，花瓣凋零在盈盈秋水间，最后只剩残枝枯叶，令人发愁。

【鉴赏】

陆龟蒙是长洲（今江苏苏州）人，举进士不第，曾作湖、苏二州刺史幕僚。后隐居故乡松江甫里（今江苏苏州吴中区甪直），自称"江湖散人"。中和元年（881），朝廷把他作为高士征召，陆龟蒙不肯前往。随后，陆龟蒙的几位好友在朝中上书，建议召拜陆龟蒙为左拾遗，但陆龟蒙未等接受任命就去世了。陆龟蒙与皮日休齐名，人称"皮陆"。其诗求博奥险怪，七绝较爽利。写景咏物为多，亦有愤慨世事、忧念生民之作。陆龟蒙身处乱世，却在隐居生活中逐渐形成了一种超越现实的淡

泊心态，淡化了现实带来的痛苦。这首诗以秋荷写人，表现出感情冲淡的特点。"盈盈一水不得渡，冷翠遗香愁向人"，秋荷承受寒露，清润可爱，可惜冬天将至，冷风袭来空留余香，让人不得不留恋"映日荷花别样红"的美景。

【注解】

蒲茸：同"蒲绒"，香蒲的雌花穗上长的白绒毛，可以用来絮枕头。

效颦：出自东施效颦的典故。比喻不切实际地照搬照抄，效果适得其反。

盈盈：水清而浅的样子。

遗香：这里指残花。

156.莫引西风动，红衣不耐秋
出自唐代陆龟蒙的《芙蓉》

【原文】

闲吟鲍照赋，更起屈平愁。

莫引西风动，红衣不耐秋。

【诗意】

闲来无事吟起了鲍照的辞赋，又想起了屈原的《离骚》，对人生起起落落的愁思感慨涌上心头。切莫让秋风吹过来，眼前这美丽的荷花是万万不能忍受住这秋意悲凉的。

【鉴赏】

　　陆龟蒙小时候就很聪明开悟，有高尚的品格和情操。这一首咏荷诗，内容似有寄托。陆龟蒙前半生给人做幕僚，后半生务农。在此诗中，诗人将物人化，也将自己心绪全部融入景中，达到言有尽而情不止的效果。在诗人的笔下，荷花是一位难耐秋寒的佳人。"闲吟鲍照赋，更起屈平愁"，诗人咏荷一反常规，不是直接描写荷花的色香，而是从自己的愁思落笔，不落俗套。"莫引西风动，红衣不耐秋"，"红衣"与"西风"连用，指向的情感是哀愁。诗句写出了荷花花瓣掉落的动态以及秋风渐起的时节变化，带着哀婉之意味，令人忧思不已。

【注解】

　　鲍照：南朝宋文学家，与颜延之、谢灵运合称"元嘉三大家"，著有《芙蓉赋》。

　　屈平：即屈原。屈原忧愁幽思而作《离骚》。

　　红衣：这里代指已经开到荼蘼、快要凋零的荷花。

157.素花多蒙别艳欺，此花端合在瑶池

出自唐代陆龟蒙的《和袭美木兰后池三咏·白莲》

【原文】

　　素花多蒙别艳欺，此花端合在瑶池。

　　无情有恨何人觉，月晓风清欲堕时。

【诗意】

白莲因为素雅，所以经常被其他姿色艳丽的花所欺。其实这冰清玉洁的白莲，应该生长在西王母的瑶池仙境之中。白莲好像无情但却愁恨满怀，又有谁人能够发觉？在天欲破晓而残月尚在、凉爽的晨风吹着、无人知觉的时候，尽管白莲自开自落、将要凋谢，但它袅袅婷婷、清美忧伤。

【鉴赏】

《和袭美木兰后池三咏》是陆龟蒙的组诗作品。第一首《重台莲花》先用江南常见的菱花荷花跟重台莲花对比，再用拟人手法表明莲花"重台"的目的；第二首《浮萍》先写池中浮萍景象，再借题发挥劝诫争先恐后追名逐利的人；第三首《白莲》赞美了白莲，证明白莲在唐朝不受主流审美的待见，也暗合了他的身世和清高。"素花多蒙别艳欺，此花端合在瑶池"，这白莲虽然不被人重视，但诗人却觉得很美，它纯净如仙花，适合长在天上的瑶池。诗中的白莲，是品格高洁的人的象征。陆龟蒙处于唐末动乱的社会，洁身自好，却又关心天下兴亡，故借白莲表达芳洁自爱而又寂寞凄清的心境。这诗是咏白莲的，诗人从"素花多蒙别艳欺"一句发出新意，然而并没有黏滞于色彩的描写，更没有着意于形状的刻画，而是写出了花的精神与神韵。"无情有恨何人觉，月晓风清欲堕时"，白莲不以艳色取悦于人，这看似无情，但欲堕于月下风前，这其中能无恨吗？诗人表面上在写花，其实是在写人，借白莲咏怀自况，曲折地表现了他怀才不遇、孤芳自赏、只能退隐山林的复杂心理。

袭美：皮日休，字袭美。

瑶池：古代神话传说中西王母所居之地。

158.长江春水绿堪染，莲叶出水大如钱

出自唐代张籍的《春别曲》

【原文】

长江春水绿堪染，莲叶出水大如钱。

江头橘树君自种，那不长系木兰船。

【诗意】

春天到了，长江之水碧绿，颜色浓得简直可以作染料。荷叶刚刚长出水面，像铜钱一样小巧精致。江头的那棵橘树，是你当年亲手种下的，也无法用它拴住将要远行的小船。

【鉴赏】

张籍是和州乌江（今安徽马鞍山和县乌江镇）人。其诗通俗易懂，写得又是极为唯美，往往可能只是信手拈来，但是却充满了诗情画意。这首诗借景抒情，极其轻灵明快，却又意境含蓄。"长江春水绿堪染，莲叶出水大如钱"，诗句描绘了初春江南山水复苏、万象更新的景象。诗人拿铜钱比喻小荷叶，出水的荷叶多半呈暗红色，而这暗红色和铜钱的古铜色又正好的相近。诗人用初生的小莲叶铺满水面，一来点出送别的时间，二来在绿水上又点缀了婀娜的荷钱，生命的鲜活气息扑面而来。

全诗完全仿民歌写成，十分生动有趣，平实通俗的语言风格，看不到什么生涩难懂的词句，也没有什么深奥难解的典故。

【注解】

绿堪染：这里言春日长江水之绿，绿之极深。

木兰船：即兰舟，用木兰树制造的船。这里指将要远行的小船。

159.青房圆实齐戢戢，争前竞折漾微波

出自唐代张籍的《采莲曲》

【原文】（节选）

秋江岸边莲子多，采莲女儿并船歌。

青房圆实齐戢戢，争前竞折漾微波。

【诗意】

清秋时节，沿江碧荷连绵无际，莲子成熟了。采莲女笑着唱着，并排划着小船采莲。众多莲蓬露出水面，一个挨着一个，发出鱼嗫水的声音。莲蓬里的莲子饱满，吸引着采莲女。她们使劲划着小船，不停地在荷花丛里穿梭，都想多采一些莲蓬回去。澄碧的水面上，荡起一道道翡翠般的波浪。

【鉴赏】

贞元十四年（798），张籍北游，经孟郊介绍，在汴州认识韩愈。韩愈为汴州进士考官，荐张籍，贞元十五年在长安进士及第。张籍为韩

愈大弟子，其乐府诗与王建齐名，并称"张王乐府"。其乐府诗中有一类描绘农村风俗和生活画面。此诗描写采莲活动相当细致，这里节选其中四句，充满了浓厚的生活气息。"秋江岸边莲子多，采莲女儿并船歌"，诗句表明采莲时间、地点、人物，一个"并"字，突出了采莲是群体活动，以及采莲女儿的爽朗和快乐。"青房圆实齐戢戢，争前竞折漾微波"，"争前"，描写采莲女争着划船向前，使轻舟竞采的动人画面跃然纸上；"竞折"，突出她们争相采摘莲子的情态，把她们的青春风采写活了。诗人运用叙述和白描手法，展现出广阔而热闹的秋江采莲场景，情调悠扬甜美。

【注解】

青房：指莲房。

戢戢［jí jí］：形容鱼唼水的声音。

160.湖声莲叶雨，野气稻花风
出自唐代张籍的《送朱庆余及第归越》

【原文】

东南归路远，几日到乡中。

有寺山皆遍，无家水不通。

湖声莲叶雨，野气稻花风。

州县知名久，争邀与客同。

【诗意】

虽然从东南回去的路比较远，但没几日就到朱庆余家乡了。他中进士的消息传播很快，几乎所有的山寺、所有的村庄都知道了。江南秋景好美，湖上似乎浪涛声起，却是雨打荷叶作响；温暖的风吹过，田野里飘来阵阵稻香。整个州县的人都知道了这件喜事，大家争着要与他走在一起。

【鉴赏】

宝历年间，张籍担任水部郎中。在科考前夕，考生朱庆余写诗给张籍："洞房昨夜停红烛，待晓堂前拜舅姑。妆罢低声问夫婿，画眉深浅入时无。"（意思是：我能考上吗？）张籍回赠了一首诗："越女新妆出镜心，自知明艳更沉吟。齐纨未是人间贵，一曲菱歌敌万金。"（意思是：你那么优秀，科考一定没问题啦！）这首诗描述了朱庆余中进士后还乡的喜庆场面。"湖声莲叶雨，野气稻花风"，描写雨打荷叶、稻花飘香的景象，乡土气息，形象逼真，语意酣畅明快，隐含及第人还乡之喜悦心情。

【注解】

朱庆余：越州（今浙江绍兴）人，宝历二年（826）进士。

161.红荷楚水曲，彪炳烁晨霞

出自唐代崔国辅的《古意》

【原文】

红荷楚水曲，彪炳烁晨霞。

未得两回摘，秋风吹却花。

时芳不待妾，玉佩无处夸。

悔不盛年时，嫁与青楼家。

【诗意】

色彩绚烂的荷花，盛开在楚水之畔。在灿烂的朝霞中，更显得光彩焕发。然而它还没能让人欣赏个够，就被无情的秋风吹落。荷花每年都开，而我不能再等，可一直找不到有缘分的人。想想现在有点后悔，没有趁青春芳华时，嫁一个有钱人算了。

【鉴赏】

崔国辅是吴郡（今江苏苏州）人，一说山阴人，祖籍青州益都县（今山东潍坊青州市）。开元十四年（726）进士，与储光羲同榜。任山阴尉。应县令举，授许昌令。天宝初，入朝为左补阙，迁礼部员外郎，为集贤直学士。天宝十一载（752），京兆尹王𫓧因罪被杀，他是王的近亲，受到株连，贬竟陵（今湖北天门）司马。在竟陵三年，与陆羽酬唱往还，品评茶水，一时传为佳话。崔国辅和孟浩然、李白交谊甚深，而杜甫对他则有知遇之感。这是一首五言古诗，诗人借红荷的遭遇写一个女子的哀怨之情。诗人以红荷起兴，继承了《诗经》中比兴手法，既写出女子和夏季的荷花一样，正当青春美貌之时，又抒发了秋风倏至、婚嫁无望的感叹。崔国辅曾被贬，这首诗也许是诗人在感叹个人身世。

【注解】

古意：与"报古""怀古"之意相近。

楚水：泛指古楚地的江河湖泽。

曲：水边。

彪炳：照耀的意思。

青楼：原指富贵人家居住的青砖青瓦的楼房。这里指富贵人家。

162.玉溆花争发，金塘水乱流

出自唐代崔国辅的《采莲曲》

【原文】

玉溆花争发，金塘水乱流。

相逢畏相失，并著木兰舟。

【诗意】

在波光粼粼的水滨，艳丽芬芳的荷花竞相绽放。采莲船在河里来来往往，阳光照在池塘的水面上，水波蛇行回旋荡漾。巧的是，采莲女遇上了恋人，他们担心船被水流分开，就把两只船儿并排紧紧相靠在一起。

【鉴赏】

崔国辅诗以五绝著称，深得南朝乐府民歌遗意。这首采莲曲活泼清新，从侧面反映了盛唐社会生活。"玉溆花争发，金塘水乱流"，诗句描写花和水，"玉""金"两字用得贴切，相得益彰。一个"争"字，就把荷花吐芳斗艳的繁茂之态写活了；一个"乱"字，写尽了青年男女轻舟竞采、繁忙不息的劳动情景。"相逢畏相失，并著木兰舟"，诗人不直接写人，而通过富有诗情画意的景物，将人物的活动融入美景之中，写得神态逼真，生活气息浓郁。全诗没有一个涉及爱情的字眼，但"舌吐深浅，欲露还藏"的婉曲表达方式，不写情而情已满矣。这首采莲曲与南朝乐府一样，是一首表达爱意的诗，含而不露，耐人寻味，被后人誉为善于言情的典范。崔国辅另一首《小长干曲》："月暗送湖风，相寻路不通。菱歌唱不彻，知在此塘中。"诗句描写江南青年男女的爱情，格调清新淳朴，"古人不及也"（殷璠《河岳英灵集》）。

【注解】

　　玉溆［xù］：水边滩涂的美称。

　　金塘：池塘的美称。泛指溪河。

163.翠钿红袖水中央，青荷莲子杂衣香

出自唐代李康成的《采莲曲》

【原文】

　　　　采莲去，月没春江曙。

　　　　翠钿红袖水中央，青荷莲子杂衣香。

　　　　云起风生归路长。归路长，那得久。

　　　　各回船，两摇手。

【诗意】

　　姑娘们一早去采莲，此时月亮刚落下去，春天的江面上初露曙光。她们翠色的花钿、红色的衣裳，如同那些荷花，在水中央格外醒目。她

们采了许多荷叶莲蓬，衣裳也染上了荷香。忽然天上起了乌云，水面吹来大风，而回家的路却很长远，怎能在此久留呢？于是她们各自掉转船头回家，彼此挥手道别。

【鉴赏】

李康成生卒籍贯均未详，与李白、杜甫同时代。其赴使江东，刘长卿有诗送之。李康成与女道士郑玉华相恋（见其《玉华仙子歌》），后因思念家中的妻子弃她而去，所以施肩吾说"玄发新簪碧藕花，欲添肌雪饵红砂。世间风景那堪恋，长笑刘郎漫忆家"（《赠女道士郑玉华二首》）。这首《采莲曲》清新可诵，风味仍似南朝乐府民歌。"翠钿红袖水中央，青荷莲子杂衣香"，诗人描绘了江南采莲的美丽风光，采莲女的红衣倩影，掩映于青荷绿水间。"各回船，两摇手"，结句犹见"发乎情，止乎礼义"遗意，自是盛唐高处。

【注解】

翠钿：古代女子首饰，这里喻作荷叶。

红袖：红色的衣裳，这里喻作荷花。

164.漾楫爱花远，回船愁浪深

出自唐代戎昱的《采莲曲二首》（其一）

【原文】（节选）

> 虽听采莲曲，讵识采莲心。
>
> 漾楫爱花远，回船愁浪深。

烟生极浦色，日落半江阴。

同侣怜波静，看妆堕玉簪。

【诗意】

虽然常听到采莲曲，但不一定就能明白采莲女心里想些什么。她们荡起小船，喜欢到远处采莲，但担心回来时风急浪高。看那遥远水边，云雾茫茫，她们又担心日落时半个江面变得阴沉。湖面风平浪静，其中有位女孩喜欢水清如镜的样子，她在察看其水中妆影时，却不慎将玉簪坠落江中。

【鉴赏】

戎昱是荆州（今湖北荆州江陵县）人，少年举进士落第，游名都山川，后登进士第。大历二年（767）秋回故乡，在荆南节度使卫伯玉幕府中任从事。后流寓湖南，为潭州刺史崔瓘、桂州刺史李昌巙幕僚。建中至贞元年间，先后为辰、虔二州刺史。晚年在湖南零陵任职，流寓桂州而终。这首诗意境上有一点淡淡的忧愁，清丽婉朴，内涵丰富。"虽听采莲曲，讵识采莲心"，诗人跳出前人窠臼，置"脸色""衣香"于不顾，而深入一层地写采莲女之"心"，其立意、格调使人耳目一新。"漾楫爱花远，回船愁浪深"，诗人用一个"愁"字，刻画出采莲女犹犹豫豫的矛盾心理。"同侣怜波静，看妆堕玉簪"，诗人通过"怜""看""堕"三个字，描摹了采莲女内心隐秘的心理活动。

【注解】

漾楫：摇桨。这里指泛舟。

极浦：遥远的水滨。

165.涔阳女儿花满头，毵毵同泛木兰舟

出自唐代戎昱的《采莲曲二首》（其二）

【原文】

涔阳女儿花满头，毵毵同泛木兰舟。

秋风日暮南湖里，争唱菱歌不肯休。

【诗意】

涔阳的女孩们一起泛舟采莲，她们头上插满了花，长发披肩，衣袂飘飘，在荷花丛中若隐若现。尽管已是日暮时分，秋风送爽，南湖里却热闹非凡，她们争唱着采菱曲，美妙歌声一直不断。

【鉴赏】

戎昱年轻时风流倜傥，器宇不凡，很有文采，京兆尹李銮很赏识他，希望他做自己的幕僚，并想把女儿嫁给他，只不过李銮嫌他的姓氏与北方少数民族的戎族同字，心里不是很喜欢，他希望戎昱改一下姓氏，婚事便可定下来，戎昱知道后写了"千金未必能移姓，一诺从来许杀身"的诗句，既是对李銮的感谢，又申明不愿因婚事而易姓的想法。戎昱大历元年（766）入蜀，曾有诗赠岑参。大历三年杜甫到荆州，戎昱与他在诸宫会见，结为挚友。其诗中常有"愁""悲"等字，意境上大多写得悲气纵横。这首采莲曲却明显不同，描写了采莲女们快乐的劳动场景。"秋风日暮南湖里，争唱菱歌不肯休"，一个"争"字，把这种热闹的

采莲场面描绘得生动有趣。

【注解】

涔阳：涔水之北，战国楚地，在今湖南常德澧县东北。

毶毶[sān sān]：毛发、枝条等细长垂拂、纷披散乱的样子。

166.莫言春度芳菲尽，别有中流采芰荷

出自唐代贺知章的《采莲曲》

【原文】

稽山云雾郁嵯峨，镜水无风也自波。

莫言春度芳菲尽，别有中流采芰荷。

【诗意】

郁郁葱葱，云雾缭绕，群峰连绵的会稽山是多么壮丽啊！明净的镜湖水面上，没有风也泛起微波。别说春天已经结束，没有什么花开，却有采莲女划船到湖中央采摘荷花。

【鉴赏】

贺知章是越州永兴（今浙江杭州萧山区）人，少时即以诗文知名。唐武后证圣元年（695）中进士、状元，是浙江历史上第一位有资料记载的状元。开元十三年（725）为礼部侍郎、集贤院学士。后调任太子右庶子、侍读、工部侍郎。开元二十六年改官太子宾客、银青光禄大夫兼正授秘书监，因而人称"贺监"。晚年的贺知章，在皇帝的恩准下，回

到越州故乡以道士身份养老，唐玄宗特别划出镜湖的一片区域给他，那里荷花凌波，荷叶田田。这首诗就是他回到故乡不久所作，描写江南风光，清新自然，寓意悠长。"稽山云雾郁嵯峨，镜水无风也自波"，诗句描绘了美丽的湖光山色。"莫言春度芳菲尽，别有中流采芰荷"，诗中荷花及采莲女，形成了一道人与自然交融相映的美丽风景线。诗句喻指人们的青春年华若逝，仍然可以有所作为。莫道春芳尽，犹有采莲曲，给人一种峰回路转、柳暗花明之念，情通理顺，意味悠长。

【注解】

稽山：指会稽山。

镜水：指镜湖。

嵯峨［cuó é］：山高峻貌。

167.赖逢邻女曾相识，并著莲舟不畏风

出自唐代张潮的《采莲词》

【原文】

朝出沙头日正红，晚来云起半江中。

赖逢邻女曾相识，并著莲舟不畏风。

【诗意】

采莲女很早就出门了，早晨的沙洲边，红红的太阳升起来，霞光万道。她回家的时候已是傍晚，江面上突然风起云涌，像要骤雨袭来。幸亏碰上了熟悉的邻家女子，于是两只莲舟并在一起，这样就不怕风吹雨打了。

【鉴赏】

张潮是曲阿（今江苏镇江丹阳市）人，是没有做过官的诗人，主要活动于唐肃宗李亨、代宗李豫时代。自南北朝到唐，描写采莲女的诗歌往往写得活泼清新，并多以男女之间的爱慕、艳情为主。这首诗明显深受南方民歌的影响，采用白描手法，描写了采莲女的生活，但诗人独辟蹊径，生动刻画了采莲女与风浪搏击的形象。"朝出沙头日正红，晚来云起半江中"，描写了采莲女早出晚归的辛勤劳动，留下了广阔的想象空间。"赖逢邻女曾相识，并著莲舟不畏风"，"不畏"两字，展现了她们团结拼搏而战胜困难的风姿。张潮还有一首《江南行》："茨菰叶烂别西湾，莲子花开犹未还。妾梦不离江水上，人传郎在凤凰山。"诗人巧妙地运用双关语，"茨菰"在吴语中音同"辞家"，而"莲子"音谐"怜子"，营造了女子别离后凄苦的意境。满池荷花绿肥红艳象征美好的年华，但诗人却用其反衬思妇虚度韶光、孤守空房的幽怨，可谓别出心裁。

【注解】

沙头：指沙洲边。

168.弄舟揭来南塘水，荷叶映身摘莲子

出自唐代鲍溶的《采莲曲二首》（其一）

【原文】

弄舟揭来南塘水，荷叶映身摘莲子。

暑衣清净鸳鸯喜，作浪舞花惊不起。

殷勤护惜纤纤手，水菱初熟多新刺。

【诗意】

采莲女划着小船，来到了南塘湖里，轻盈地采摘莲子，荷叶倒映在清水中。她们衣着朴素，与荷叶一样清净。不远处，一对鸳鸯不觉干扰，继续作浪舞花，自在嬉戏。她们看到初熟的水菱，小心翼翼地采摘，担心被菱刺扎伤柔嫩的手。

【鉴赏】

鲍溶生卒年、籍贯不详。早年曾隐居于江南山中，后又游历四方，与韩愈、孟郊等交好。元和四年（809）进士，但一生仕途不得志，穷困潦倒，漂泊无定，最后客死他乡。被尊为"博解宏拔主"，与"广大教化主"白居易、"高古奥逸主"孟云卿、"清奇雅正主"李益、"清奇僻苦主"孟郊、"瑰奇美丽主"武元衡并列为"六主"。鲍溶两首《采莲曲》都是拟旧题之作，皆为写江南莲女采莲情景的诗篇。这首诗清新明快，极富层次地写出了采莲女有劳有暇的采莲活动，展示出一幅夏日泛舟采莲图。"弄舟掲来南塘水，荷叶映身摘莲子"，清清塘水、亭亭荷盖、艳艳菡萏、荡荡小舟、累累莲实、倩倩莲女，尽呈眼底，逼真地绘出了江南采莲的特有情景。

【注解】

掲［qiè］来：犹言来。

暑衣：指夏衣。

作浪舞花：掀起浪花之意。

169.夏衫短袖交斜红,艳歌笑斗新芙蓉

出自唐代鲍溶的《采莲曲二首》(其二)

【原文】

采莲揭来水无风,莲潭如镜松如龙。

夏衫短袖交斜红,艳歌笑斗新芙蓉。

戏鱼住听莲花东。

【诗意】

　　小船轻移,采莲女到了南塘湖中央,水面没有一点风浪。只见塘平如镜,四周苍松也静保其如龙蜿蜒态势。在骄阳下,采莲女的夏衫短袖与艳红的荷花交相生辉。她们唱着古乐府民歌中的著名情歌,不时发出开心的笑声。歌声美妙动人,就连附近戏水的鱼儿都不自觉地中止了游动,在荷花边凝神静听。

【鉴赏】

　　鲍溶在古乐府体方面造诣最深,才情皆备,气势恢宏,清约谨严,雅正高古。这首采莲曲充满了生活气息,诗人描写了采莲女可爱的神态、曼妙的歌喉,以至于连鱼儿都沉醉在此情此景中,让人心驰神往。"夏衫短袖交斜红,艳歌笑斗新芙蓉",写出了采莲女的娇憨之态。她们的身影在灿烂的阳光下闪烁,与娇美的荷花交相辉映;她们纵情高歌,外加巧笑倩兮,给宁静的荷塘带来了勃勃生机。"戏鱼住听莲花东",诗人从侧面烘托了意境,在画面上添加了戏水游鱼的情态,使全诗更为生动而多姿。

衫：古代指无袖头的开衩上衣。

艳歌：古乐府《艳歌行》的省称。

170.越溪女，越江莲；齐菡萏，双婵娟

出自唐代齐己的《采莲曲》

【原文】

越溪女，越江莲；齐菡萏，双婵娟。

嬉游向何处，采摘且同船。

浩唱发容与，清波生漪涟。

时逢岛屿泊，几共鸳鸯眠。

襟袖既盈溢，馨香亦相传。

薄暮归去来，苎萝生碧烟。

【诗意】

美丽的越溪女如同含苞欲放的荷花，而越江里盛开的荷花就像秀美动人的女子。她与女伴同船外出，既是采莲，又是游玩。她们悠闲地放声高歌，清澈的水面荡起涟漪。恰遇江中岛屿，就停靠休息会，几乎与那些鸳鸯一起安然入眠。她们采了许多莲蓬，衣襟衣袖满是莲香，香气随风飘得很远。到了傍晚，苎萝山夜色已起，她们才恋恋不舍地回家。

【鉴赏】

齐己是潭州益阳（今湖南长沙宁乡市）人，出家前俗名胡得生。他

家境贫寒，六岁多就为寺庙放牛，一边放牛一边学习，常常用竹枝在牛背上写诗，诗句语出天然、出人意表。长沙大沩山同庆寺的和尚发现其禀赋，便劝说齐己出家为僧，拜荆南宗教领袖仰山大师慧寂为师傅。齐己出家后，深受禅宗思想影响，也更加热爱写诗。成年后，齐己出外游学，登岳阳，望洞庭，又过长安，遍览终南山、华山等风景名胜。龙德元年（921）秋，齐己离开东林寺前往蜀地，途经荆州被高季兴所留，做僧正，自号衡岳沙门，一直居住于龙兴寺至去世。这首诗描写了采莲女清秀美丽的容貌姿态，以及悠然自得的生活情趣，犹如仙女之仙境，充满了隐逸曼妙之风。"越溪女，越江莲；齐菡萏，双婵娟"，诗人用"菡萏"与"婵娟"相互作比，人花合一，描写了像莲花般美丽的采莲女，人美，花美，意境更美。

【注解】

浩唱：放声高唱的意思。

薄暮：指傍晚。

碧烟：青色的烟雾。这里指夜色。

171.谁知不染性，一片好心田
出自唐朝齐己的《题东林白莲》

【原文】

大士生兜率，空池满白莲。

秋风明月下，斋日影堂前。

色后群芳拆，香殊百和燃。

谁知不染性，一片好心田。

【诗意】

在供奉佛和菩萨的东林寺，池塘开满了白莲花。秋风明月下能闻到莲花香，斋日庙堂前能看到莲花影。它的颜色空前绝后，就是百花开也比不过；它的香很特别，如同点燃了百和香。谁都知道它不染红尘，性情空灵。

【鉴赏】

齐己一生最留恋的寺庙是东林寺，曾居住东林寺长达六年。他追慕东晋名僧慧远大师，写下诸多诗作，吟诵东林寺之白莲社及其旧事，表现出浓郁的"白莲社"情结。齐己最后终成晚唐著名诗僧，与贯休、皎然、尚颜等齐名，其传世作品数量居四僧之首。又与郑谷、方干等当世名士结为方外诗友，时相唱和。其诗以五言诗成就最高，诗歌画面空阔，立意高远。这首诗应是东林寺即景，大士是菩萨的通称，白莲生于空池，一如菩萨前身，清纯洁净，不染俗尘俗性。诗僧齐己，深悟佛学，所以咏荷诗中，寓含宗教哲学的意味。"谁知不染性，一片好心田"，只要心里无欲无求，淡看红尘，就能保持一颗清净的心。可以想见晚唐时，东林寺这一片无染的白莲池是齐己心中空性所寄的意象。

【注解】

大士：佛教称佛和菩萨。

兜率：佛教称天上的第四层天，其内院是弥勒菩萨的净土，外院是天上众生居住之处。

百和：百和香。古人在室中燃香，取其芳香除秽。为使香味浓郁经久，又选择多种香料加以配制，因称为"百和香"。

172.素萼金英喷露开，倚风凝立独徘徊

出自唐代齐己的《观盆池白莲》

【原文】

素萼金英喷露开，倚风凝立独徘徊。

应思潋滟秋池底，更有归天伴侣来。

【诗意】

盆池中白莲绽放了，它挣开白色的花萼，显露出黄色的花蕊。它独自在盆池里徘徊，迎风摇曳，亭亭独立。可以想象，假如把它移到水波荡漾的秋池里，也许真的会有天上仙人下凡，与它成为伴侣。

【鉴赏】

齐己性好放逸，爱乐山水，懒谒王侯。他一生爱白莲，洁身自好，自评"未曾将一字，容易谒诸侯"，倾慕慧远大师以及白莲社，延续高蹈脱俗的风尚。诗人死后以《白莲集》传于世。这首诗通过描写白莲，表明诗人的高洁志向。"素萼金英喷露开，倚风凝立独徘徊"，诗句描写这朵白莲如同一位佳人，衣袂飘飘，凝望着远方出神，似乎在思念谁。

【注解】

潋滟：形容水波流动。

173.霏微晓露成珠颗，宛转田田未有风

出自唐代齐己的《观荷叶露珠》

【原文】

霏微晓露成珠颗，宛转田田未有风。

任器方圆性终在，不妨翻覆落池中。

【诗意】

晨曦中的水雾在荷叶上形成一颗颗露珠，露珠在没有风的情况下越变越大。器具有方有圆，自有它的物性。最后，露珠超出了荷叶能支撑的分量，就不妨让它反复落入池中。

【鉴赏】

齐己虽皈依佛门，却钟情吟咏。他用独特的眼光去审视现实人生，将文学艺术与禅心进行有机结合，诗歌因高雅古朴、遒劲飘逸而闻名于世，细品他的诗能够让你进入禅宗境界。这首诗以咏荷叶露珠为题，诗风古雅，格调清和。"霏微晓露成珠颗，宛转田田未有风"，诗人常年居住在山林，很容易观察自然界的细微变化。"任器方圆性终在，不妨翻覆落池中"，诗人观察到露珠虽然没有了，可是它依旧存在，以水的形式融入水，富有哲理。

【注解】

霏微：形容雾气、细雨弥漫的样子。

任器：器具。

不妨：没有障碍。

174.粉光花色叶中开，荷气衣香水上来

出自唐代陈去疾的《采莲曲》

【原文】

粉光花色叶中开，荷气衣香水上来。

棹响清潭见斜领，双鸳何事亦相猜。

【诗意】

在茂盛的荷叶丛中，盛开着朵朵粉红色的荷花，鲜艳夺目。碧波之间，有位少女划着小船采莲，她衣袖上带有一股荷花的香气。荷花深处，一对鸳鸯听见船桨声，看见少女清水中如花般的倒影，不知什么情况，相互猜想起来。

【鉴赏】

陈去疾是侯官县（今福建福州）人，唐宪宗元和十四年（819）登进士第。曾任江州、蔡州司马，后官终邕管经略副使。工诗能文，有名当时。这首诗描绘的采莲图，只见其花，只闻其香，隐见其人。"粉光花色叶中开，荷气衣香水上来"，诗中粉红色的荷花与采莲少女的脸庞在荷叶间仿佛一色，与王昌龄的"荷叶罗裙一色裁"有异曲同工之妙。"棹响清潭见斜领，双鸳何事亦相猜"，诗人采用拟人手法，从鸳鸯的视角看采莲，独具匠心，别有情趣。

荷气：荷的香气。

斜领：指领角左右不对称的领型。这里指采莲女。

175.半在春波底，芳心卷未舒

出自唐代李群玉的《新荷》

【原文】

田田八九叶，散点绿池初。

嫩碧才平水，圆阴已蔽鱼。

浮萍遮不合，弱荇绕犹疏。

半在春波底，芳心卷未舒。

【诗意】

新荷初发时有八九片叶子，它们彼此相连接着，点缀在绿色的池塘中。虽然娇嫩碧绿，刚刚冒出水面，可是它们的圆圆阴影已经能遮藏住鱼儿的身影。浮萍越遮嫩叶越合不拢，荇菜越绕嫩叶越稀疏，都挡不住新荷茁壮成长。新开的荷叶一半漂浮在水面，一半在春水下，还卷着叶子没有舒展开来。

【鉴赏】

李群玉是澧州（今湖南常德澧县）人，今澧县仙眠洲有古迹"水竹居"，旧志记为"李群玉读书处"。李群玉少贫，青年时期以代耕、写文章维持生计。他极有诗才，"居住沅湘，崇师屈宋"，诗写得十分好。但举进士不第，以布衣游长安。后经宰相裴休引荐，向皇帝奉献自己的三百篇诗，得到唐宣宗赞赏，授弘文馆校书郎。三年后裴休罢相外出任地方官，李群玉亦辞官回归故里。这首诗描写荷叶刚开始生长的情形，诗人观察细腻，描写入微，赞美了新荷昂扬向上的精神。"田田八九叶，散点绿池初"，描写了初夏池塘景色：荷叶初发，青翠碧绿，稀疏的荷叶点缀在池塘中。"半在春波底，芳心卷未舒"，诗句含蓄委婉，形象生动，独具一格，清新自然，堪称歌咏荷叶的佳作。

【注解】

春波：春水的波澜。这里指春水。

芳心：俗称花心。这里指嫩荷叶。

176.露冷芳意尽，稀疏空碧荷

出自唐代李群玉的《晚莲》

【原文】

露冷芳意尽，稀疏空碧荷。

残香随暮雨，枯蕊堕寒波。

楚客罢奇服，吴姬停棹歌。

涉江无可寄，幽恨竟如何。

【诗意】

秋意已浓，荷叶都已干枯萎缩，零星的苍绿伴着斑驳的枯黄，显得冷清而败落。那些晚开迟谢的荷花，也随着夜雨而香消，身葬寒波。这个景象，即使屈原身在此地，也无法以荷为衣；假如吴地美女见了，也不会高唱船歌。现在涉江无所寄托，心中怨恨莫可名状。

【鉴赏】

李群玉在这首诗中歌咏的晚莲，即晚开迟谢的荷花，有所区别于残荷。诗人以晚莲起兴，一开头就描写了晚莲残存枝头、纷纷凋落的景象。接着联想开去，言志抒情，借以衬托荷塘衰败之象和人的怆然之情，同时暗喻了晚唐日趋没落的社会现实。"露冷芳意尽，稀疏空碧荷"，"冷""尽""疏""空"，意象凄清。诗句描述碧荷稀疏，多已枯萎，其残花因露冷而香消。"残香随暮雨，枯蕊堕寒波"，"残香"与"枯蕊"相对，写晚莲复遭夜雨而坠落，其景凄凉，令人神伤。"涉江无可寄，幽恨竟如何"，诗人直抒胸臆，表达了诗人感世伤时的愁绪。

【注解】

楚客：这里特指屈原。屈原忠而被谤，身遭放逐，流落他乡，故称"楚客"。

奇服：奇伟的服饰，是用来象征自己与众不同的志向品行的。见屈原诗句："余幼好此奇服兮，年既老而不衰。"（《涉江》）

177.根是泥中玉，心承露下珠

出自唐代李群玉的《莲叶》

【原文】

根是泥中玉，心承露下珠。

在君塘下种，埋没任春蒲。

【诗意】

　　莲花长在水中，它的根藕扎在泥土中，藕白如玉。莲花虽出于淤泥，但它心承露珠，所以一尘不染。它就在你家的池塘里默默生长，任由春天的蒲草将它遮掩、埋没。

【鉴赏】

　　李群玉一生交游广，足迹遍及大江南北。他是晚唐重要诗人，与齐己、胡曾被列为唐代湖南三诗人。这首诗纯写景，诗人借咏莲叶，表达了他志向高远的心志。"根是泥中玉，心承露下珠"，诗句描绘了莲藕如玉、叶承露珠的美好形象。李群玉自感胸怀大志，抱负难以实现，所以借莲花"在君塘下种，埋没任春蒲"，托物言志，表达壮志难酬之情。

【注解】

　　蒲：俗称蒲草，生长在河边或池沼内。

178.浪定一浦月，藕花闲自香

出自唐代李群玉的《静夜相思》

【原文】

　　山空天籁寂，水榭延轻凉。

　　浪定一浦月，藕花闲自香。

【诗意】

在一个静寂的夏夜，远山如黛，近水迷茫。我长久停留在水榭，随着凉意渐生，思绪飘向远方。此刻风平浪静，皎洁的月亮映在荷塘中，只有荷花散发出沁鼻的清香。

【鉴赏】

这首诗在描写夏夜荷塘的静寂场景时，细致地表达了诗人的各种感觉，令人在不知不觉中进入天人合一的境界。"山空天籁寂，水榭延轻凉"，诗人目之所及，心之所感，体之所觉，皆人间至美。在诗人细腻笔触所至之处，一切原本呆板的事物顿时变得姿态万千，活灵活现：夜色深沉，群山沉寂，万籁俱寂，整个世界已经陷入沉睡状态；只有孤寂的诗人，端坐在水边长廊上，得以享受着晚风吹来的丝丝凉意。"浪定一浦月，藕花闲自香"，风浪平息，水波不兴，唯有一轮明月寂然朗照；夜风掠过，荷叶翩跹，荷花亭亭玉立，清香沁人肺腑。诗人眼前的这一切，完全属于一尘不染的大自然世界。这美丽的荷花即使没人欣赏，也没关系，荷花依然会吐露着芳香，因为这是它的本性。诗中虽未明言相思，却借一浦明月、满池荷花，相思情意溢于言表。

【注解】

天籁：指自然界的声音，物自然而然发出的声音，如风声、鸟声、流水声等。

水榭：指临水或在水上的供人游玩和休息的房屋。

浦月：指水中之月。

179.风荷珠露倾，惊起睡鸂鶒

出自唐代李群玉的《池塘晚景》

【原文】

风荷珠露倾，惊起睡鸂鶒。

月落池塘静，金刀剪一声。

【诗意】

晚风吹来，荷花倾斜，荷叶上晶莹的荷露滴滴答答地掉到水里，惊醒了一对睡着的鸂鶒。到了月落时分，池塘特别安静，荷叶也静静地一动不动，似乎等待着微风吹起。在这寂静的夜里面，好像听到了剪刀裁衣服的声音。

【鉴赏】

李群玉的诗风格清丽，含思深婉，别具幽芳冷艳之致。这首诗描写池塘晚景，诗人观察细致入微，写得绘声绘色、有动有静，勾勒出一幅静美的荷塘月色图。"风荷珠露倾，惊起睡鸂鶒"，诗人言简意赅，"倾"字写出了风中之荷的神韵，"惊"字写出了夜色中池塘的寂静。"月落池塘静，金刀剪一声"，诗人想象丰富，运用奇妙的比喻进一步渲染"静"字，意境呼之欲出，给人以美的享受。

【注解】

风荷：风中的荷花。

鸂鶒：水鸟名。

月落：指月亮已经落下、天将破晓之时。

金刀：剪子的美称。

180.莫嫌一点苦，便拟弃莲心
出自唐代李群玉的《寄人》

【原文】

寄语双莲子，须知用意深。

莫嫌一点苦，便拟弃莲心。

【诗意】

我要借并蒂莲的莲子来表达我的情意，你应该知道我爱你的心是多么深。你千万别因为嫌莲子心苦，就要把莲子扔弃，要知道那就是我爱你的心啊！

【鉴赏】

以诗代柬，来表达自己心里要说的话，这是古代常有的事。这首题为《寄人》的诗，就是用来代替一封信的。这首诗寄语之人，是诗中女主人公的心上人。"寄语双莲子，须知用意深"，"莲子"即"怜子"，古人"怜"便是"爱"，隐语极言对心上人的爱恋。"莫嫌一点苦，便拟弃莲心"，爱情不总是甜蜜的，有那么一点苦涩，不要因为一时的痛苦而放弃，诗句明白表达了该女子对心上人的殷切期望。

寄语：传话、转告。

双莲：即并蒂莲。

181.荷花向尽秋光晚，零落残红绿沼中
出自唐代宋雍的《失题》

【原文】

斜雨飞丝织晓空，疏帘半卷野亭风。

荷花向尽秋光晚，零落残红绿沼中。

【诗意】

清晨时分，细雨如丝，从天空中随风倾斜飘洒而下。我坐在野外的亭子中，风吹开了半卷的疏帘。我看到荷花快要凋尽了，知道秋天的风光即将结束，只见片片花瓣飘落在绿池中，随风四处漂流。

【鉴赏】

宋雍，一作宋邕，生卒年不详，代宗、德宗时人。能诗，初无声誉，双目失明后，诗名始彰。这首诗清新自然，描写了秋末冬初时候的荷塘景色。"斜雨飞丝织晓空，疏帘半卷野亭风"，诗句描绘雨中荷塘背景，秋风秋雨令人发愁，虽未写人，但字里行间隐有人在。"荷花向尽秋光晚，零落残红绿沼中"，秋荷凋尽后，花瓣随水流，"残红绿沼"色彩鲜明。诗句勾勒出一幅写意秋荷画，意境清冷凄美，表现出诗人对时光流逝的惋惜之情。一说此诗为李群玉所作。

【注解】

【注解】

失题：指无意中原题丢失的"有题"诗。

晓空：清晨的天空。

疏帘：稀疏的竹织窗帘。

182.芙蓉生在秋江上，不向东风怨未开

出自唐代高蟾的《下第后上永崇高侍郎》

【原文】

天上碧桃和露种，日边红杏倚云栽。

芙蓉生在秋江上，不向东风怨未开。

【诗意】

天上的碧桃是用甘露浇灌的，日边的红杏是靠着云彩栽培的。荷花生长在萧瑟的秋江上，不必去向春风抱怨花未开。

【鉴赏】

高蟾是郡望渤海（今河北沧州）人，出身寒素，累举不第。其天资聪颖，性情偃傥，讲究为人的气节。当时有人无缘无故地想拿千金来资助他，但他断然予以拒绝，说他即便是饿死也不会接受对方这不明不白的礼物。他这光明磊落的行为，赢得了一些人的敬重。唐僖宗乾符三年（876），以高侍郎之力荐登进士第，官至御史中丞。这是一首晋谒之作，全用比体，寄兴深微。诗人向"大人物"高侍郎上书，不卑不亢的精神，毫无胁肩谄笑的媚态，这在封建时代是较为难得的。"天上碧桃和

露种，日边红杏倚云栽"，诗人采用了对偶的修辞手法，"天上"与"日边"相对，"碧桃"与"红杏"相对，"和"与"倚"相对，"露"与"云"相对，"种"与"栽"相对，对仗极为工整。"芙蓉生在秋江上，不向东风怨未开"，诗人用秋江芙蓉自比，以表明自己不随波逐流，既不羡慕他人的科场得意，也不抱怨自己怀才不遇的时运。"未开"而非"不开"，这是因为芙蓉开花要等到秋高气爽的时候，表现出诗人对自己才具的自信和进取态度，也有希望得到高侍郎援引赏识的意思。

【注解】

高侍郎：指当时的礼部侍郎高湜。

183.莲花未开时，苦心终日卷

出自唐代孟郊的《乐府三首》

【原文】

莲子不可得，荷花生水中。

犹胜道傍柳，无事荡春风。

渌萍与荷叶，同此一水中。

风吹荷叶在，渌萍西复东。

莲花未开时，苦心终日卷。

春水徒荡漾，荷花未开展。

【诗意】

荷花生长在水中央，想要采摘莲子也不容易。但它不像道路旁的柳枝，漫无目的地随着春风飘摇。它和浮萍共同生长在水中，但不像浮萍忽东忽西、随风漂流。荷花未开放时，花苞终日卷着。即使春水再荡漾，不到时候也不会开。

【鉴赏】

　　孟郊是湖州武康（今浙江湖州德清县）人，生性孤僻，很少与人往来，少年时期隐居嵩山。一生曾两试进士不第，贞元十二年（796）中进士。当时他已四十六岁，于是满怀喜悦地写下了"春风得意马蹄疾，一日看尽长安花"的名句。但现实是残酷的，他只被任溧阳县尉。由于不能舒展抱负，孟郊遂放迹林泉间，徘徊赋诗。这首诗贬柳赞荷，诗人以荷花喻自己，昭示出他对人生的看法，表达了不愿随波逐流的心境。"莲子不可得，荷花生水中"，虽然"莲子"难以得到，但也要像荷花一样出污泥而不染。"犹胜道傍柳，无事荡春风"，诗句描写了荷花区别于杨柳的特征，表达了诗人不愿像柳树那样，随风而动，曲意逢迎。"莲花未开时，苦心终日卷"，描绘了荷叶未放时的愁苦之态。诗人以"苦心"形容其叶卷的状态，必然联想到人，寓怀才不遇、未得施展之意。

【注解】

　　道傍：犹道旁，指路旁。

　　荡漾：水波微动的样子。

184.芙蓉无染污，将以表心素

出自唐代孟郊的《古意》

【原文】（节选）

荡子守边戍，佳人莫相从。

手持未染彩，绣为白芙蓉。

芙蓉无染污，将以表心素。

欲寄未归人，当春无信去。

【诗意】

你去遥远的地方守卫边疆，而我不能随军。手里拿着未染颜色的衣服，上面绣的图案是白莲。这莲花洁白无瑕，将以表达我的心愿。我想寄给你这个久久未归的人，可等到了春天降临，还是没有你的半点消息。

【鉴赏】

孟郊工诗，因其诗作多写世态炎凉、民间苦难，故有"诗囚"之称，与贾岛并称"郊寒岛瘦"。他的《游子吟》，以平淡的语言引起读者的强烈共鸣。而这首诗则描写了女子对戍边夫婿的思念，塑造了一个忠贞女子的形象。这里节选其中八句。"芙蓉无染污，将以表心素"，"芙蓉"对相思的女子亦有象征意味，诗人借出淤泥而不染的莲花，来表达女子对征夫忠贞不渝的爱情。孟郊还有一首《怨诗》："试妾与君泪，两处滴池水。看取芙蓉花，今年为谁死。"诗句以痴心执念的想象来抒发女主人公愁苦深重的相思之情。

荡子：指辞家远出、羁旅忘返的男子。

心素：心意，心愿。这里指女子高洁的心怀。

185.新秋折藕花，应对吴语娇
出自唐代孟郊的《送李翱习之》

【原文】（节选）

> 习之势翩翩，东南去遥遥。
>
> 赠君双履足，一为上皋桥。
>
> 皋桥路逶迤，碧水清风飘。
>
> 新秋折藕花，应对吴语娇。

【诗意】

你长得这么瘦，去苏州的路程很远。我送你一双鞋子，希望你穿着这双鞋到苏州的皋桥。皋桥的路弯弯曲曲，河水清清，凉风送爽。待到秋天，你可以去荷花盛开的地方，那里有很多美丽的苏州美女，你可采摘荷花送人。

【鉴赏】

这是一首送别诗。悲莫悲兮伤离别，但孟郊的这首诗与众不同，把送别写成开开心心的祝愿与希望。"新秋折藕花，应对吴语娇"，诗人想到苏州赏荷风俗，告诉朋友一定要去打卡，既调皮又美好。诗人用藕花而不用荷花，是因为"藕"谐音"偶"，俏皮的运用，更有喜庆祝福的味道。多少秋来远行，一路颠沛辛苦，但都因为有美好清新的愿望，变得格外动人。

【注解】

李翱：字习之，唐朝大臣、文学家、哲学家、诗人。

皋桥：在苏州阊门东。

藕花：荷花的别称。

186.移舟水溅差差绿，倚槛风摆柄柄香

出自唐代郑谷的《莲叶》

【原文】

移舟水溅差差绿，倚槛风摆柄柄香。

多谢浣纱人未折，雨中留得盖鸳鸯。

【诗意】

船儿正在快速前行，溅起了许多的浪花，参差不齐的荷叶在河里铺展开来，看上去漂亮、壮观。倚靠在船栏杆旁，风一阵阵地吹来，摇动着一柄柄荷叶，送来缕缕清香。要多多感谢洗衣服的女子，她们没去采摘这些荷叶，才使得这些荷叶留下来，可以为那些成对的鸳鸯遮风挡雨。

【鉴赏】

郑谷是袁州宜春（今江西宜春袁州区）人，七岁能诗，及冠，应进士举，凡十六年不第。唐僖宗时登进士第，官至都官郎中。以《鹧鸪诗》

得名，人称郑鹧鸪，还被僧齐己拜为"一字师"。其诗多写景咏物之作，表现士大夫的闲情逸致，风格清新通俗。这首诗写得很平淡，但意境优美，句句如画。诗人把莲叶描写得出神入化，虽没写一个"莲"字，但写出了新意，也让这首诗显得很独特，从而成为描写莲叶最传神的一首诗。"移舟水溅差差绿，倚槛风摆柄柄香"，诗句不仅描写莲叶的色彩、香味、形象，还特别写了莲叶在风中的动态美。"多谢浣纱人未折，雨中留得盖鸳鸯"，诗人别出心裁，更是写出了新意。尽管是在咏荷，但还是表达了诗人对美好生活的向往。

【注解】

差差：犹参差，不齐貌。

187.方塘清晓镜，独照玉容秋

出自唐代王贞白的《独芙蓉》

【原文】

> 方塘清晓镜，独照玉容秋。
>
> 蠹芰不相采，敛蘋空自愁。
>
> 日斜还顾影，风起强垂头。
>
> 芳意羡何物，双双鸂鶒游。

【诗意】

秋天早晨的池塘像一面镜子，有一朵荷花倒映在清水中，仿佛美女临水照镜，但是孤零零的，显得有点冷清。周边那些蠹菱残萍都似乎不见了，荷花只能徒然发愁。等到夕阳西下之时，水面上抹上了一层余晖，荷花想看看自己水中的倩影。突然秋风吹起，它情不自禁地低下了头，水中之影瞬间模糊不清。它心里在想什么呢，估计是美慕那成双成对的紫鸳鸯。

【鉴赏】

王贞白是信州永丰（今江西上饶广丰区）人，唐乾宁二年（895）登进士，七年后授职校书郎。最后无法忍受尔虞我诈、人心惶惶的官场生活，趁唐昭宗赴岐山狩猎之时，愤然归隐返乡，时年还不到三十五岁。他以著书自娱，尝与罗隐、方干、贯休等名士同游唱和，号称"江西四大诗人"。其名句"一寸光阴一寸金"（《白鹿洞》），至今民间广为流传。这首诗描写了诗人秋天赏荷的所思所感。诗人运用了托物言志、借景抒情等手法，用秋荷来寄寓自己高洁的情怀。"方塘清晓镜，独照玉容秋"，诗句描写早上的一朵秋荷，仿佛有淡淡的忧愁。诗人用一个"独"字点题，开门见山，勾画出秋荷孤独的背影。"日斜还顾影，风起强垂头"，诗人把秋荷比作佳人，写出了秋荷在夕阳里艳丽的倩影，以及在微风中摇曳的神韵。

【注解】

玉容：借指美女，这里喻作荷花。

鸂鶒：俗称紫鸳鸯。

188.人间有笔应难画，雨后无尘更好怜

出自唐代崔橹的《莲花》

【原文】

影敧晴浪势歌烟，恨态缄言日抵年。

轻雾晓和香积饭，片红时堕化人船。

人间有笔应难画，雨后无尘更好怜。

何限断肠名不得，倚风娇情醉腰偏。

【诗意】

莲花之影斜倚在清波上，在晨雾中如梦似幻。莲花似乎不喜欢这样的姿态，默默无语，以日度年。清晨的轻雾和莲花的香气合在一起，好像香积饭那样清香四溢。坠落在水中的花瓣，又好似神奇变幻的船，在水面上随意漂荡。如此美景，人间虽有笔却很难画出。雨后天晴，莲花一尘不染，更加令人喜爱。为什么限制给莲花起名为断肠花呢？它娇细的腰肢在风中摇曳，像喝醉了酒似的，姿态十分可爱。

【鉴赏】

崔橹是荆南（今湖北荆州）人，唐僖宗广明间登进士第，曾任棣州（故城在今山东滨州惠民县东南）司马。崔橹善于撰写杂文，诗作以绝句成就最高。他非常敬仰杜牧的风范，其诗风格清丽，画面鲜艳，托物言志，意境深远。这首诗用重笔浓墨极力赞美莲花，抒发了诗人对莲花的无限爱惜之情。"轻雾晓和香积饭，片红时堕化人船"，诗人比喻新颖，突出描写莲花的香气、颜色、姿态。"人间有笔应难画，雨后无尘更

好怜"，诗人赞叹雨后莲花的清新之美，无法用语言来形容，也无法用笔来勾画。整首诗如同一幅描绘莲花的画卷，读之令人神往。

【注解】

敧 [qī]：倾斜。

香积饭：此处指莲花的香气。《维摩诘经·香积品》中记载有一国叫众香，佛家称为香积。这个国家香气最多。香积如来，用众香钵盛满香饭与化菩萨。在很短时间内，饭香笼罩了三千大千世界。

化人：古称有幻术的人。

189.半塘前日染来红，瘦尽金方昨日风
出自唐代崔橹的《惜莲花》

【原文】

半塘前日染来红，瘦尽金方昨日风。
留样最嗟无巧笔，护香谁为惜熏笼。
缘停翠棹沉吟看，忍使良被积渐空。
魂断旧溪憔悴态，冷烟残粉楚台东。

【诗意】

记得前日这里还有不少莲花开着，花色染红了半个池塘。没料到昨日秋风吹过，花瓣零落，一下子冷清了许多。欲想留下这一凄美景色，感叹我没有神奇的妙笔。又有谁能怜惜它，用奇特的熏笼去护住它的香气。为了欣赏这一特殊景色，我停下青白色的船桨仔细观看，不忍心使

这些堆积在波浪中的莲花逐渐消失。曾经生机勃勃的莲花如今在溪流中衰残，如同美女韶华已去，最后荷塘深处只剩枯枝败叶在烟雨中。

【鉴赏】

崔橹喜欢吟咏莲花，尤其是喜欢吟咏秋莲。这首诗情深意切，倾注了诗人的一片惜花恋花之情。"半塘前日染来红，瘦尽金方昨日风"，诗句描写了莲花暮夏初秋凋零时的模样，经不住萧瑟秋风，很快红颜变憔悴，令人惋惜不已。"缘停翠棹沉吟看，忍使良被积渐空"，诗人为了多看一眼，特地停下船来细看，突出地表达了对秋莲的怜爱之情，其恋花、怜花和惜花的无限情思，凝聚于笔端。

【注解】

熏笼：指古代熏炉（熏香和取暖两用的炉子）上所罩的笼子。

嗟[jiē]：叹息，感叹。

残粉：剩下的脂粉，这里指韶华已去。

楚台：指楚王梦遇神女之阳台，后多指男女欢会之处，这里指荷塘深处。

190.似醉如慵一水心，斜阳欲暝彩云深
出自唐代崔橹的《岳阳云梦亭看莲花》

【原文】（节选）

似醉如慵一水心，斜阳欲暝彩云深。

清明月照羞无语，凉冷风吹势不禁。

【诗意】

　　这朵莲花摇摇晃晃，好像贵妃醉酒；在水中央又像贵妃出浴，令人怜爱。夕阳欲坠，晚霞满天，朵朵彩云铺满了整个江面。夜幕降临，皓月东升，在清幽明朗的月光照耀下，莲花默默无语，如同娇羞怯弱的美女。尽管凉风阵阵，有了几分寒意，但莲花依旧呈现出静美动人的情态。

【鉴赏】

　　据《唐才子传》载，崔橹"善于状景写物"。这首诗是诗人在岳阳云梦亭观赏莲花的即兴之作，描写了观花之情景，极尽莲花美丽动人的景象，表达了诗人对莲花的爱赏之情。诗咏莲花，但诗中无一"莲"字，只在诗题中标明。"似醉如慵一水心，斜阳欲暝彩云深"，诗句比喻巧妙，描写了莲花在夕阳晚照下的情态和色泽。"醉""慵"二字用得极为恰切传神，"水心"一语既是形容花瓣浮水的形状，也是赞美莲花晶莹如水的明彻心灵，有一语双关之妙。"清明月照羞无语，凉冷风吹势不禁"，诗句生动传神，描写了月夜之下莲花优美动人的风情。"羞无语"不但写出了莲花娴雅幽静的姿态，而且也写出了其娇怯羞涩的情态。

【注解】

　　云梦亭：为岳阳古亭台名。据载是由崔橹修建的私人观赏亭，用青石打造，六方盝顶式的小亭。

191.倚风无力减香时，涵露如啼卧翠池

出自唐代崔橹的《残莲花》

【原文】

倚风无力减香时，涵露如啼卧翠池。

金谷楼前马嵬下，世间殊色一般悲。

【诗意】

秋池里即将凋谢的莲花，香消色减，无力抵抗萧瑟的秋风。有些莲花经不住秋露的重压，像一个备受欺凌的女人，含泪卧在碧池中啜泣。见此情景，我不由得想起坠金谷楼身亡的绿珠、马嵬坡下冤死的杨玉环，她们都有出众的美色，但都不能自主命运，最后也像这残莲花一样悲惨。

【鉴赏】

这是一首惜花诗，诗人即景咏怀，以莲拟人，不仅抒发了"花无百日红""好景不常在"的感慨，更重要的是寄寓了对世间女子悲惨命运的深切同情。"倚风无力减香时，涵露如啼卧翠池"，说莲花"倚风"而又无力，则它在秋风中倾斜的状态便约略可见。"减香"则表示莲花已过了盛开的季节，即将凋残了。"如啼"是传神之笔，不仅有形貌之似，还给人以神情之遐想。"金谷楼前马嵬下，世间殊色一般悲"，诗人用两个美女悲惨结局的故事，来比拟莲花的残败。诗人写莲花的颓败凋零，采用美人作比，用典贴切自然，如水中着盐般不露痕迹。

金谷楼：指晋代石崇的爱姬绿珠因反抗强权霸占而跳楼自杀的故事。这里比喻多才美貌女子的不幸遭遇。《晋书·石崇传》："崇有妓曰绿珠，美而艳，善吹笛。孙秀使人求之。石崇不予，孙秀怒，遂矫诏收崇，崇正宴于楼上，介士到门。崇谓绿珠曰：'我今为尔得罪。'绿珠泣曰：'当效死于官前。'因自投于楼下而死。"

马嵬下：指杨玉环被唐玄宗处死于马嵬坡前的故事。马嵬，在今陕西咸阳兴平市。唐安史之乱，玄宗奔蜀，途次马嵬驿，卫兵杀杨国忠，玄宗被迫赐杨玉环死，葬于马嵬坡。

殊色：出众的美色，这里既指美女也指莲花。

192.湘妃雨之后池看，碧玉盘中弄水晶

出自唐代郭震的《莲花》

【原文】

脸腻香熏似有情，世间何物比轻盈。

湘妃雨后来池看，碧玉盘中弄水晶。

【诗意】

莲花似美女的脸一般细腻圆润，香气扑鼻，脉脉含情。它在水面上随风起舞，姿态纤柔，世间有什么东西能比它更轻柔秀丽呢？仿佛是湘妃女神雨后临池欣赏，正对着荷叶玩赏荷叶上的露珠呢。雨珠就像水晶一样明净剔透，在荷叶上滚来滚去。

【鉴赏】

郭震生于魏州贵乡（今河北邯郸大名县），字元振，十八岁考中进士，授通泉县县尉。因写作《宝剑篇》而得到武则天的赏识，又进献离间计，使得吐蕃发生内乱，授主客郎中。累官至兵部尚书、进代国公。唐玄宗骊山讲武，郭元振因军容不整之罪，被流放新州，后在赴任饶州司马途中，抑郁病逝。这是一首写雨后莲花的诗。诗人用湘妃的美色衬托莲花之美姿，形象地写出了雨后莲花的妩媚神态，生动地勾勒出莲花顺乎自然、不假雕饰的风度，赞颂以自身为代表的、同莲花一样品质高洁的人。"脸腻香薰似有情，世间何物比轻盈"，"腻"指开放的荷花带着光泽，如同肌肤滋润细腻。诗人采用拟人手法，把花朵比喻美女的脸庞，描写荷花不胜其体的样子，世间罕见。"湘妃雨后来池看，碧玉盘中弄水晶"，诗句写出了雨后荷叶的清新美。诗人把荷叶比作"碧玉盘"，而把荷叶上的水珠比作"水晶"，比喻贴切，形象唯美。

【注解】

湘妃：指娥皇、女英。

碧玉盘：晶莹透明的绿色玉盘，这里是比喻莲叶。

193.太华峰头玉井莲，开花十丈藕如船

出自唐代韩愈的《古意》

【原文】

太华峰头玉井莲，开花十丈藕如船。

冷比雪霜甘比蜜，一片入口沉疴痊。

我欲求之不惮远，青壁无路难夤缘。

安得长梯上摘实，下种七泽根株连。

【诗意】

　　太华峰上有个叫玉井的深潭生长着一种千叶白莲，传说食之可以成仙。这玉井莲硕大无比，花开十丈，结藕如船。玉井藕像传说中的龙肝瓜一样，不仅冰冷而甘甜，吃上一片还能够疗人疾病。我发现它是可望而不可求，因为华山险峻，无路攀扶而上。我梦想着借到长梯，上玉女峰顶摘莲子，不是只为自己享用，而是要将这奇特的玉井莲种遍人间湖泊，来造福世人。

【鉴赏】

　　韩愈是河南河阳（今河南焦作孟州市）人，三岁成了孤儿，从小便刻苦读书，无须别人嘉许勉励。韩愈曾三次参加科举考试失败，贞元八年（792）终于登进士第，两任节度推官，累官监察御史。后因论事而被贬阳山，历都官员外郎、史馆修撰、中书舍人等职。元和十二年（817），出任宰相裴度的行军司马，参与讨平"淮西之乱"。其后又因谏迎佛骨一事被贬至潮州。晚年官至吏部侍郎，人称"韩吏部"。韩愈在贞元十八年，曾前往华山游玩。这首诗写华山玉井特产——莲藕的甘美名贵。"太华峰头玉井莲，开花十丈藕如船"，诗人运用夸张手法，描绘了传说中的玉井莲。"冷比雪霜甘比蜜，一片入口沉疴瘥"，诗人告诉世人，荷花甚至还是一味良药。此诗不仅想象丰富，描写逼真，而且充满了浪漫主义色彩，彰显了诗人开阔的胸襟，更体现出韩诗气势壮阔、笔力雄健、力求新奇、探险入幽、以文为诗的别开生面的风格。

太华峰：即华山的玉女峰。

十丈：约等于现在的三十三米。

蚩缘：登高时常借助柔条、葛藤之物。这种攀缘方法叫蚩缘。

七泽：古时楚国有七泽，这里泛指天下所有泽塘。

194.从今有雨君须记，来听萧萧打叶声
出自唐代韩愈的《盆池五首》（其二）

【原文】

莫道盆池作不成，藕梢初种已齐生。

从今有雨君须记，来听萧萧打叶声。

【诗意】

千万莫嫌盆池太小，以为种莲不能成功。如今，我将藕节种于盆池不久，已齐刷刷地长出圆圆的嫩叶。从今以后，你遇到雨天不要忘了，来我家倾听雨打荷叶的萧萧声。

【鉴赏】

韩愈是唐代古文运动的倡导者，被后人尊为"唐宋八大家"之首，与柳宗元并称"韩柳"，有"文章巨公"和"百代文宗"之名。《盆池五首》作于元和十年（815）春夏之际，当时韩愈在京任考功郎中知制诰，地处机要，很想大有作为。这组诗写得清新，富有神韵，反映了诗人乐观开朗、渴望沾溉万物的心境。"莫道盆池作不成，藕梢初种已齐生"，诗

句写盆池种莲的过程，表达了诗人大功告成后的喜悦心情。人人都知道雨打芭蕉的声音好听，而诗人却说"从今有雨君须记，来听萧萧打叶声"。言下之意，是说雨打荷叶的清脆之声远胜雨打芭蕉。诗句意趣天真秀润，情不自禁地流露出诗人平淡的田园情怀。

【注解】

盆池：即挖地成盆或埋盆于地，引水灌注，种养鱼类与水生花草以供观赏。

藕梢：连接藕节和嫩荷叶的茎。

195.露涵两鲜翠，风荡相磨倚
出自唐代韩愈的《奉和钱七兄曹长盆池所植》

【原文】

翻翻江浦荷，而今生在此。

擢擢菰叶长，芳根复谁徙。

露涵两鲜翠，风荡相磨倚。

但取主人知，谁言盆盎是。

【诗意】

本来是江河里摇曳的荷花，现在生长在小小的盆池里。茭白叶长而且挺拔，又有谁会去移植呢？碧绿的荷叶沾着清晨的露水，在晨光的沐浴下显得清新鲜嫩。风儿吹过盆池，花叶一起摇曳，荡起阵阵涟漪。这样的美景，就是要让主人心里明白，没人会说这盆荷花不美。

【鉴赏】

元和八年（813）之前，韩愈与"钱七兄曹长"即钱徽一同被贬，偶遇盆池所植荷花，感慨其飘零的人生，顿生同病相怜之意。这首诗是韩愈与钱徽相唱和，诗人采用托物喻人的手法，通过"江浦荷"的不堪命运，来比喻自己与友人的坎坷人生。"露涵两鲜翠，风荡相磨倚"，诗句描写盆池所植荷花之美：在露水的衬托下，荷叶更加鲜嫩，翠色欲滴，风儿吹过，花香飘荡，荷花与风相互摩擦倚靠。诗人用"磨倚"两字，形象地描绘出风荷的动态美，堪称咏荷佳句。

【注解】

钱七：即钱徽，唐朝大臣，正直清廉，洁身自好，疾恶如仇。

翻翻：翻飞貌。

擢擢〔zhuózhuó〕：挺拔貌。

徙：迁移、移动之意。

196.落日清江里，荆歌艳楚腰
出自唐代刘方平的《采莲曲》

【原文】

落日清江里，荆歌艳楚腰。

采莲从小惯，十五即乘潮。

【诗意】

日落时分，江水清澈，余晖掩映，水波粼粼。荷花丛中传来美妙的歌声，原来有女子在采莲，她身材苗条，清新可人，艳如荷花。她从小练就了一身采莲的本领，十五岁就敢在汹涌激流中乘风破浪。

【鉴赏】

刘方平是洛阳（今河南洛阳）人，曾于天宝前期应进士试，又欲从军，均未如意，从此隐居颍水、汝河之滨，终生未仕。与皇甫冉、元德秀、李颀为诗友，为萧颖士赏识。工诗，善画山水。其诗多咏物写景之作，尤擅绝句，内容多写闺情、乡思，善寓情于景，意蕴无穷。此诗应是诗人在颍水、汝河之滨隐居期间创作的。这首诗情景兼容，以朴素的语言表现采莲女的勤劳和勇敢，惟妙惟肖地塑造了一个生动活泼的采莲女形象。"落日清江里，荆歌艳楚腰"，此处"艳"字用得极妙，不仅与"清"字相映成趣，而且展现了这位采莲女的美貌，可以想象出她美丽的身影正在清澈的江水中荡漾。"楚腰"两字，诗人抓住最具特征的细节，突出女子的轻盈体态。"采莲从小惯，十五即乘潮"，"从小惯"三字可以知晓她采莲熟练，"十五即乘潮"使意境更深一层，原来她小小年纪就能驾驭风浪，写出采莲女的能干，使人感受到一种健康淳朴之美。

【注解】

荆歌：楚歌，指楚狂接舆之歌。楚狂接舆是春秋时楚国的隐士，原名陆接舆，平时"躬耕以食"，佯狂不仕，所以也被人们称为"楚狂接舆"。《论语·微子》记载他以《凤兮歌》讽刺孔子，谓："往者不可谏，来者犹可追。"并拒绝和孔子交谈。

楚腰：这里指细腰女子。出自《韩非子·二柄》："楚灵王好细腰，而国中多饿人。"后因以"楚腰"泛称女子的细腰。

197.竹喧归浣女，莲动下渔舟

出自唐代王维的《山居秋暝》

【原文】

空山新雨后，天气晚来秋。

明月松间照，清泉石上流。

竹喧归浣女，莲动下渔舟。

随意春芳歇，王孙自可留。

【诗意】

新雨过后，空寂的山谷里万物清新。又是傍晚时分，所以天气特别凉爽，有了秋的味道。明月照在幽静的松林间，清泉在山石上淙淙流淌。竹林中传来欢歌笑语，原来是一群少女洗衣归来。亭亭玉立的荷叶纷纷向两旁披分，掀翻了无数珍珠般晶莹的水珠，原来是顺流而下的渔舟划破了荷塘的宁静。任凭春天的美景渐渐远去，眼前的世外桃源足以令人驻留。

【鉴赏】

王维是河东蒲州（今山西运城永济市）人，才华早显，幼年聪明过人。唐玄宗开元初年中进士第，开元九年（814）为太乐丞。历官右拾遗、监察御史、河西节度使判官。天宝年间，拜吏部郎中、给事中。安禄山攻陷长安时，被迫受伪职。长安收复后，被责授太子中允。唐肃宗乾元年间任尚书右丞，世称"王右丞"。这首诗将空山雨后的秋凉、松间明月的光照、石上清泉的声音以及浣女归来竹林中的喧笑声、渔船穿过荷花的动态等完美地融合在一起，给人一种丰富新鲜的感受。"竹喧归浣女，莲动下渔舟"，诗人先写"竹喧""莲动"，因为浣女隐在竹林之中，渔舟被莲叶遮蔽，起初未见，等到听见竹林喧声、看见莲叶纷披，才发现浣女、莲舟，写得真情实感，富有诗意。南宋魏庆之在《诗人玉屑》中称王维的诗如"秋水芙蕖，倚风自笑"。

【注解】

浣〔huàn〕：洗涤衣物。

王孙：原指贵族子弟，此处指诗人自己。

198.弄篙莫溅水，畏湿红莲衣

出自唐代王维的《皇甫岳云溪杂题五首·莲花坞》

【原文】

日日采莲去，洲长多暮归。

弄篙莫溅水，畏湿红莲衣。

【诗意】

每天太阳升起，她们就早早地出门采莲，莲塘广阔，水路漫长，总是直到暮霭沉沉才能回家。她们相互提醒，撑竹篙时要小心，不要溅起太大水花，生怕淋湿那些盛开的红莲花瓣，以及像红莲花颜色一样的衣裙。

【鉴赏】

《皇甫岳云溪杂题五首》是唐代诗人王维的组诗作品，由《鸟鸣涧》《莲花坞》《鸬鹚堰》《上平田》《萍池》组成，是描述唐代繁盛时期乡野山间到田间地头的美好景象的作品。这是其中第二首，是王维于开元年间游历绍兴时所作。全诗笔调轻松自然，描写的主人公是一群天真活泼的采莲少女，流露出诗人对采莲场景的喜爱、享受和向往。王维善于从平凡的事物中发现美，以细致的笔墨写出景物的鲜明形象，而且从景物中写出了环境气氛和精神气质。"日日采莲去，洲长多暮归"，描写了采莲女的辛勤劳动，留下了广阔的想象空间。"弄篙莫溅水，畏湿红莲衣"，诗人用拟人化的手法，一个"衣"字把莲写活了。诗人通过描写采莲人的生活乐趣，形象生动地展现了采莲人对莲花的珍爱与怜惜，同时也表明她们热爱平常生活、珍惜美好事物的情操。

【注解】

皇甫岳：唐朝大臣皇甫恂之子，王维友人。据载是一个"双眸朗畅""烧丹辟谷"（《王右丞集》）的修道之人。

云溪：指的是幽人高士隐居之地。

弄：戏弄，这里指撑。

畏：害怕的意思。

199.当轩对尊酒，四面芙蓉开

出自唐代王维的《临湖亭》

【原文】

轻舸迎上客，悠悠湖上来。

当轩对尊酒，四面芙蓉开。

【诗意】

那轻快的游船，迎接到了贵客。小船悠悠，从湖上慢慢地穿行。临湖亭里已备上了好酒，宾主临窗围坐一起开怀畅饮，四面是一片盛开的莲花。这些荷花亭亭玉立、层层叠叠，如同张张清新笑脸，欢迎贵客光临。

【鉴赏】

这首诗记录了王维某一天兴起，与好友相约在临湖亭对酒赏荷的情景，表达了诗人轻松愉悦的心情。所对之景清新自然，所书之意自在欢愉，令人读之身虽未至，心向往之。"当轩对尊酒，四面芙蓉开"，"四面"一词尽显景色之开阔，以见诗人心境之敞亮。一个"开"字，形象地描绘出湖中荷花竞相绽放的景象。诗人与好友在临湖亭开怀畅饮，一边对酒，一边赏荷，人生之快哉莫过如此。全诗以四面开阔之景收束，点到为止，言尽而意无穷。王维在诗中，将美景、荷花、醇酒和闲情巧妙地融于一体，在自然中寄深意，于质朴中见情趣，娟秀飘逸的意境，令人陶醉。

【注解】

轻舸［gě］：轻便的小船。吴楚江湘一带方言，称船为舸。

上客：尊贵的客人。

当轩：临窗。

尊：即樽，盛酒的器具。

200.绿竹含新粉，红莲落故衣
出自唐代王维的《山居即事》

【原文】

寂寞掩柴扉，苍茫对落晖。

鹤巢松树遍，人访荜门稀。

绿竹含新粉，红莲落故衣。

渡头烟火起，处处采菱归。

【诗意】

山中寂静无声，我掩上篱笆门，在苍茫暮色中望着斜阳出神。周围的松树上遍布鹤巢，荜门冷落，来访的人稀少。翠绿的嫩竹添上了一层新粉，艳红的荷花半谢了花瓣。山脚下渡口处升起缕缕炊烟，处处都是采菱人泛舟回家的小船。

【鉴赏】

王维，字摩诘，参禅悟理，精通诗书音画，以诗名盛于开元、天宝间，尤长五言，多咏山水田园，与孟浩然合称"王孟"，因笃诚奉佛，有"诗佛"之称。这首诗既写出了王维隐居山林之后的惬意生活及山林里的自然风光，却又在字里行间透露出诗人的落寞之情。"绿竹含新粉，红莲落故衣"，诗人引用庾信的诗句"槐庭垂绿穗，莲浦落红衣"（《入彭城馆诗》），用"绿竹"对"红莲"、"新粉"对"故衣"，光影流转里体现出诗人对隐逸生活的喜爱。"渡头烟火起，处处采菱归"，诗句描写了夕阳西下，人们采菱而归的景象，充满着生活气息，表现出诗人归隐的悠闲之意。王维天性擅画，精通画理，且移植画艺以提高诗歌的表现力。此句即为力证。

【注解】

柴扉 [fēi]：用树枝编做的门，也叫柴门。

荜门：用竹荆编织的门。这里形容居处简陋。

201.无端隔水抛莲子，遥被人知半日羞
出自唐代皇甫松的《采莲子二首》

【原文】

其一

菡萏香连十顷陂，小姑贪戏采莲迟。

晚来弄水船头湿，更脱红裙裹鸭儿。

其二

船动湖光滟滟秋，贪看年少信船流。

无端隔水抛莲子，遥被人知半日羞。

【诗意】

荷花的清香飘满辽阔的湖面，有位少女因贪玩差点耽误了采莲。傍

晚了，调皮的她不停地拨清波，弄得船头湿漉漉的。更有趣的是她脱下红裙，想去网罗湖中可爱的小鸭子。

　　船儿在秋天的湖光山色间移动，一个英俊潇洒的少年不知不觉间进入了少女的眼帘，她因为多看了一眼，一时间忘了摇动船桨，忘记了采摘莲子，听凭小船随波逐流。眼看少年就要走远，她顺手抓起一把莲子，隔着水面抛向少年。这一幕恰巧被人远远地看见，羞得她半天还红着脸。

【鉴赏】

　　皇甫松是睦州新安（今浙江杭州淳安县）人，工部侍郎皇甫湜之子，宰相牛僧孺之外甥。其父擅写古文，父子文学并称。皇甫松早年科举不利，后来隐居不仕，死后才被追赠为进士，皇甫松一生诗词、小说都写，其中以词成就最高。《采莲子二首》是他的代表作，以十里荷花为背景，富有江南民歌特色。少女采摘莲子，和夏日采荷花一样，是一幅美丽的图画。诗题《采莲子》，可是诗人没有描写采莲子的过程，也没有描写采莲女的容貌服饰，而是通过采莲女的眼神、动作和一系列内心独白，表现她热烈追求爱情的勇气和初恋少女的羞涩心情。"晚来弄水船头湿，更脱红裙裹鸭儿"，诗句写出了采莲女子的活泼嬉戏情态，塑造了无拘无束、憨态可掬的采莲女形象。"无端隔水抛莲子，遥被人知半日羞"，采莲女发现有人偷看后羞涩惶恐了老半天，那姿态真是让人怜爱，人物动作与心理活动相掩映，使得人物形象更加丰满。

【注解】

　　采莲子：唐代教坊曲，七言四句，句尾带有和声。

鸭儿：指小鸭。

年少：指少年男子。

202.荷风送香气，竹露滴清响

出自唐代孟浩然的《夏日南亭怀辛大》

【原文】

山光忽西落，池月渐东上。

散发乘夕凉，开轩卧闲敞。

荷风送香气，竹露滴清响。

欲取鸣琴弹，恨无知音赏。

感此怀故人，中宵劳梦想。

【诗意】

日落西山，池塘上的月亮从东方慢慢升起。夜深人静，我随意地散着头发，打开窗户，躺在宽敞的床上纳凉。一阵阵的晚风，送来荷花的香气；露水从竹叶上滴下，发出清脆的响声。此时此刻，我好想拿琴来弹奏，可惜没有知音来欣赏。感慨良辰美景，怀念起老朋友，整夜在梦中苦苦地想念。

【鉴赏】

孟浩然是襄州襄阳（今湖北襄阳）人，世称"孟襄阳"。因他未曾入仕，又称之为"孟山人"。早年有志用世，在仕途困顿、痛苦失望后，尚能自重，不媚俗世。曾隐居鹿门山。四十岁时，游长安，应进士举不第。曾在太学赋诗，名动公卿，满座倾服，为之搁笔。开元二十五年（737）张九龄招致幕府，后隐居。他善于发掘自然和生活之美，即景会心，写出一时真切的感受。这首诗既写夏夜水亭纳凉的清爽闲适，同时又表达对友人的怀念，由景及意达到浑然一体，极富韵味。"荷风送香气，竹露滴清响"，诗人写荷以"气"，清风送爽，荷花飘香，沁人心脾；写竹以"响"，翠竹滴露，清脆悦耳，清幽绝俗。诗句意境幽深静谧，情调高雅别致。

【注解】

南亭：似应在涧南园，位于襄阳郊外的岘山附近。

辛大：疑即辛谔，为作者同乡友人，常于夏日来南亭纳凉，与孟浩然约为琴酒之会。

恨：遗憾。

中宵：整夜。

203.看取莲花净，应知不染心

出自唐代孟浩然的《题大禹寺义公禅房》

【原文】

义公习禅处，结宇依空林。

户外一峰秀，阶前众壑深。

夕阳连雨足，空翠落庭阴。

看取莲花净，应知不染心。

【诗意】

　　义公喜爱禅房的寂静，就将禅房修在空无一人的树林之中。门外是一座秀丽挺拔的山峰，台阶前有众多深深的沟壑。雨过天晴，夕阳斜照，树木的翠影映在禅房之中。看到禅房池中的莲花如此清纯洁净，才明白义公的心境就像莲花一样出淤泥而不染。

【鉴赏】

　　孟诗绝大部分为五言短篇，多写山水田园和隐居的逸兴。这首诗是孟浩然漫游吴越时所作。佛教在唐代极为盛行，而唐代诗人和僧人的关系也是十分密切的，因此许多诗人都有题赠寺院僧人的诗篇。这首诗即是诗人游大禹寺义公禅房后的题赠之作，通过描写高僧修行的环境来赞美高僧清净纯洁的心胸；同时也是一首山水诗，寄托了诗人对隐逸生活的向往之情。全诗由景清写到心净，构思巧妙，意境高远，动人心神。"看取莲花净，应知不染心"，义公选取了这样美妙的山水环境来修筑禅房，可见他具有佛眼般清净的眼界，方知他怀有莲花般一尘不染的胸襟。莲花因其出淤泥而不染的品性，历来被佛教视作圣花，而"不染心"，活用禅宗六祖慧能的偈语："心是菩提树，身为明镜台。明镜本清净，何处染尘埃。"孟浩然生性自然不羁，为人耿介，志在隐逸。莲花"不染心"点破了写景的用意，也寄托了诗人自己的隐逸情怀。

【注解】

　　大禹寺：寺名，在今浙江绍兴会稽山上。

　　义公：指名字中有一"义"字的僧人。

204.涧影见松竹，潭香闻芰荷

出自唐代孟浩然的《夏日浮舟过陈大水亭》

【原文】

水亭凉气多，闲棹晚来过。

涧影见松竹，潭香闻芰荷。

野童扶醉舞，山鸟助酣歌。

幽赏未云遍，烟光奈夕何。

【诗意】

　　夏日傍晚时分，临水而建的亭台格外凉爽。我慢悠悠地划着小船到这里避暑，不知不觉就到了陈大水亭。山间小溪因为水亭有松树竹林而生倒影，亭下池塘里因为有菱角荷花盛开而飘香。村野小童扶着醉步蹒跚的老翁，山间的鸟鸣声助人高歌。如此清爽幽静、怡然自得的境界，还没来得及完全欣赏完，夕阳就已西坠，需要往回走了。

【鉴赏】

　　孟浩然诗的特色是"遇景入咏，不拘奇抉异"（皮日休），虽只就闲情逸致作轻描淡写，往往就能引人渐入佳境。其诗清淡自然，意境浑成，在艺术上有独特的造诣，后人把孟浩然与盛唐另一山水诗人王维并称为"王孟"。这首诗是孟浩然在一个悠闲的夏日傍晚游赏陈大水亭时所作。全诗以清丽的语言描写所见所闻，勾画出一幅清幽的水亭图，意境优美，表现了诗人对水亭风光的喜爱之情。"涧影见松竹，潭香闻芰荷"，诗人描写看到的美景，溪中有松树和竹子的倒影，还能闻到淡淡的荷香。如此清爽幽静、怡然自得的境界，使人游赏忘返，令人向往。在炎炎夏日读此诗，有莫名的清凉之感。

【注解】

涧：山间小溪。

幽赏：指幽静的美景。

205.菡萏新花晓并开，浓妆美笑面相隈

出自唐代刘商的《咏双开莲花》

【原文】

菡萏新花晓并开，浓妆美笑面相隈。

西方采画迦陵鸟，早晚双飞池上来。

【诗意】

清晨的水面上，风平浪静，荷叶上滚动着晶莹露珠。万绿丛中，两朵莲花像一对浓妆的双胞胎姐妹，互相依偎着，带着娇美的笑容凌波而来，稚嫩而满蕴丰神，娇艳又不失娴静。就连为仙界采画的迦陵鸟，也被这并蒂莲所吸引，天天比翼飞来池上，要将这人间美景采入仙界之中。

【鉴赏】

刘商是彭城县（今江苏徐州）人，能文善画，喜画松石树木，评价其诗画造诣，画在诗之上。他于大历间进士，但一直做着小官。直到六十

多岁，他才弃官作画，隐逸山水。这首诗描绘了并蒂莲的仙姿，充满了空灵之气，如同一幅娟秀艳美的画。"菡萏新花晓并开，浓妆美笑面相隈"，诗人直接描写出水的并蒂莲，巧妙采用拟人手法，用"美笑"写出了双开莲花娇羞欲语、盈盈可人的姿态，用"面相隈"更写出了它们两小无猜、亲密无间的神情，传神写照，栩栩如生。"西方采画迦陵鸟，早晚双飞池上来"，诗人巧妙化用神话传说，现实和仙界相融合，侧面烘托这朵莲花，使整首诗充满了空灵之气。

【注解】

迦陵鸟：鸟名，又称频伽鸟、共命鸟，两个身子共一个头，常住在西方极乐净土。

西方：这里指西方净土。

206.浓淡共妍香各散，东西分艳蒂相连
出自唐代姚合的《咏南池嘉莲》

【原文】

芙蓉池里叶田田，一本双花出碧泉。

浓淡共妍香各散，东西分艳蒂相连。

自知政术无他异，纵是祯祥亦偶然。

四野人闻皆尽喜，争来入郭看嘉莲。

【诗意】

南池里荷叶茂盛，碧水之中冒出一株并蒂莲，茎秆上开着两朵花。

这并蒂莲开得正艳，两朵花的颜色浓淡一样，且花头背靠背，向着东西不同的方向吐着芬芳，花蒂是连在一起的。我看见这么美丽的花也很高兴，但心里知道与政务治理得好坏无关，出现这样吉祥的奇迹是偶然。四里八乡的人听到这个消息，纷纷赶来城外南池，争相一睹这朵嘉莲。

【鉴赏】

姚合是陕州（今河南三门峡陕州区）人，唐代名相姚崇曾侄孙。元和十一年（816）登进士第，授武功主簿。历任监察御史，金、杭二州刺史，刑部郎中、给事中等职，终秘书监。姚合在当时诗名很盛，交游甚广，与刘禹锡、李绅、张籍、王建、李群玉等都有往来唱酬。与贾岛友善，诗亦相近，然较贾岛略为平浅，世称"姚贾"。并蒂莲象征祥瑞，唐代多称之为"嘉莲"。这首诗叙述了并蒂莲花开的喜讯及其在当地社会上引起的轰动效应。"芙蓉池里叶田田，一本双花出碧泉"，"一本双花"言简意赅，写出了并蒂莲的基本特征。"浓淡共妍香各散，东西分艳蒂相连"，诗句精准地描绘了并蒂莲的香艳，以及背对背开花的姿态。

【注解】

郭：指城外。古代城墙，一般有两重，内层称"城"，外层称"郭"，即战国《管子》所说："内为之城，城外为之郭。"

207.露湿红芳双朵重，风飘绿蒂一枝长

出自唐代雍陶的《永乐殷尧藩明府县池嘉莲咏》

【原文】（节选）

青蘋白石匝莲塘，水里莲开带瑞光。

露湿红芳双朵重，风飘绿蒂一枝长。

【诗意】

这池塘很讲究，四周是白色岸石，青色的浮萍中开着一株光彩夺目的并蒂莲。这并蒂莲实在很美，红色的两朵花迎风带露，且有高高的茎干，微风吹来，姿态不凡，香气清新。

【鉴赏】

雍陶是四川成都人，出身贫寒，但刻苦学习，文宗大和八年（834）进士，曾任侍御史。大中六年（852），授国子毛诗博士。与贾岛等友善，以琴樽诗翰相娱，留长安中。大中八年，出任简州（今四川成都简阳市）刺史，世称雍简州。他成名后，颇为自负。曾一年多次穿三峡，越秦岭，在江南、塞北许多地方游历过，写过不少纪游诗。后辞官闲居，养病傲世，隐居于庐山。这首诗歌咏并蒂莲，从侧面反映了当地风雨滋润、人杰地灵。这里节选其中具体描写并蒂莲的四句。"青蘋白石匝莲塘，水里莲开带瑞光"，诗句交代了嘉莲盛开的地点，"瑞"字点题。"露湿红芳双朵重，风飘绿蒂一枝长"，"红芳""绿蒂"对照鲜明，诗人在客观的描写中，勾勒出一幅嘉莲图，明媚绮丽，引人入胜。雍陶有一首《咏双白鹭》："双鹭应怜水满池，风飘不动顶丝垂。立当青草人先见，行榜白

莲鱼未知。"诗人观察入微，描绘白鹭白莲，细腻而又生动。

【注解】

殷尧藩：是雍陶的诗友。唐元和九年（814）进士，曾任永乐县令。

208.一夜绿荷霜剪破，赚他秋雨不成珠
出自唐代来鹄的《偶题二首》（其一）

【原文】

近来灵鹊语何疏，独凭栏干恨有殊。

一夜绿荷霜剪破，赚他秋雨不成珠。

【诗意】

随着深秋来临，悦耳的喜鹊声日渐稀疏。独自来到荷塘，凭栏看到满池的残荷，心中遗憾油然而生。寒霜一夜之间就把绿色的荷叶剪破了，这个时候秋雨落在破碎的荷叶上，再也无法汇聚成晶莹的水珠。

【鉴赏】

来鹄，即来鹏，豫章（今江西南昌）人，少有大志，广学权谋机变之术，得鬼谷子真传，又能为政，有汉张子房之风也。咸通年间，举进士不第。僖宗乾符元年（874）三月，帝拜其为师。归帝后鞠躬尽瘁，助帝平定中原，开拓疆土。后封豫章国公。其诗多写羁旅之思、落魄之感，间有愤世嫉俗之作。这首诗写秋雨残荷，却无感伤情绪，反有幽默意趣，好像秋霜有意与秋雨作对，剪破绿荷，不让秋雨在上面形成滚动的水珠。

"近来灵鹊语何疏，独凭栏干恨有殊"，喜鹊"语何疏"表示喜讯减少，而忧心之事增多了，所以"恨有殊"，说明诗人有深深的遗憾。"一夜绿荷霜剪破，赚他秋雨不成珠"，"剪破"二字体现出冷霜的残酷，诗人将严霜的威力比作锐利的刀剪，难怪荷叶残破不堪了，流露出诗人对绿荷的怜惜之情。假如仔细品味诗意，似有"美人迟暮"之感。

【注解】

灵鹊：喜鹊的别称。

赚：赢得之意。

209.从来不著水，清净本因心
出自唐代李颀的《粲公院各赋一物得初荷》

【原文】

微风和众草，大叶长圆阴。

晴露珠共合，夕阳花映深。

从来不著水，清净本因心。

【诗意】

岸边，微风吹拂着嫩绿的野草。塘中，荷叶翠绿如盖，叶大而圆。早晨，珍珠似的露水在荷叶上闪烁滚动，晶莹皎洁。傍晚，灿烂的晚霞映照着荷花，风光更娇。荷叶上从来不沾水，这种清净是本身所具有的特性。

【鉴赏】

李颀是河南颍阳（今河南郑州登封市）人，开元十三年（725）中进士，曾任新乡尉。久未迁调，后辞官归隐于颍阳之东川别业。其诗风格豪放，慷慨悲凉，与王维、高适、王昌龄等人皆有唱和。这首诗表面上看是写初荷，实际上诗人借咏物来抒情言志。开头四句，诗人从荷叶写到荷花，一句一景，由近及远，细致自然。"晴露珠共合，夕阳花映深"，诗句对仗工整，色彩艳丽，意境优美。"从来不著水，清净本因心"，诗人寄托了一种清静无为、与世无争的思想。李颀早年有强烈的功名思想，后来受道家思想影响，一些诗作染上了浓厚的道家色彩。李颀言初荷清净不染外物之品，来自天生，带有佛教"出淤泥而不染"的意味。

【注解】

粲公院：在河南洛阳长寿寺中。

众草：意为杂草、野草。

210.金尘飘落蕊，玉露洗残红

出自唐代唐彦谦的《莲》

【原文】

新莲映多浦，迢递绿塘东。

静影摇波月，寒香映水风。

金尘飘落蕊，玉露洗残红。

看著余芳少，无人问的中。

【诗意】

记得新荷盛开，成片荷叶映在水中，层层叠叠，连接到很远的地方。微风吹来，花影摇动，倒映在水波中，与月影连在一起。微风吹过水面，送来清冽的香气，沁人心脾。如今，秋风卷起云雾般的沙尘，花蕊纷纷凋落。露水中的荷花本应清新可爱，却已剩残红。看着那花瓣明显地少了，却没有人关心这其中的原因。

【鉴赏】

唐彦谦是并州晋阳（今山西太原）人，才高负气，以博学多艺闻名乡里，能作诗。咸通末年上京考试，结果十余年不中。曾任兴元（今陕西汉中）节度副使，以及晋、绛、阆、壁州刺史等职。晚年隐居于襄阳鹿门山，号鹿门先生。这首诗中透出悲凉之气，这恐怕与诗人当时的境遇有关。前四句描写新莲，荷塘月色，莲花高雅清新，令人陶醉。后四句描写秋莲，繁华落尽，莲花孤独寂寞，被人遗忘。"金尘飘落蕊，玉露洗残红"，突出一个"残"字，意境萧瑟冷清。"看著余芳少，无人问的中"，诗人借物抒情，感慨荷花无人过问、日渐凋残的原因，给人以余味无穷之感，发人深思。此诗虽是咏花，也是咏人，咏人的境遇与心境。所以，这是咏荷诗中别具一格的佳作。

【注解】

迢递［tiáo dì］：遥远貌。

金尘：这里喻指秋风。

211.世间花气皆愁绝，恰是莲香更恼人

出自唐代唐彦谦的《黄子陂荷花》

【原文】

十顷狂风撼麴尘，缘堤照水露红新。

世间花气皆愁绝，恰是莲香更恼人。

【诗意】

一阵大风掠过池面，吹动了鹅黄色的柳条。沿着堤岸望去，可以看到一大片荷叶挨挨挤挤，带着露水的红色荷花倒映在清水中时隐时现，分外清新俏丽。荷花的香气清爽馥郁，那是世上百花都没有的清香，让人沉醉流连。

【鉴赏】

这首诗描写了一大片风露荷花的盛景，仿佛可以看到一望无际的荷塘，可以闻到风吹过来的淡淡荷香。"十顷狂风撼麴尘，缘堤照水露红新"，"十顷"说明湖面开阔。"露"字双关，既指荷露，又指荷花起伏显露。"世间花气皆愁绝，恰是莲香更恼人"，诗人说"莲香"这种"花气"更为"恼人"，是用反话来透露正面意思的写法，其美学意义就在于增强情感体验和意念曲折变化的程度，更能唤起人们的心灵感应。

【注解】

黄子陂：即皇子陂，在长安韦曲之西，秦葬皇子，冢突出北原上，故名。

鞠[qū]尘：酒曲上所生菌。因色淡黄如尘，用以指淡黄色。这里借指柳树、柳条，嫩柳叶色鹅黄，故称。

212.飐闪碧云扇，团圆青玉叠
出自唐代元稹的《高荷》

【原文】

种藕百余根，高荷才四叶。

飐闪碧云扇，团圆青玉叠。

亭亭自抬举，鼎鼎难藏擪。

不学着水荃，一生长怗怗。

【诗意】

池塘里种了很多莲藕，目前已有嫩叶露出水面，特别高耸的荷叶却寥寥无几。微风吹来，这些高荷犹如轻盈摇曳的碧云扇，圆圆的荷叶如华盖叠翠，色泽青青如碧玉。高荷亭亭玉立，靠自己的力量，奋力地向上生长，别有一番娇美风姿。它不学旁边的那些水草，一辈子只图安稳、安于现状。

【鉴赏】

元稹是河南洛阳人，北魏宗室鲜卑拓跋部后裔。少有才名，贞元九年（793）明经及第，授左拾遗，进入河中幕府，擢校书郎，迁监察御史。长庆二年（822），由工部侍郎拜相，后出任同州刺史，入为尚书右丞。大和四年（830），出任武昌军节度使。这首诗所咏的对象是初夏时节破水而出的高荷，诗人激励自己要像高荷一样，坚定积极向上的生活信念，不为外物所干扰，不为失意而气馁。"种藕百余根，高荷才四叶"，一个"才"字，展现出诗人对这一漫长过程的感叹，可见高荷难得。"飐闪碧云扇，团圆青玉叠"，诗人将荷叶比作团扇，"飐"与"闪"字叠加，展现出随风快速闪动的模样，更充满了灵动之感。整首诗构思新巧，见解独到，不仅比喻贴切、描绘生动，而且通过对比和烘托等艺术手法，展现出高荷的坚韧和不凡。

【注解】

飐[zhǎn]：风吹物使其颤动。

擪[yè]：以手轻按，压制的意思。

怗怗[tiē tiē]：本指安静的模样，引申为不求上进、安于现状。

213.荷叶团圆茎削削，绿萍面上红衣落

出自唐代元稹的《夜池》

【原文】

荷叶团圆茎削削，绿萍面上红衣落。

满池明月思啼螀，高屋无人风张幕。

【诗意】

圆圆的荷叶纤弱的茎，红色的花瓣飘落在池中的绿萍上。明月映满了池塘，想起了悲鸣的蝉。高楼上空无一人，晚风吹动了帘幕。

【鉴赏】

元稹性格豪爽，奉职勤恳，刚直不阿，但锐气太盛，导致一贬江陵，二贬通州，三贬同州，终贬武昌。这首诗淡雅朴素，描写了诗人深夜在荷池所见。"荷叶团圆茎削削，绿萍面上红衣落"，诗句写池塘里荷花凋零，"绿萍""红衣"相衬，勾画出一幅清冷的荷池月色图。"满池明月思啼螀，高屋无人风张幕"，诗句意境深邃，仿佛孤凤沉吟，给人以一种忧伤寂寞的感觉。

【注解】

螀［jiāng］：古书上指一种蝉。

214.月夜闲闻洛水声，秋池暗度风荷气

出自唐诗人元稹的《和李校书新题乐府十二首·上阳白发人》

【原文】(节选)

宫门一闭不复开，上阳花草青苔地。

月夜闲闻洛水声，秋池暗度风荷气。

【诗意】

上阳宫的门关了就不再开，地上长满了青苔，那些花花草草显得有点荒芜。到了夜晚，月光惨淡，听得见宫外洛河流水声，百无聊赖，只有秋池中的荷花随风送来阵阵暗香。

【鉴赏】

贞元十九年（803），元稹与白居易同科及第，结为终生诗友，同倡新乐府运动，共创"元和体"，世称"元白"。其所作的乐府诗大多暗讽时政，以及反映民生疾苦。元和三、四年间，诗人李绅写了《新题乐府二十首》。这些诗标志着"新乐府"概念的正式形成。李绅的诗引起了元稹、白居易的热烈响应。元稹写了《和李校书新题乐府十二首》，对李绅诗大加称赏。这首诗取材于现实生活，描写了民间女子囚禁深宫，空耗青春，表达了她们深深的怨恨。这里节选其中四句。"宫门一闭不复开，上阳花草青苔地"，诗句描绘了上阳宫内荒凉残破的景象。"月夜闲闻洛水声，秋池暗度风荷气"，白发的女子如月色下的秋荷，凄凄惨惨戚戚，令人同情。诗人笔下的上阳白发人，俨然是唐朝千万个幽怨宫女的代表。

【注解】

上阳：即上阳宫，位于洛阳，失宠的嫔妃和宫女都被安置在这里。白天宦官守门，夜晚还要上锁，没有诏令任何人都不得出入，如有违者，将被处以酷刑。

白发人：诗中所描绘的那位老年宫女。

215.惊风乱飐芙蓉水，密雨斜侵薜荔墙

出自唐代柳宗元的《登柳州城楼寄漳汀封连四州》

【原文】（节选）

城上高楼接大荒，海天愁思正茫茫。

惊风乱飐芙蓉水，密雨斜侵薜荔墙。

【诗意】

柳州城上的高楼，连接着旷野荒原。愁绪像茫茫的海天，无限广阔，一眼望不到边。狂风阵阵，猛烈吹乱了水上的荷花。密雨连绵，斜打着爬满薜荔的土墙。

【鉴赏】

柳宗元出生于京城长安，祖籍河东郡（今山西运城一带），世称"柳河东"，因官终柳州刺史，又称"柳柳州"。这是柳宗元寄给身处漳、汀、封、连等四州的挚友韩泰、韩晔、陈谏、刘禹锡的一首诗。这四人与柳宗元当年皆因参加永贞革新运动而遭贬，且一贬就是十年。元和十年（815），他们被召回京师，没想到再次遭贬，所贬之地便是诗题中所说的漳、汀、封、连四州。柳宗元则是被贬柳州，这首诗便是他到了柳州后所写。从这首诗中，可以体会到诗人对身世坎坷、世事莫测、仕途险恶的慨叹，也能体会到诗人内心哀愁的情感。"惊风乱飐芙蓉水，密雨斜侵薜荔墙"，诗句描写了风生水起、荷花颤动、薜荔满墙、密雨斜打的景象。芙蓉与薜荔，正象征着人格的美好与高洁，也代表了柳宗元与其四位挚友。诗人登城楼而望近处，从所见物中特意拈出芙蓉与薜荔，显然是它们在暴风雨中的情状使诗人心灵颤悸。而狂风暴雨则是指政治上的风暴，景中有情，赋中有兴。

【注解】

惊风：指猛烈、强劲的风。

密雨：细密的雨点。

薜荔：常绿灌木。

216.湛露宜清暑，披香正满轩
出自唐代羊士谔的《南池荷花》

【原文】

蝉噪城沟水，芙蓉忽已繁。

红花迷越艳，芳意过湘沅。

湛露宜清暑，披香正满轩。

朝朝只自赏，秋李亦何言。

【诗意】

夏天蝉鸣声声，南池的荷花忽然已开。红花艳如越地美女，芬芳赛过传说中的湘江女神。荷叶上的露珠清湛，让人在酷暑里感到凉爽，庭轩四周可以闻到淡淡的荷香。天天只有自我欣赏，这荷花实在太美了，无法用语言来形容。

【鉴赏】

羊士谔是泰安泰山（今山东泰安）人，贞元元年（785）的进士。顺宗时官至宣歙巡官，因王叔文所恶，贬汀州宁化尉。后受到宰相李吉甫赏识，担任监察御史，因诬论宰执，再次遭到贬谪，担任资州刺史。元和十四年（819）五月，宪宗皇帝才招其回朝，擢为户部郎中。这首咏荷诗古朴而典雅，情景互见，表达了诗人孤芳自赏、郁郁不得志的思想感情。前四句简单的情景描写，勾画出一幅南池荷花图。"湛露宜清暑，披香正满轩"，诗句进一步描写荷露荷香清新怡人，温婉怡人。"朝朝只自赏，秾李亦何言"，诗人孤芳自赏，一声何所言，率真的情感抒发，侧面展示了他高洁的品格。

【注解】

南池：相传巴中南池古时有大片荷塘，花开时节，香飘十里，引来游人如织，文人墨客争相咏诵，为当时一大盛观。

秾李：华美的李花。这里形容荷花如春天的桃李般浓艳。

217.红衣落尽暗香残，叶上秋光白露寒

出自唐代羊士谔的《郡中即事三首》（其二）

【原文】

红衣落尽暗香残，叶上秋光白露寒。

越女含情已无限，莫教长袖倚阑干。

【诗意】

艳丽的荷花被秋风吹落，花瓣飘零殆尽，只有暗香残留。荷叶上的白露未干，天气虽有些寒冷，但秋光无限美好。有位佳人将长袖搭在栏杆上，多情地望着清秋的荷塘发呆，她是在回忆那荷花盛开的情景，还是忧愁自己的美无人欣赏？

　　《郡中即事三首》是羊士谔在被贬汀州宁化尉时所作。这首诗借由秋天的荷花落尽、暗香盈袖之际，越女含情脉脉地倚在阑干之上，如此间景间情，曲曲折折、层层深入地揭示人物的内心感受，委婉含蓄地表达女子情怀。"红衣落尽暗香残，叶上秋光白露寒"，那红色的衣裳纷纷褪干净后，只有莲蓬无限、暗香残留，诗人描绘了秋荷花落凋零的样子，而一个"寒"字则透露出一种淡淡的忧伤。"越女含情已无限，莫教长袖倚阑干"，越女伤秋已经愁绪无限，不要再让她曳长袖而倚栏干。否则，她将面对凄清的荷塘，更添愁思。

【注解】

　　红衣：这里指荷花瓣。

　　越女：原意指越地美女。后泛指美女。

218.微风送荷气，坐客散尘缨

出自唐代韦应物的《与韩库部会王祠曹宅作》

【原文】

　　　　　闲门荫堤柳，秋渠含夕清。

　　　　　微风送荷气，坐客散尘缨。

　　　　　守默共无咎，抱冲俱寡营。

　　　　　良时颇高会，琴酌共开情。

【诗意】

今天门庭人少，十分清静悠闲，堤岸上柳树成荫。秋荷亭亭玉立，在晚霞中显得清丽可人。微风送来阵阵荷香，驱散了在座各位宾客的烦心事。人生若能这样，少一些思虑，少一点钻营，返璞归真，无怨无悔。多么美好的日子，我们相聚在一起，弹琴饮酒，开心快乐。

【鉴赏】

韦应物是京兆杜陵（今陕西西安）人，以门荫入仕，先后任江州刺史、检校左司郎中、苏州刺史等职。贞元六年（790）春，韦应物被免去苏州刺史之职。因家贫无法立即返回长安，所以寄居于苏州永定寺。韦应物是山水田园派诗人，他的诗风澄澹精致。这首诗古朴自然，散淡中带有情感流露，表达了诗人与友人共同的志向。前四句描写景物，后四句议论抒情，情景交融，浑然一体。"微风送荷气，坐客散尘缨"，诗人虽轻描淡写，但有一语天然万古新之感。诗人另有一首咏荷诗："绿筠尚含粉，圆荷始散芳。于焉洒烦抱，可以对华觞。"（《夏至避暑北池》）池塘里的荷花散发阵阵清香，在这里举杯畅饮，可以忘却忧愁，真是岁月静好。

【注解】

韩库部：韩协，韦应物友人。库部，唐兵部四司之一。

王祠曹：王础，建中、兴元间官祠部郎中。祠曹，唐祠部机构。

闲门：指进出往来的人不多，显得清闲的门庭。

秋渠：犹秋蕖。

尘缨：比喻尘俗之事。

守默：保持玄寂。

无吝：无悔。

抱冲：胸怀虚静。

寡营：即欲望少，不为个人营谋打算。

良时：犹吉时。

琴酌：弹琴饮酒。

开情：使心情舒畅。

219.秋荷一滴露，清夜坠玄天

出自唐代韦应物的《咏露珠》

【原文】

秋荷一滴露，清夜坠玄天。

将来玉盘上，不定始知圆。

【诗意】

秋天的荷叶上凝着一滴露珠，仿佛是清冷的夜里从天上掉下来的。晶莹的露珠摇晃着，在荷叶上滚来滚去而不是停止不动，才知道它是圆的，而不是方的。

【鉴赏】

韦应物擅长观察周边的细微事物，描写出他们的形态，可看出诗人对自然的热爱之情。诗人十五岁起以三卫郎为玄宗近侍，出入宫闱，扈从游幸。早年豪纵不羁，横行乡里，乡人苦之。安史之乱起，韦应物始立志读书，少食寡欲，常"焚香扫地而坐"。其山水诗景致优美，感受深细，清新自然而饶有生意。这首诗生动地描绘了秋夜由天空掉下的一滴露水，落到碧绿荷叶上，化身晶莹透亮的水珠，滚来滚去，煞是好看。"秋荷一滴露，清夜坠玄天"，字里行间流露出诗人对清净生活的喜爱。"不定始知圆"说的是，诗人看到露珠在荷叶面上滚来滚去，这才知道原来它是圆形的。诗句中又有着仙意和禅意，一切仙美是流荡的瞬间。荷叶露水滚动时的那种圆满，意味着一切美好实际是在动态里，而不是静止的。

【注解】

玄天：泛指天。

玉盘：这里指荷叶。

220.微风忽起吹莲叶，青玉盘中泻水银

出自唐代施肩吾的《夏雨后题青荷兰若》

【原文】

僧舍清凉竹树新，初经一雨洗诸尘。

微风忽起吹莲叶，青玉盘中泻水银。

【诗意】

夏日雨后，寺庙僧人清修的场所清凉顿生。新竹初长，灰尘被洗涤得干干净净。满池的荷叶经过雨水的洗涤，翠色欲滴，袅袅娜娜。微风忽起，荷叶上空飘着水雾，走近一看，那荷叶如青玉盘般纷纷倾斜，将水珠倾倒，如水银泻地。

【鉴赏】

施肩吾生于睦州分水县桐岘乡（今浙江杭州富阳区洞桥镇），唐宪宗元和十五年（820）举进士，后被钦点为状元，也是杭州地区第一位状元。但他淡于名利，不待授官，即东归。临行，张籍等著名文士为之赋诗饯行，传为韵事。既归，心慕洪州西山（今江西南昌新建区）为古十二真仙羽化之地，筑室隐居，潜心修道炼丹。晚年，率族人渡海避乱，至澎湖列岛定居，为大陆人开发澎湖之先驱。这首诗描写了寺庙雨后的清新，以及寺庙内一片青青莲叶的美景。"僧舍清凉竹树新，初经一雨洗诸尘"，诗句描写雨后寺庙清新淡然的景象。"微风忽起吹莲叶，青玉盘中泻水银"，诗人描绘荷叶在风中的形态和水滴滚动的情景，惟妙惟肖，动中有静，简洁明快。

【注解】

兰若：佛教名词，原意是森林，后引申为清修之处，泛指一般的佛寺。

青玉盘：喻碧绿的荷叶。

221.秋至皆零落，凌波独吐红
出自唐代郭恭的《赋得秋池一枝莲》

【原文】

秋至皆零落，凌波独吐红。

托根方得所，未肯即随风。

【诗意】

　　秋天到了，万物萧条，凄凉冷清。在秋池里，唯有一枝莲花，仿佛是凌波微步的仙女，绽放如夜色里的火焰，孤绝而醒目。原来是莲花深深扎根在淤泥中，拼命依靠根茎汲取着营养来壮大自己，才没有像其他植物那样随着秋意渐渐加深而枯萎凋谢，随风飘逝。

【鉴赏】

　　郭恭，生卒年不详，因无事迹记载流传下来，以致有人误把他当成清朝人。这是一首赋得体诗中的咏物诗，描写秋池中的一枝迟开的莲花，简洁地指出莲花之所以能够卓尔不群，便在于它具有一种"咬定青山不放松"的精神，愿意扎根在淤泥里面，不嫌弃、不懈怠，从而造就出与众不同的风姿。"秋至皆零落，凌波独吐红"，诗人绘景如画，"独"字写出了莲花独自绽放的景象，"吐"字写出了莲花慢慢绽放的情状。诗人巧用对照，将这枝孤独的、鲜红的莲花放在万物枯萎凋落的特定时空中描绘，两相对比，反差极为强烈，既愈见秋的空阔和冷落，也愈见这枝莲花红得格外鲜艳醒目。"托根方得所，未肯即随风"，通过议论表现了只有根扎得正，才能不受邪恶世风影响的道理。整首诗虽然语词平淡，却在寻常的言语中暗藏哲理，显示出别样的深邃意境。此诗一说是隋朝弘执恭所作。

【注解】

　　凌波：这里喻指莲花。

　　托根：犹寄身。

222.夜半酒醒人不觉，满池荷叶动秋风

出自唐代窦巩的《秋夕》

【原文】

护霜云映月朦胧，乌鹊争飞井上桐。

夜半酒醒人不觉，满池荷叶动秋风。

【诗意】

秋夜清冷，似乎要降霜了，天空中的云掩映着朦胧之月，月色迷离。在井边的梧桐树上，一群乌鹊跳跃飞舞。半夜时分，酒醒之后难以入睡。窗外，满池的荷叶在秋风的吹拂下左右摇摆，仿佛荷叶自己在动，扇起层层波浪。

【鉴赏】

窦巩是京兆金城（今陕西咸阳兴平市）人，诗人窦叔向之子，兄弟五人俱以诗驰声当代，一老五小合著有《窦氏联珠集》。窦巩少博览，无所不通。元和二年始举进士，多次征召为幕府。元稹观察浙东，上奏朝廷让他担任副使。窦巩雅裕，有名于时，但口讷不善言，世称"嗫嚅翁"。这首诗描写秋夜即景，动静结合，富有诗情画意。"护霜云映月朦胧，乌鹊争飞井上桐"，诗句直接点题，以"霜"字点"秋"，以"月"字点"夕"，描写了清冷寂静的秋夕景色。"夜半酒醒人不觉，满池荷叶动秋风"，诗句由景及人，由景及情。一个"动"字，把秋夕荷塘写活了，描绘出一幅动态的荷塘月色图。满池荷叶为秋风所动，诗人的心亦为之所动，所以无眠。

秋夕：指秋天的夜晚。

护霜：酝酿结霜之意。吴中方言中指九月秋霜降落时的云。

223.潭清疑水浅，荷动知鱼散
出自唐代储光羲的《钓鱼湾》

【原文】

> 垂钓绿湾春，春深杏花乱。
>
> 潭清疑水浅，荷动知鱼散。
>
> 日暮待情人，维舟绿杨岸。

【诗意】

春暖花开，到碧绿的河边去钓鱼。春意盎然，杏花已纷纷盛开。垂钓的潭里水清且浅，使人怀疑没有鱼；忽然见到荷叶摇晃，才知鱼受惊而游散。天色渐晚，那人似乎是在等待他的情人，他把小船缆绳轻轻地系在岸边的杨树上。

【鉴赏】

储光羲是润州延陵（今江苏常州金坛区）人，开元十四年（726）进士。因仕途失意，隐居终南山。后复出官至监察御史。安史之乱中，叛军攻陷长安，被俘，迫受伪职。乱平，自归朝廷请罪，被系下狱，后贬谪岭南，被尊称为"江南储氏之祖"。他以写田园山水为主，多写闲适情调，是田园山水诗派代表诗人之一。这首诗意境幽美、清新可喜，描写了春深时节钓鱼湾的动人景色，将春天、碧水、红花、绿荷融为一体，描绘了一幅美丽的春意图。"潭清疑水浅，荷动知鱼散"，既描绘了鱼戏荷之景，又进一步描写垂钓者的内心活动。"日暮待情人，维舟绿杨岸"，这位垂钓者四处张望、无心垂钓，那他到底是为什么呢？原来他是以垂钓为掩护在等待情人的到来。"日暮待情人，维舟绿杨岸"，诗句描写垂钓的青年期待着意中人的到来。诗中"情人"自是一语双关，含有期待得恩遇、受重用之意。

【注解】

春深：春意浓郁。

224.两岸杨花风作雪，一池荷叶雨成珠

出自唐代陈润的《题山阴朱征君隐居》

【原文】 (节选)

两岸杨花风作雪，一池荷叶雨成珠。

暮猿啼处三声绝，寒雁归时一叶秋。

【诗意】

风吹柳絮漫天飞舞，犹如白雪飘飘；荷叶之上点点积雨，恰似粒粒珍珠。暮霭中，远处不时传来猿啼悲哀的声音，天上寒雁排成行向南飞，满地黄叶飘落，一片萧飒。

【鉴赏】

陈润，苏州人，郡望颍川（今河南禹州）。代宗大历五年（770）登明经第，六年中茂才异等科。后官至坊州鄜城（今陕西洛川境内）县令，卒于德宗贞元十六年（800）前。这首诗以猿啼、雁叫、叶落等秋天特有的景象为着笔点，以点带面，描写秋天给人带来的萧条之感。"两岸杨花风作雪，一池荷叶雨成珠"，诗人用"两岸"对"一池"，以比喻修辞法写风吹柳絮、荷上水珠的景象，使平常的物象平添了几许生动与情趣。"暮猿啼处三声绝，寒雁归时一叶秋"，诗人以"暮猿""寒雁"，衬托出凄凉的气氛。前句写猿声之悲哀，后句言北雁南归、一叶知秋的季候特征。

【注解】

杨花：即柳絮。

225.紫艳半开篱菊静，红衣落尽渚莲愁

出自唐代赵嘏的《长安晚秋》

【原文】

> 云物凄清拂曙流，汉家宫阙动高秋。
>
> 残星几点雁横塞，长笛一声人倚楼。
>
> 紫艳半开篱菊静，红衣落尽渚莲愁。
>
> 鲈鱼正美不归去，空戴南冠学楚囚。

【诗意】

拂晓的云在漫天游动,天气乍冷未冷,已有几分寒意。宫殿里的亭台楼阁高高耸立,秋高气爽。残星点点,大雁南飞越关塞。笛声悠扬,我只身倚楼中。竹篱旁紫艳的菊花,一丛丛似开未开,静静地吐着芳幽。水塘边的荷花,一朵朵花瓣脱落,只留下枯枝残叶,孤独的身影愁容满面。可惜家乡的鲈鱼正美,我回也回不去,却头戴楚冠,囚徒似的留在这是非之地。

【鉴赏】

赵嘏是楚州山阳(今江苏淮安)人,年轻时四处游历,大和七年(833)预省试进士下第,留寓长安多年,出入豪门以干功名。武宗会昌四年(844)进士及第,入仕为渭南尉。那年秋天,心中不无懊恼的赵嘏在登览了京城长安后,写下此诗。这首诗描写了深秋拂晓的长安景色,抒发出诗人的宦游羁旅之苦和思归之情。"残星几点雁横塞,长笛一声人倚楼",这一联选景典型、韵味清远,是赵嘏的名句。诗人杜牧对此赞叹不已,称赵嘏为"赵倚楼"。"紫艳半开篱菊静,红衣落尽渚莲愁",诗人以"静"赋菊,以"愁"状莲,不仅形象传神,而且含有浓厚的主观色彩,使人不禁会生出红颜易老、好景不长的伤感。

【注解】

红衣:荷花瓣的别称。

渚莲:水边荷花。

鲈鱼正美:西晋张翰,吴(今江苏苏州)人。齐王司马同执政时,任为大司马东曹掾。他预知司马同将败,又因秋风起,想念故乡的莼菜鲈鱼脍的美味，便弃官回家。不久，司马同果然被杀。这里表示故园之情和退隐之思。

南冠：楚冠。因为楚国在南方，所以称楚冠为南冠。《左传·成公九年》："晋侯观于军府，见钟仪，问之曰：'南冠而絷者谁也？'有司对曰：'郑人所献楚囚也。'使悦之，召而吊之。"后以"南冠"指囚徒或战俘。

226.风动衰荷寂寞香，断烟残月共苍苍

出自唐代赵嘏的《宿楚国寺有怀》

【原文】(节选)

风动衰荷寂寞香，断烟残月共苍苍。

寒生晚寺波摇壁，红堕疏林叶满床。

【诗意】

秋风吹动着满池衰败的荷叶，散发出令人感到寂寞孤独的荷叶余香。远处独起的炊烟和残缺不全的月轮，在灰白色的广阔天际下相互映衬，共同生出那凄迷又苍茫的夜色。入秋的夜总是格外清冷，心中亦是顿生寒意，凄凉之感袭来，好似一江碧波春水摇撼着楚国寺。屋外的红叶在稀疏的树林中飞舞、飘落地上，也有那些误入屋内，散落在床榻之上。

【鉴赏】

这首诗白描自然，描绘了充满萧杀秋意的楚国寺夜景。"风动衰荷

寂寞香，断烟残月共苍苍"，诗人八月夜宿长安楚国寺，见到荷凋香孤百花谢、烟断月残夜色苍，便选用了冷风、衰荷、断烟和残月四个意象，勾画出这幅秋意萧瑟、清冷凄惘的夜景图。诗句采用隐喻手法，诗人有志难骋的落寞哀吟和低回消沉的情思伤感溢于诗外。"寒生晚寺波摇壁，红堕疏林叶满床"，红叶即诗人，诗人即红叶，表明了诗人无人为伴的孤独，人生的郁郁不得志，以及四处漂泊的伤感。见到此情此景，悲从中来，心中充满了对现实的无可奈何之情。

【注解】

楚国寺：据《酉阳杂俎》记载：寺在长安晋昌坊。寺内有楚哀王等金身铜像。

断烟：犹孤烟，指远处独起的炊烟。

227.不及流他荷叶上，似珠无数转分明

出自唐代韩琮的《雨》

【原文】（节选）

轩车几处归频湿，罗绮何人去欲生。

不及流他荷叶上，似珠无数转分明。

【诗意】

夏天的雨淅淅沥沥，车上好几个地方都是湿漉漉的。如果穿身上的丝绸衣裳被雨淋湿，让人无法忍受，不舒服又无奈。不如让这夏雨下在荷叶上，似无数珍珠滚动在玉盘上，让人觉得格外明丽。

【鉴赏】

　　韩琮字成封，生卒年不详。长庆四年（824）登进士第，于唐宣宗时出为湖南观察使。大中十二年（858），却被都将石载顺等驱逐。之后，唐宣宗不但不派兵增援，支持韩琮消灭叛将，反而指派右金吾将军蔡袭代韩为湖南观察使，把韩琮这个逐臣抛弃了。此后失官，无闻。这首诗描写夏雨，似在诉说诗人自己的衷肠，令人回味无穷。这里节选其中四句。"轩车几处归频湿，罗绮何人去欲生"，诗句描写夏雨绵绵，使人有"愁"不欲生之感，极言雨期之久，似是江南水乡闷热潮湿的黄梅天。"不及流他荷叶上，似珠无数转分明"，诗人本意咏雨，却从侧面描写了雨打荷花的景象，别具一格。

【注解】

　　罗绮：罗和绮，多借指丝绸衣裳。

228.绿荷舒卷凉风晓，红萼开蔊紫莳重

出自唐代李绅的《重台莲》

【原文】

　　　　绿荷舒卷凉风晓，红萼开蔊紫莳重。

　　　　游女汉皋争笑脸，二妃湘浦并愁容。

　　　　自含秋露贞姿结，不竞春妖冶态秾。

　　　　终恐玉京仙子识，却将归种碧池峰。

【诗意】

清凉的晨风吹过来，碧绿的荷叶轻轻摇摆，姹紫嫣红的花朵尽态极妍。这重台莲有两个花心，有时像汉皋二女笑脸相迎，有时像湘浦二妃愁容满面。重重叠叠的花瓣上还带有昨晚的露珠，坚贞的资质令人钦佩。这重台莲有艳美的风姿，却不与春天的百花争奇斗艳。我隐约担忧如果被昆仑山上的西王母知道，会将它收回去，种在瑶池太华峰上。

【鉴赏】

李绅祖籍亳州谯县（今安徽亳州谯城区），后迁居江苏无锡，是唐朝中期宰相、诗人，生平卷入牛李党争，为李（李德裕）党重要人物。元和元年（806）进士及第，补国子助教，历任江、滁、寿、汴等州刺史及宣武军节度使，宋、亳、汴、颍观察使，入朝为中书侍郎、同平章事，擢尚书右仆射，改门下侍郎，封赵国公，为相四年。李绅在文学上很有造诣，他和元稹、白居易交往甚密，为新乐府运动的倡导者和参与者。他的《悯农二首》，千古传诵。这首诗描写罕见珍奇的重台莲，托物言志，流露出诗人孤芳自赏的情怀。"绿荷舒卷凉风晓，红萼开萦紫药重"，诗人用"绿荷"对"红萼"，色彩鲜明，描绘出重台莲的艳丽姿容。"自含秋露贞姿结，不竞春妖冶态秾"，诗句赞美重台莲不与春花竞艳、坚贞不屈的精神。

【注解】

重台莲：千瓣莲，是莲中珍品。其叶茎与一般莲花无显著区别，唯花瓣特别多，富丽堂皇。每朵花常在一千瓣左右，花瓣重重叠叠，由大而小，愈近花心愈密集，故名千瓣莲。千瓣莲的花瓣粉红色开花经常有多个花心，两个花心被称为"并蒂莲"，三个花心被称为"品字连"，多个花心则被称为"丘字莲"。

汉皋：山名，在湖北襄阳西北。相传周郑交甫于汉皋台下遇二女，二女解佩相赠。

玉京：昆仑山别名。

229.兰泽多众芳，妍姿不相匹
出自唐代李德裕的《思平泉树石杂咏一十首·重台芙蓉》

【原文】

芙蓉含露时，秀色波中溢。

玉女袭朱裳，重重映皓质。

晨霞耀丹景，片片明秋日。

兰泽多众芳，妍姿不相匹。

【诗意】

晨曦中的重台芙蓉，花叶上凝聚了一颗颗晶莹的露珠。太阳升起，它倒映在波光粼粼的水中，姿色非凡。宛如仙女身穿红裙，亭亭玉立，皓质呈露，芳泽无加。阳光照射之下，它如朝霞般绚丽多彩，片片花叶在秋天里显得格外鲜明。庭园里还有许多名花，但都不如这重台芙蓉，它远在群英之上。

【鉴赏】

李德裕是赵郡赞皇（今河北石家庄赞皇县）人，自幼便胸怀大志，苦心攻读经史，尤精《汉书》《左传》，但却不喜参加科举，后以门荫入仕，补任校书郎。他在元和年间因父亲李吉甫担任宰相，为避嫌疑而到藩镇任职。他历仕宪宗、穆宗、敬宗、文宗四朝，一度入朝为相，但因党争倾轧，多次被排挤出京，至武宗朝方再次入相。李德裕与唐武宗的君臣相知被誉为晚唐绝唱，历朝历代对其评价甚高，被李商隐誉为"万古良相"。这首诗描绘了重台芙蓉的妍姿，表达了诗人对重台芙蓉的赞美之情。"芙蓉含露时，秀色波中溢"，诗句描写芙蓉的外在美。联系下句"玉女袭朱裳，重重映皓质"来看，诗人将芙蓉比作佳人，因此秀色溢于流波的芙蓉形象是美好的，给人以如见其人之感。"兰泽多众芳，妍姿不相匹"，诗人别墅里的奇花异草很多，但这重台芙蓉确是花中奇葩，美好的姿容远在百花之上。诗人称许的背后，也许还有荷花的品格吸引了他。细细品味，诗人的赞美还是别有心意的。

【注解】

平泉：即平泉山居，是李德裕在洛阳龙门之西的别墅。

玉女：这里指像仙女一样的人。

丹景：红日的意思。

兰泽：长兰草的沼泽。这里指庭院。

众芳：这里指百花。

230.轩窗竹翠湿，案牍荷花香

出自唐代岑参的《初至西虢官舍南池，呈左右省及南宫诸故人》

【原文】(节选)

满院池月静，卷帘溪雨凉。

轩窗竹翠湿，案牍荷花香。

【诗意】

整个庭院静悄悄的，只有一池明月在水中荡漾。忽然风吹卷帘，细雨飘然而至，凉意顿生。窗户外面，翠竹湿漉漉的，南池飘来阵阵荷香。我坐在桌前，忘却了所有的烦恼。

【鉴赏】

岑参是江陵（今湖北荆州）人，一说是河南南阳人。他出生在一个官僚家庭，聪颖早慧，五岁读书，九岁属文。天宝三载(714)进士及第，两度出塞，仕途反复。唐代宗时，岑参曾任嘉州（今四川乐山市）刺史，故世称"岑嘉州"。他是著名的边塞诗人，与高适并称"高岑"。这首诗是岑参在乾元二年(759)被贬为虢州（今属河南）长史时所作。诗人感时伤乱，这里节选其中四句，从中可见其渴望隐逸山林和遁世逍遥的情绪。因为被贬，岑参心情的失落是必然的。他的写景诗在这一阶段已经褪去了边塞写景诗中的雄浑激昂之气，而与其早年的清丽风格对接，通过清丽山水抒写清新恬静的境界，同时也包含了他诸多的心酸和无奈。"满院池月静，卷帘溪雨凉"，诗句描写庭院夜景，"凉"字透露出诗人此刻的心情。"轩窗竹翠湿，案牍荷花香"，诗人虽有被罢免官职后的委屈，但在宁静的雨夜，有书香、荷香相伴，不愉快的心情随风飘散。

案牍[dú]：公事文书。这里指书桌。

231.菡萏迎秋吐，夭摇映水滨

出自唐代陈至的《赋得芙蓉出水》

【原文】

> 菡萏迎秋吐，夭摇映水滨。
> 剑芒开宝匣，峰影写蒲津。
> 下覆参差荇，高辞苒弱蘋。
> 自当巢翠甲，非止戏赪鳞。
> 莫以时先后，而言色故新。
> 芳香正堪玩，谁报涉江人。

【诗意】

荷花刚入秋就含苞欲放，映在清澈水中妩媚多姿。花艳明亮犹如宝剑光芒出匣时，花影幢幢宛如群峰倒映在蒲津渡口。荷叶下面被参差不齐的荇草覆盖，还生长着零零落落的绿萍。翠龟在荷叶间作巢，金鱼不停地嬉戏着。不要按花开的时间早晚，而要看花色何时吐故纳新。荷的香气四处飘散，恰是适宜游玩之时。可眼前这美景，谁去告诉那些高雅之士呢？

【鉴赏】

陈至于唐宪宗元和四年（809）及第，其他不详。这首诗描写芙蓉出水之美景，情景交融，浑然一体。"菡萏迎秋吐，夭摇映水滨"，诗句言简意赅，用"迎""映"两字，形象地展现了秋荷的风姿。"剑芒开宝匣，峰影写蒲津"，诗人用"剑芒""峰影"作比喻，进一步描写荷花的明艳、倩影，令人目不暇接。"芳香正堪玩，谁报涉江人"，诗人借景抒情，发出了知音难求的感慨，也抒发了他洁身自好的孤寂之情。此诗的特点是景物的描写极其细腻委婉，富有层次。

【注解】

　　蒲津：古黄河津渡名。

　　苒弱：亦作"苒蒻"，柔弱貌。

　　赪［chēng］鳞：鱼的赤色鳞片，亦指鳞片赤色的鱼。

　　涉江人："涉江"出自屈原的《九章·涉江》。涉江人，可以指屈原，也可以指高雅人士。

232.的皪舒芳艳，红姿映绿蘋

出自唐代贾谟的《赋得芙蓉出水》

【原文】

> 的皪舒芳艳，红姿映绿蘋。
>
> 摇风开细浪，出沼媚清晨。
>
> 翻影初迎日，流香暗袭人。
>
> 独披千叶浅，不竞百花春。
>
> 鱼戏参差动，龟游次第新。
>
> 涉江如可采，从此免迷津。

【诗意】

　　芙蓉出水，靓丽中带有芳香，红艳艳的姿态在绿萍中显得格外妖娆。风吹池塘，水波粼粼，芙蓉出水给清晨增添了光彩。它迎着朝霞，荷影婆娑，荷香四溢，令人神清气爽。它宁愿独自与夏日的千叶浅草为伴，也不愿与春天的百花去争艳。鱼儿忽东忽西，在荷叶间嬉戏，乌龟一只接一只地在水面上游动。如果渡江就可以采到，那么以后就有方向了。

【鉴赏】

　　贾谟是唐宪宗元和时进士，其他不详。这首诗借景抒情，通过对出水芙蓉的赞美，表达了诗人不愿与小人同流合污的高洁情怀。"的皪舒芳艳，红姿映绿蘋"描写芙蓉的色，"摇风开细浪，出沼媚清晨"描写芙蓉的姿，"翻影初迎日，流香暗袭人"描写芙蓉的香，诗人娓娓道来，层层渲染，勾画出一幅色彩斑斓的芙蓉出水图。

【注解】

　　的皪［de lì］：光亮、鲜明貌。

233.荷香随坐卧，湖色映晨昏
出自唐代刘长卿的《留题李明府霅溪水堂》

【原文】（节选）

荷香随坐卧，湖色映晨昏。

远岸谁家柳，孤烟何处村。

【诗意】

    夏日的罂溪水堂荷花飘香，无论走到哪里都能闻到香气。每天早晚，朝霞与落日映在水中，湖光水色十分迷人。远处的水岸上杨柳依依，不知是哪里的村庄炊烟袅袅。

【鉴赏】

    刘长卿是河间（今河北沧州河间市）人，开元二十一年（733）进士。他性格刚烈，多得罪权贵，故两逢迁斥。因官至随州刺史，亦称刘随州。他工于五言诗，自称"五言长城"。他的诗多写幽寒孤寂之境，又善描写荒村水乡，著名的如"柴门闻犬吠，风雪夜归人"。他每每写诗，不言姓，但书"长卿"，天下人无人不知。这首诗语言精练，描写了罂溪水堂周边美丽景色，同时也暗含对主人李明养生、修养、见识等方面的恭维。这里节选其中四句。"荷香随坐卧，湖色映晨昏"，行止之间有荷香随身，是多么美妙惬意的事。诗句悠然清雅，余味无穷。"远岸谁家柳，孤烟何处村"，诗人描绘了诗情画意的景色，令人神往。

【注解】

    留题：游览名胜时因有所感而题写的诗句。

    罂［zhà］溪：水名，在浙江。现在叫东苕溪。

    孤烟：远处独起的炊烟。

234.野亭枫叶暗，秋水藕花明

出自唐代朱庆余的《送盛长史》

【原文】

莫辞东路远，此别岂闲行。

职处中军要，官兼上佐荣。

野亭枫叶暗，秋水藕花明。

拜省期将近，孤舟促去程。

【诗意】

你不要觉得往东的路程太远，你也别把这次就职看成鸡肋漫不经心。你这个职位在幕府中是难得的，掌管军中的机要，是个重要的岗位，而且给的待遇也不差啊。送别的长亭外，那枫叶经秋已颜色暗淡，但是盈盈秋水之中，却有艳丽的荷花悄然开放。接受任命的期限就在眼前，客船也在催促孤独的你开始新的行程。

【鉴赏】

朱庆余是越州（今浙江绍兴）人，宝历二年（826）进士，官至秘书省校书郎。他曾作《近试上张水部》："妆罢低声问夫婿，画眉深浅入时无"，作为参加进士考试的"通榜"，增加中进士的机会。据说张籍读后大为赞赏，朱庆余从此也声名大震，更因此而顺利地考中进士。唐朝，初秋往往是幕僚们匆忙求职的时段，比如这个姓盛的朋友，接到了军幕府的聘请书，但他其实内心有犹豫。这首送别诗中，朱庆余通过分析形势，肯定他的才干，诚恳地劝他把握住机会。"野亭枫叶暗，秋水藕花明"，初秋的荷花特别明丽，也带给人启示，很多人的中年并不暗淡，相反在合适的机会和努力下，还是有着厚积薄发的鲜艳和光彩。

【注解】

野亭：野外供人休息的亭子。

235.荷花明灭水烟空，惆怅来时径不同

出自唐代朱庆余的《榜曲》

【原文】

荷花明灭水烟空，惆怅来时径不同。

欲到前洲堪入处，鸳鸯飞出碧流中。

【诗意】

在水雾迷蒙的荷塘中，划着小船游玩，荷花忽隐忽现，荷叶茂盛繁密。不一会儿，游船竟迷失了方向，一时找不到来时的路径，令人十分郁闷。正想划到前面有沙滩的地方，忽然从绿水之中，飞出了一对鸳鸯。

【鉴赏】

这首诗平铺直叙，诗人以细腻的文字描述眼前的所见景物，语言浅显易懂，风格清新明快。"荷花明灭水烟空，惆怅来时径不同"，诗人兴致盎然，泛舟在雾茫茫的荷塘中，不知不觉中迷了路，"惆怅"两字道出诗人隐隐有几分伤感。"欲到前洲堪入处，鸳鸯飞出碧流中"，正当诗人惆怅之际，忽见一对鸳鸯飞出，给人一种"山重水复疑无路，柳暗花明又

一村"的感觉。此诗与朱庆余另一首《采莲》相近，然而意境不同。"隔烟花草远濛濛，恨个来时路不同；正是停桡相遇处，鸳鸯飞去急流中"（《采莲》)，一个"飞去"，一个"飞出"，"飞出"比"飞去"更让人惊喜，意境更为深远。

【注解】

榜曲：划船的曲子。榜，即船棹、船桨。

明灭：指忽隐忽现。

236.芰荷叶上难停雨，松桧枝间自有风
出自唐代方干的《赠式上人》

【原文】

纵居鼛角喧阗处，亦共云溪邃僻同。

万虑全离方寸内，一生多在五言中。

芰荷叶上难停雨，松桧枝间自有风。

莫笑旅人终日醉，吾将大醉与禅通。

【诗意】

人若心静，即使居住在鼓角喧闹的地方，也与在云雾缭绕的溪谷一样幽深僻静。你的心里全无一丝杂念，一生大多数时间在写诗诵经。荷花的叶子虽大且圆，却很难留住雨水；松柏树叶细小而长，反而常有风穿透而过。不要取笑普通百姓一天到晚醉意朦胧，我将在大醉以后悟得禅理。

【鉴赏】

方干是睦州青溪（今浙江杭州淳安县）人，屡应举不第，遂绝意仕进，年过三旬就隐居鉴湖，赢得"镜湖处士"的称号。他为人质野，喜凌侮。每见人设三拜，日礼数有三，时人呼为"方三拜"。爱吟咏，师长徐凝一见器之，授以诗律。一次，因偶得佳句，欢喜雀跃，不慎跌破嘴唇，人呼"缺唇先生"。钱塘太守姚合视其貌陋，缺唇，卑之，但读过方干诗稿后，为其才华所动，于是满心欢喜，一连款待数日。咸通年间，浙东廉访使王龟慕名邀请，一经交谈，觉得方干不仅才华出众，且为人耿直，于是竭力向朝廷推荐。终因朝廷腐败，也因为他容貌丑陋，最终没被起用。后人赞叹他"身无一寸禄，名扬千万里"。方干擅长律诗，诗风清润小巧，且多警句。咸通至中和间，以诗著称江南。内容多写羁旅之愁与闲适之意，独具一格。这首诗描写了一位隐于闹市、富有文采且不拘一格的僧人，表达了诗人对式上人超然洒脱性格的赞美之情。"芰荷叶上难停雨，松桧枝间自有风"，荷雨不停，松风时至，细品颇有哲理，看似美好无瑕的事物，也有拙劣的一面，而看似寻常不起眼的事物，却也有滋润自在的时候。

【注解】

上人：古代对僧人的敬称之词。

鼙[pí]角：二者均为军中乐器。鼙，小鼓；角，号角。

喧阗[tián]：大声。

邃僻：幽深僻静。

旅人：这里指庶民百姓。

237.烟开翠扇清风晓，水泥红衣白露秋

出自唐代许浑的《秋晚云阳驿西亭莲池》

【原文】(节选)

　　心忆莲池秉烛游，叶残花败尚维舟。

　　烟开翠扇清风晓，水泥红衣白露秋。

【诗意】

　　虽然已是中秋，荷花逐渐凋残，但我心里爱着荷花，仍秉烛去莲池夜游。尽管此时荷花荷叶走向破败，但还是有着未尽的香气，缭绕在小船的周围。拂晓的风吹散了早雾晨烟，莲池里的荷叶像一把把翠绿的扇子随风摇摆，而陪着荷叶的是漂浮在水面上的荷花瓣，无限清丽清美。

【鉴赏】

　　许浑是润州丹阳(今江苏镇江丹阳市)人，高宗时期宰相许圉师六世孙，文宗大和六年(832)进士及第，但仕途不顺，内心疲惫，始终向往隐居。因此晚年归隐闲居，以隐士自居。他一生不作古诗，专攻律体，诗中多描写水、雨之景，后人拟之与诗圣杜甫齐名，并以"许浑千首湿，杜甫一生愁"评价之。这首诗描写秋荷，诗人借荷喻人，仿佛依依不舍，流露出淡淡的忧愁。"心忆莲池秉烛游，叶残花败尚维舟"，诗人"秉烛游"很少见，从中可以看出，许浑既是爱莲之人，也是一个心乐林泉之士。"烟开翠扇清风晓，水泥红衣白露秋"，在斑斓清凉的莲池里，盛开的秋荷临风带露，如美人迟暮。"翠扇"对"红衣"，有着视觉上的清傲与冷艳。

翠扇：这里喻指荷叶。

红衣：荷花瓣的别称。

238.菊艳含秋水，荷花递雨声
出自唐代许浑的《送同年崔先辈》

【原文】(节选)

西风帆势轻，南浦遍离情。

菊艳含秋水，荷花递雨声。

【诗意】

秋风吹动帆船即将缓缓离开，南浦充满了朋友惜别的情意。艳丽的菊花上寒露点点，美丽的荷花上雨声潺潺。

【鉴赏】

许浑有不少送别诗，诗中那种离别之愁以及对送别之人的思念表现出诗人深情的一面。这首送别诗也不例外，虽然意境略显悲凉，但表达了许浑对友人的关怀之情。这里节选其中四句，诗人通过对南浦周边景物的描绘，营造了一种离别的氛围。"西风帆势轻，南浦遍离情"，"西风"表明送别的季节是萧瑟的秋季，"南浦"表明送别地点，"遍"字渲染了离别时伤感的气氛。"菊艳含秋水，荷花递雨声"，"菊艳"与"荷花"都是秋天靓丽的风景线，诗人通过描写景色如画的秋天，祝愿朋友有美好的未来。

同年：唐代同榜进士称"同年"。

南浦：在古诗词中，南浦通常指水边的送别之所。还如"长亭"等，成为唐代送别之处的代名词。

秋水：这里指秋天的露水。

239.金针刺菡萏，夜夜得见莲

出自唐代晃采的《子夜歌十八首》

【原文】

其三

何时得成匹，离恨不复牵。

金针刺菡萏，夜夜得见莲。

其十一

相思百余日，相见苦无期。

褰裳摘藕花，要莲敢恨池。

【诗意】

我什么时候与你成双成对，自上次离别后，没能与你再一次牵手。我每天晚上绣荷花，就是盼着你什么时候回来。

我与你分离已三个多月，相思很苦，而且相见遥遥无期。夜深人静，我提起衣裳去池塘采莲，哪里敢抱怨你迟迟不来呢？

【鉴赏】

晁采，小字试莺，江南吴郡（今江苏苏州）人，世代书香，诗文传家。少与邻生文茂约为伉俪，及长成了远近皆知的才女。文茂经常寄诗通情，晁采以莲子达意，坠一盆中。逾旬，开花结缔。茂以报采，乘间欢合。母得其情，叹曰："才子佳人，自应有此。"遂以晁采归茂。这首诗描写爱情，艳而不妖，不仅感情细腻，而且民歌风味十足，让人辗转回味。"金针刺蓝莒，夜夜得见莲"，诗句含蓄，带着双关。一是说，我要用金针刺开花苞，让它开放，就像你永远在身边。二是说，我每晚绣着蓝莒，这样你对我的爱就不会消失，因为我用相思打动了你。这里的"莲"，是指女子的心上人。在古诗中，荷花不独形容女子，反而多形容英俊的男子。

【注解】

成匹：两面成匹，是相合的意思。

金针：刺绣用的针。

褰[qiān]裳：提起衣裳。

池：谐音"迟"。

240.青菰八九枝，圆荷四五叶

出自唐代钱徽的《小庭水植率尔成诗》

【原文】（节选）

青菰八九枝，圆荷四五叶。

动摇香风至，顾盼野心惬。

【诗意】

有八九枝青青的茭白，有四五叶圆圆的荷叶。荷花在微风中摇摆，清香随风而至。我左右顾盼，喜好闲散、隐逸的心绪瞬间得到满足。

【鉴赏】

钱徽是吴兴（今浙江湖州）人，一生正直清廉。贞元初年进士及第，被派遣到湖北谷城县当谋士。县令王郢经常用公钱请客送礼，案发被革职查办。观察使樊泽负责处理此案，发现涉案的人很多，只有钱徽一文不取，于是把他带在自己身边，任幕僚、掌书记。元和初年入朝，官至尚书郎。这首诗清新自然，这里节选其中四句。"青菰八九枝，圆荷四五叶"，诗人用"八九""四五"分别描写青菰与圆荷，简单明了，画意十足，描绘了一幅清新的庭院盆景图。"动摇香风至，顾盼野心惬"，诗人借景抒情，抒发了他对隐逸生活的喜爱之情。

【注解】

率尔：随便的意思。这里指不假思索，下笔成诗。

顾盼：向两旁或周围看来看去。

野心：这里是褒义词，指喜好闲散、隐逸的心绪。

241.风摆莲衣干，月背鸟巢寒

出自唐代顾况的《芙蓉榭》

【原文】

风摆莲衣干，月背鸟巢寒。

文鱼翻乱叶，翠羽上危栏。

【诗意】

　　秋荷在清风中拂动，以至于花瓣上的水都晾干了。在亭台檐下的鸟巢，因月光照射不到而倍显凄寒。色彩斑斓的小金鱼游来游去，搅得荷叶不停翻动；捕鱼的翠鸟忽然飞上高高的栏杆，紧紧盯着那荷叶微动的水面。

【鉴赏】

　　顾况是海盐（今浙江嘉兴海盐县）人，至德二年（757）进士及第，授校书郎，迁大理司直。后得到宰相李泌引荐，入为著作佐。因作诗嘲讽得罪权贵，贬为饶州司户。其工于诗，继承杜甫的现实主义传统，是新乐府诗歌运动的先驱。他擅长七言绝句，一首"愁见莺啼柳絮飞，上阳宫女断肠时。君恩不闭东流水，叶上题诗寄与谁"（《叶上题诗从苑中流出》），被后人归纳一则著名的成语"红叶传情"。这首诗雅致清妙，描写了月下亭台的秀美夜景，虽寒凉但富有生机，令人再三咀嚼品味。"风摆莲衣干，月背鸟巢寒"，诗人重在环境背景的描写，写的虽是荷、鱼、鸟巢，与亭台无直接关系，但旨在说明亭台的优美处所。最末一句又提到一个"栏"字，使亭台显得更幽深静美。"文鱼翻乱叶，翠羽上危栏"，诗人用"翻"与"上"两字，形象生动，给人以身临其境之感。

【注解】

　　文鱼：这里泛指有斑彩之鱼。

　　翠羽：这里指翠鸟。

　　危栏：指高栏。

242.船影入荷香，莫冲莲柄折

出自唐代顾况的《临平湖》

【原文】

采藕平湖上，藕泥封藕节。

船影入荷香，莫冲莲柄折。

【诗意】

采莲女一起到临平湖里采藕，这些裹着污泥的莲藕节节相连。随着船入荷塘深处，忽然闻到花香，原来还有几朵荷花正盛开。划船的人要小心了，千万不要冲撞莲柄，否则会折断的。

【鉴赏】

顾况号华阳真逸，善画山水。晚年隐居茅山，炼金拜斗，身轻如羽，过着悠闲恬淡的生活，享年九十四岁。这首诗以湖名作题，其实是一首采莲曲。诗人通过描写江南农村采莲藕的场景，表达了他对淳朴劳动生活的赞美。"采藕平湖上，藕泥封藕节"，诗句表明了采藕的地点，描绘出莲藕在水中的特征。"船影入荷香，莫冲莲柄折"，诗句中只有"荷香""莲柄"，诗人没刻意描写采莲人，而处处有采莲人的身影出现。

【注解】

临平湖：古湖名，在今浙江省杭州市余杭区东南。三国吴赤乌二年（239）因湖中得宝鼎，又名鼎湖。

243.风前一叶压荷蕖，解报新秋又得鱼

出自唐代薛涛的《采莲舟》

【原文】

风前一叶压荷蕖，解报新秋又得鱼。

兔走乌驰人语静，满溪红袂棹歌初。

【诗意】

一叶小舟借着风力，分开繁密的荷花快速而来，报告人们新秋时节又捕到鱼了。日月如梭，又到了每年一度的采莲季节，荷塘四周已不是人静语歇的安谧景象了。小溪两岸，红袖飘拂，棹歌四起。

【鉴赏】

薛涛是长安（今陕西西安）人，八九岁通诗律，曾长期担任剑南西川节度使韦皋、武元衡的"校书郎"，人称"女校书"。元和四年（809），她四十岁，与比她小十多岁的大才子元稹有过一场短暂的轰轰烈烈的恋爱。有《池上双兔》为证："双栖绿池上，朝去暮飞还。更忆将雏日，同心莲叶间。"还有《赠远二首》（其二）："芙蓉新落蜀山秋，锦字开缄到是愁。闺阁不知戎马事，月高还上望夫楼。"那摇曳的早秋荷花，代了她对元稹的思念。薛涛居成都浣花溪时，发明了薛涛笺。晚年离开浣花溪，移居到碧鸡坊（今成都金丝街附近），筑起了一座吟诗楼，独自度过了最后的时光。薛涛与卓文君、花蕊夫人、黄娥并称蜀中四大才女，与鱼玄机、李冶、刘采春并称唐代四大女诗人。这首诗表面上写采莲舟，其实是写采莲人。"风前一叶压荷蕖，解报新秋又得鱼"，诗句

描绘了溪水中的一叶小舟如在荷上压顶而来，表现出渔民丰收时的喜悦心情。"兔走乌驰人语静，满溪红袂棹歌初"，诗人摄取一个"满溪红袂"的特写镜头，先摹写采莲人的衣饰，突出形象美，后写歌声飞扬，突出声音之美，使采莲喧闹之气氛毕现。

【注解】

荷蕖：荷花。

兔走乌驰：传说日中有三足乌，月中有兔。比喻日月运行，时光流逝。

244.寒露滋新菊，秋风落故蕖

出自唐代郑絪的《奉和武相公省中宿斋，酬李相公见寄》

【原文】 (节选)

寒露滋新菊，秋风落故蕖。

同怀不同赏，幽意竟何如。

【诗意】

那寒露滋润着新出芽的菊，秋风吹落了萎谢的荷花。我们志趣相合，也能欣赏到不一样的风景。在这深秋季节，连菊花都不怕寒冷，人生还怕什么，管它是风是雪，定能泰然挺过。

【鉴赏】

郑絪是荥阳(今河南郑州荥阳市)人，从小胸怀大志，善于属文，结交天下名士。进士及第，累迁中书舍人。唐宪宗即位，拜同平章事，进门下侍郎，居相位凡四年。唐文宗即位，以太子太傅致仕。这是一首诗人与别人相唱和的诗，这里节选其中四句。诗人借景抒情，表达了他豁达乐观的人生态度。"寒露滋新菊，秋风落故蕖"，诗人用"新菊"与"故蕖"相对比，描绘出秋天迥然不同的景色，为接下来抒发感情作铺垫。"同怀不同赏，幽意竟何如"，尽管秋风吹落残荷，但菊花不畏寒露，反而在秋风中更加傲然清美。

【注解】

故蕖：萎谢的荷花。

幽意：悠闲的情趣。

245.濯锦翻红蕊，跳珠乱碧荷
出自唐代钱起的《苏端林亭对酒喜雨》

【原文】

小雨飞林顶，浮凉入晚多。

能知留客处，偏与好风过。

濯锦翻红蕊，跳珠乱碧荷。

芳尊深几许，此兴可酣歌。

【诗意】

树林上空细雨绵绵，到了傍晚，比白天凉爽了许多。知道这里是招待客人的好地方，恰巧又有凉风吹来。亭边有个池塘，正是荷花盛开季节，只见雨打荷叶，水珠四溅，花瓣被雨水洗得像锦缎一样色泽鲜艳，艳红的花蕊随风轻轻地摇曳。此时此刻,给精致的酒杯斟满,一起对酒当歌应是一件快事。

【鉴赏】

钱起是吴兴(今浙江湖州)人,大书法家怀素和尚之叔。早年数次赴试落第,唐天宝十载(751)进士,初为秘书省校书郎、蓝田县尉,后任考功郎中、翰林学士等。钱起当时诗名很盛,其诗多为赠别应酬、流连光景、粉饰太平之作,风格清空闲雅、流丽纤秀。这首诗描写了雨中荷塘暮景,勾画了一幅唯美的荷塘晚凉图。"濯锦翻红蕊,跳珠乱碧荷",前句描写雨中荷花,后句描写雨中荷叶,"翻"与"乱"字写活了雨荷,清新明快,生动活泼。"芳尊深几许,此兴可酣歌",表达了诗人与朋友相聚的喜悦心情。

【注解】

浮凉:轻微的凉气。

留客:这里指招待客人。

濯锦:成都一带所产的织锦,以华美著称。

芳尊:即芳樽,精致的酒器。亦借指美酒。

酣歌:尽兴歌唱。

246.霜压楚荷秋后折，雨催蛮酒夜深酤

出自唐代罗隐的《寄徐济进士》

【原文】（节选）

> 往年疏懒共江湖，月满花香记得无。
>
> 霜压楚荷秋后折，雨催蛮酒夜深酤。

【诗意】

从前，我们曾自在地一起闯荡江湖，还记得共赏荷塘月色吗？如今又入秋了，寒霜压得荷花蔫头耷脑，多数被摧折了。夜雨潇潇，却无人陪我共饮一杯黄酒。

【鉴赏】

罗隐是杭州新城（今浙江杭州富阳区新登镇）人，原名罗横，小时候便在乡里以才学出名，诗和文章都为世人所推崇。但他科场失意，连续参加了十几次考试，一次没中，全部落榜，史称"十上不第"。遂改名罗隐，隐居于九华山。光启三年（887）归依吴越王钱镠，历任钱塘令、司勋郎中、给事中等职，人称罗给事。罗隐与前辈诗人温庭筠、李商隐合称晚唐"三才子"，他个性鲜明，性格孤傲，也是一位极具创造力和具有传奇色彩的诗人，不乏一些流传至今的诗句，如"今朝有酒今朝醉，明日愁来明日愁"等。这首诗语言浅显，通俗易懂，但韵味悠长。这里节选其中四句，前两句回忆过去，后两句借景抒情。"霜压楚荷秋后折，雨催蛮酒夜深酤"，诗人以残荷自况，咏荷的凄苦以泄胸中抑郁，感叹人生的失意坎坷。罗隐另有咏荷诗句"风动荚荷香四散，月明楼阁影相侵"

（《宿荆州江陵驿》），描写月下之荷香远益清，别有一番韵致。

【注解】

疏懒：懒散而不习惯于受拘束。

楚荷：楚地的荷花。

蛮酒：南方造的酒。

247.朝来采摘倦，讵得久盘桓

出自唐代孔德绍的《赋得涉江采芙蓉》

【原文】

莲舟泛锦碛，极目眺江干。

沿流渡楫易，逆浪取花难。

有雾疑川广，无风见水宽。

朝来采摘倦，讵得久盘桓。

【诗意】

采莲船行驶在江中，绕过绿色浅滩。极目远眺，岸边已经很远。小船顺流而下比较轻松，逆流浪大，采莲就有些难度了。江中有雾就觉得水面大，无风无浪就能看得见水有多宽。采莲女一早就出门了，现在有点疲倦，怎么能长久逗留不归呢？

【鉴赏】

孔德绍是会稽（今浙江绍兴）人，孔子三十四代孙，有清才。事窦建德，初为景城丞，后为内史侍郎，典书檄。建德败，太宗诛之。这首诗采用白描手法，叙写了江南农村采莲的全过程，赞扬了采莲女勤劳勇敢的精神。"莲舟泛锦碛，极目眺江干"，诗句交代采莲女到很远的地方去劳动。"沿流渡楫易，逆浪取花难""朝来采摘倦，讵得久盘桓"，"难"和"倦"两字，写出了采莲女辛勤的劳动，令人心生怜惜。

【注解】

碛[qì]：浅水里的沙石。

江干：江畔。

讵得：岂能，怎能。

248.莲茎有刺不成折，尽日岸傍空看花

出自唐代孟迟的《莲塘》

【原文】

脉脉低回殷袖遮，脸横秋水髻盘鸦。

莲茎有刺不成折，尽日岸傍空看花。

【诗意】

秋天的莲塘，天高云淡，荷花飘香。迎面走来一位佳人，她忧愁地来回张望，不时用衣袖遮住脸，目似秋水横波，清澈明亮，巧髻盘鸦，气质优雅。她想采摘艳丽的荷花，但莲茎上有刺，想摘却不敢折。她心里思念的人始终没有出现，整天就在岸边徘徊，独对荷花发呆，久久不肯离去。

　　孟迟是平昌（今山东潍坊安丘市）人，为晚唐前期中下层寒士、幕府文人，困举场多年。特别擅长绝句，与杜牧友善。会昌五年（845）进士及第，后入方镇幕府供职，但仕途坎坷，后不得其终。这首诗描写了女子莲塘怀春，虽无一字相思，却字字流淌着相思之意，显示出诗人的用笔之妙。"脉脉低回殷袖遮，脸横秋水鬓盘鸦"，诗句既写女子的姿态，又写女子的神情，有一种动态美。"莲茎有刺不成折，尽日岸傍空看花"，"不成折"与"空看花"，写出了女子不寻常的赏花举动，反映了她因相思而忧愁的微妙心情。

【注解】

　　盘鸦：指妇女盘卷黑发而成的头髻。

249.却把金钗打绿荷，懊恼露珠穿不得

出自唐代李咸用的《塘上行》

【原文】

横塘日澹秋云隔，浪织轻飔罗幂幂。

红绡撇水荡舟人，画桡掺掺柔荑白。

鲤鱼虚掷无消息，花老莲疏愁未摘。

却把金钗打绿荷，懊恼露珠穿不得。

【诗意】

　　横塘秋游，天气晴朗，白云飘飘。微风吹起细细波浪，水中渔网密

密麻麻。采莲女穿着红绸衣裙，不停地破浪前行。她的一双纤纤素手，划着画有花饰的船桨。她写给心上人的书信早已寄出，但长久没得到回音。韶华逝去，眼前的荷花稀稀疏疏，渐渐凋零的荷花应该会因为在繁盛时没被采摘而自怨自艾。采莲也难解心中的烦闷，于是她摘下头上的金钗，猛地扔向翠绿的荷叶。只见金钗落入水中，可荷叶上的露珠依旧晶莹透亮，仿佛是情人的眼泪。

【鉴赏】

李咸用，族望陇西（今甘肃定西临洮县），习儒业，久不第，曾应辟为推官。因唐末乱离，仕途不达，遂寓居庐山等地。其工诗，尤擅乐府、律诗，所作多忧乱失意之词。杨万里谓其"见后却无语，别来长独愁"等句，为善写"征人凄苦之情"，有"国风之遗音，江左之异曲"。这是一首闺怨诗，诗人通过描写采莲女泛舟荷塘，触景生情，抒发了该女子对心上人的思念之情。"鲤鱼虚掷无消息，花老莲疏愁未摘"，一"无"一"愁"，写出了采莲女心中的忧伤。"却把金钗打绿荷，懊恼露珠穿不得"，采莲女由于得不到心上人的消息，不禁万分懊恼，最后做出"金钗打绿荷"的举动，既出乎意料，又在情理之中。此金钗未尝不可能是心上人昔日所赠的定情之物。

【注解】

轻飔[sī]：微风。

鲤鱼：借指传递书信者。相传三国吴人葛玄与水神河伯有书信往还，令鲤鱼做信使，因此有了鲤鱼传书的典故。

250.藕花凉露湿，花缺藕根涩

出自唐代李贺的《塘上行》

【原文】

藕花凉露湿，花缺藕根涩。

飞下雌鸳鸯，塘水声溢溢。

【诗意】

秋天的早晨，宁静的荷塘，花叶上沾满了冰凉的露水。有的荷花花瓣残缺，只剩下老而皮涩的藕根。蓦然，远处飞来一只雌鸳鸯，站立在荷塘边吸水，孤单无助。

【鉴赏】

李贺是河南府福昌县（今河南洛阳宜阳县）昌谷乡人，后世称李昌谷。他以门荫入仕，授奉礼郎，但仕途不太顺，迁调无望，功名无成，哀愤孤激之思日深。元和十一年（816），加之妻又病卒，李贺忧郁病笃，不久病亡，时年二十七岁。李贺才思聪颖，七岁能诗，是唐朝中期浪漫主义诗人，与诗仙李白、李商隐称为"唐代三李"，留下了"黑云压城城欲摧""雄鸡一声天下白""天若有情天亦老"等千古佳句。这首诗借残荷写妇人年老色衰失宠，隐喻诗人仕途失意、生不逢时，抒发自己内心苦闷之情。"藕花凉露湿，花缺藕根涩"，"凉露"点明深秋季节，诗句简洁地描写了残荷景色。"飞下雌鸳鸯，塘水声溢溢"，天空中飞下的不是一对鸳鸯，而是一只，单飞孤寂也，诗人用一个"雌"字，真是画龙点睛之笔。

塘上行：属《相和歌·清调曲》的一种乐府古辞。三国时期，据说魏国甄皇后创作了《塘上行》。此诗女主人公以沉痛的笔触自述受谗遭弃的经历、失欢难寝的愁苦以及重操旧好的愿望。诗题盖指女主人公遭弃后途经塘上见池中荷叶繁茂不胜发而为歌。

溘溘：象声词。水声，寒貌。

251.东湖采莲叶，南湖拔蒲根
出自唐代李贺的《琴曲歌辞·蔡氏五弄·渌水辞》

【原文】

今宵好风月，阿侯在何处。

为有倾人色，翻成足愁苦。

东湖采莲叶，南湖拔蒲根。

未持寄小姑，且持感愁魂。

【诗意】

清风朗月之夜，心爱的人在哪里呢？正因为她长得实在太美了，反令我苦苦相思不已。也许她正在东湖采莲叶，又可能在南湖拔蒲草根。夜色茫茫，她究竟在哪里？她采的莲叶会给谁？可不要先送给她的小姐妹，要是她知道我在如此苦苦地思念她，为了她而忧愁，她该先拿来送给我，慰我忧愁的心。

【鉴赏】

李贺这首《渌水辞》，是拟古曲，作新词。这首诗是以第三人称来叙述的，描写了年轻男女的爱情，明快中渗透着一丝淡淡的苦味。全诗效仿南朝民歌，以洗练清新的语言，表达诗人缠绵悱恻的情感。"东湖采莲叶，南湖拔蒲根"，写了一位情窦初开的小姑娘，与姐妹们荡舟湖上，在荷叶间不断穿梭，找寻着一株又一株漂亮的荷花。"未持寄小姑，且持感愁魂"，诗人将自己想象成了那位仰慕姑娘的人，并且在心中对其无比的惦念与思念。

【注解】

蔡氏五弄：东汉音乐家蔡邕创作了著名的《蔡氏五弄》，包括《游春》《渌水》《幽居》《坐愁》《秋思》。

阿侯：相传为古代美女莫愁的女儿。泛指美女。

252.秋水钓红渠，仙人待素书
出自唐代李贺的《钓鱼诗》

【原文】

秋水钓红渠，仙人待素书。

菱丝萦独茧，蒲米蛰双鱼。

斜竹垂清沼，长纶贯碧虚。

饵悬春蜥蜴，钩坠小蟾蜍。

詹子情无限，龙阳恨有余。

为看烟浦上，楚女泪沾裾。

【诗意】

入秋了，我一早去河边钓鱼，只见水中开满了艳红的荷花，如同仙境一般，估计将有鲤鱼上钩。我躲开菱秧去蒲草边下钩，是担心菱秧缠住钓线，还因发现蒲籽儿抖落，断定会诱来结队的鱼群。钓竿斜垂于清澈的水面，因天空倒映在水中，长长的钓线垂在水里就像是穿透了碧天一般。我一会儿用小蜥蜴做饵料，一会儿换上小蟾蜍。记得詹何垂钓于百仞之渊，为什么有盈车之收？是因为他用情无限，制强以柔。而魏王宠臣龙阳与君同船而钓，为何得小鱼而涕下？是因为他自己有初鱼之忧。看雾气笼罩的水边，那仙女的泪浸湿了裙裾，一定也是为情所困。

【鉴赏】

这首诗叙述了诗人的一次秋钓。诗作想象极为丰富，引用神话传说，托古寓今。"秋水钓红渠，仙人待素书"，秋高气爽，荷香四溢，诗句描绘了钓鱼之美丽场景。在秋色怡人的荷塘里钓鱼，绝对是一种生活享受。但是"詹子情无限，龙阳恨有余"，诗人借用典故感慨现实生活，道出心中烦恼及人世间的无奈，寓意深邃，诗意顿生。李贺的诗瑰奇变幻，不愧被后人尊称为"诗鬼"。

【注解】

红渠：荷花。

素书：指鲤鱼。古乐府："呼童烹鲤鱼，中有尺素书。"

独茧：钓线，据说一只蚕茧可绞制一条钓线。《列子》云："詹何以独茧为纶，引大鱼于深渊中，而纶不断。"

蒲米：菇米。

小蟾蜍：其色如蟾蜍，但体无疙瘩，其状大如桃核，小如蚕豆，是钓鱼尤其是钓黑鱼的佳饵。

詹子：即詹何。

龙阳：指魏王宠臣龙阳。龙阳君得幸于魏王，王与共船而钓，乃泣曰："臣钓得大鱼，而弃前所得小鱼矣。今四海美人甚多，臣亦异所得鱼也。"（《战国策》）

253.曲沼芙蓉波，腰围白玉冷

出自唐代李贺的《贵公子夜阑曲》

【原文】

袅袅沉水烟，乌啼夜阑景。

曲沼芙蓉波，腰围白玉冷。

【诗意】

满屋烟雾缭绕，每个房间里都点燃着沉香。贵公子饮宴歌舞，尽情地享受着生活，直至乌啼夜深、天快亮时才会散去。看着外面曲池里的荷花，在那清澈见底的水面上绽放。可摸摸腰带上镶嵌的白玉，却像冰一样寒凉。

【鉴赏】

李贺出身于一个没落贵族家庭，祖上原是开国皇帝李渊的叔父李亮。他有积极用世的政治怀抱，虽然因仕途困厄，疾病缠身，但他对"袅袅沉水烟，乌啼夜阑景"的官宦生活强烈不满。这首诗就是李贺对上流社会所见所闻有感而作。"袅袅沉水烟，乌啼夜阑景"，诗句通过视觉、嗅觉、听觉，描写出贵公子沉湎彻夜饮宴作乐。诗人有意捕捉这"夜阑乐罢的最后一镜头"，仅作含蓄的静态描写，而此前的纵酒豪饮等种种行乐情事，也就尽在不言之中了。"曲沼芙蓉波，腰围白玉冷"，诗人采用以物代人的手法，通过玉带的冷，表达出贵公子内心的冷，从而让整首诗有了一种更为浓重的忧愁。全诗色彩斑斓，意境深邃。

【注解】

贵公子：泛指贵族公子。

夜阑：夜尽。

沉水：即沉香。

乌：指乌白鸟，其特点是黎明即啼。见如南朝乐府民歌《读曲歌》："打杀长鸣鸡，弹去乌白鸟。愿得连冥不复曙，一年都一晓。"

曲沼：曲池，指曲折迂回的池塘。

254.素腕惭新藕，残妆妒晚莲
出自唐代郑概的《状江南·孟秋》

【原文】

江南孟秋天，稻花白如毡。

素腕惭新藕，残妆妒晚莲。

【诗意】

江南七月天，稻花开了，远远望去像是铺了一层白色的毡子。即使采莲女有白皙的手腕，但与新生的嫩藕比也自愧不如。她脸上残存的红妆再美，可看到开得正艳的晚莲也忍不住心生嫉妒。

【鉴赏】

郑概，生卒年不详。唐代宗广德元年（763）至大历五年（770），他在浙东节度幕，与鲍防、严维等数十人相聚唱和。大历年间，郑概、严维等十三人同赋《状江南十二咏》《忆长安十二咏》。这首诗是其中之一。《状江南》唱和诗的出现，改变了描绘江南的呈现方式，开拓了江南风物描写的新境。"状江南"之"状"是"比"义，而且"每句须一物形状"。这一具体写作规则，已将对江南的表达和传统诗作区分开。郑概的这首诗朴素自然，情景交融，令人回味无穷。"江南孟秋天，稻花白如毡"，诗句描写了江南的初秋景色。"素腕惭新藕，残妆妒晚莲"，诗人用"惭""妒"二字，突出描写藕之白、莲之艳，感叹时光易老、青春不在。

【注解】

孟秋：农历七月，秋季的第一个月。

毡：用羊毛等压制成的块状、片状物。

255.无限荷香染暑衣，阮郎何处弄船归

出自唐代鱼玄机的《闻李端公垂钓回寄赠》

【原文】

无限荷香染暑衣，阮郎何处弄船归。

自惭不及鸳鸯侣，犹得双双近钓矶。

【诗意】

　　阵阵荷花的香气扑鼻而来，也熏香了我的衣裙。你现在在哪里钓鱼呢?何时才划船归来呢? 真是惭愧，我竟还比不上那对鸳鸯，至少它们还可以飞近你钓鱼的平台玩耍，好羡慕它们比翼双飞。

【鉴赏】

　　鱼玄机是长安 (今陕西西安) 人，初名鱼幼薇，五岁能写诗，性聪慧，有才思。与李冶、薛涛、刘采春并称唐代四大女诗人。唐懿宗咸通中为补阙李亿妾，以李妻不能容，进长安咸宜观出家为女道士，"玄机"就是她的道号。她与文学家温庭筠为忘年交，唱和甚多。后被京兆尹温璋以打死婢女之罪名处死，年仅二十五岁。这是一首不讳言情、大胆表白的求爱诗。女诗人在这首诗中，写出了对所爱之人的一片痴情，表现出大胆的追求和深沉的爱慕，同时又写出了夏日里的清闲。据说女诗人被迫与李亿分手后，喜欢上当地官员李端公。在唐代社会，女子可以为自己的生存求助于人，自荐为妾。鱼玄机身无长技，只好为自己写自荐书。"无限荷香染暑衣，阮郎何处弄船归"，描写诗人久久徘徊在荷塘边，正在寻找意中人的踪迹。"自惭不及鸳鸯侣，犹得双双近钓矶"，字字露骨，处处撩人，表达了诗人内心深处的浓浓爱意。

【注解】

　　李端公:李郢。据说他喜欢看书、旅游，不图功名，潇洒有才。女诗人喜欢他，可能符合她的择婿标准。

阮郎：相传东汉永平年间，剡县人阮肇与刘晨同入天台山采药，遇二女子，邀至家，其地气候草木常如春时，迫返乡，子孙已历七世。此处阮郎代指李端公。

256.一夜轻风蘋末起，露珠翻尽满池荷

出自唐代王涯的《秋思二首》（其二）

【原文】

> 宫连太液见苍波，暑气微清秋意多。
> 一夜轻风蘋末起，露珠翻尽满池荷。

【诗意】

与宫殿相连的太液池，卷起了白茫茫的波浪。酷暑中的热浪变得微微凉爽，整个大地有了几分秋意。昨夜微风不断，池中蘋叶翻起。满池荷花在风中摇曳，荷叶上的露珠已翻尽。

【鉴赏】

王涯是太原祁（今山西晋中祁县）人，博学工文。唐德宗贞元八年（792）擢进士，又举宏辞。后在唐宪宗、文宗时期二次担任宰相，后因"甘露之变"，被禁军抓获，腰斩于子城西南隅独柳树下，全家被诛灭，家产田宅被抄没。《秋思二首》是王涯的组诗作品。这组诗写秋夜见闻，而情感在诗外，景为情设，情以物动，景中有情，被明代杨慎列为能品。"宫连太液见苍波，暑气微清秋意多"，诗句描写了初秋之夜，平平叙事，不事渲染，却有含蕴。"一夜轻风蘋末起，露珠翻尽满池荷"，

诗人通过描写风吹荷露的景象，感叹夏去秋来、时光飞逝。

【注解】

太液：古池名。唐太液池在大明宫中含凉殿后。汉太液池在今陕西省西安市长安区西。

暑气：意思是指盛夏的热气。

257.长养薰风拂晓吹，渐开荷芰落蔷薇
出自唐代徐夤的《初夏戏题》

【原文】

> 长养薰风拂晓吹，渐开荷芰落蔷薇。
> 青虫也学庄周梦，化作南园蛱蝶飞。

【诗意】

清晨，随着和煦暖风吹拂而过，池塘里的荷花悄然含苞待放，而岸上蔷薇花却开始零落。青虫竟然也学庄周做梦，梦见自己变成了美丽的蝴蝶，欣然自得地飞舞在园圃的荷花丛中。

【鉴赏】

徐夤是莆田县（今福建莆田城厢区）人，博学多才，尤擅作赋，为唐末至五代间较著名的文学家。他屡举进士不第，至唐末方得以"榜上有名"。梁开平元年（907）再试进士，中第一名，为福建历史上第二个状元。因梁太祖朱温指其《人生几何赋》中"一皇五帝不死何归"句，要

其改写,徐寅答"臣宁无官,赋不可改",梁太祖怒削其名籍。五代时闽王审知礼聘入幕,官秘书省正字。后不得志,归隐家乡。徐寅的诗清新明丽,风格恬淡闲适。这首诗估计是诗人归隐家乡时期的作品。诗中描写的是初夏景色,虽是戏题,却诙谐幽默,颇有情趣。"长养薰风拂晓吹,渐开荷芰落蔷薇","长养薰风"点明初夏,温暖的风吹过荷塘,荷花静悄悄地开放。诗人精准地描绘了夏日早晨荷花绽放之盛景,令人心旷神怡。"青虫也学庄周梦,化作南园蛱蝶飞",诗人用了庄周梦蝶的典故,画面不仅可爱,而且变得十分有味。

【注解】

长养:指长成。

薰风:指初夏时的东南风,意思为和暖的风。《吕氏春秋·有始》:"东南曰薰风。"

青虫:螟蛉的别称,指棉铃虫、菜粉蝶等多种鳞翅目昆虫的幼虫。

庄周梦;系庄周梦蝶的典故。

南园:泛指园圃。

258.庭前芍药妖无格,池上芙蕖净少情
出自唐代刘禹锡的《赏牡丹》

【原文】

庭前芍药妖无格,池上芙蕖净少情。

唯有牡丹真国色,花开时节动京城。

【诗意】

庭前的芍药妖娆艳丽却缺乏骨格，池中的荷花清雅洁净少了几分情韵。只有牡丹才是真正的国色天香，每年到了开花季节，引得无数的人来欣赏，甚至惊动了整个京城。

【鉴赏】

刘禹锡生于河南郑州荥阳，其先祖为中山靖王刘胜（一说是匈奴后裔）。贞元九年（793）进士及第，初任太子校书，迁淮南记室参军，后入节度使杜佑幕府，深得杜佑的信任与器重。杜佑入朝为相，刘禹锡亦迁监察御史。贞元末年，加入以太子侍读王叔文为首的"二王八司马"政治集团。唐顺宗即位后，刘禹锡参与"永贞革新"。革新失败后，屡遭贬谪。会昌二年（842）迁太子宾客，卒于洛阳，追赠户部尚书。其诗文俱佳，涉猎题材广泛，与柳宗元并称"刘柳"，与韦应物、白居易合称"三杰"，并与白居易合称"刘白"。这首诗借赏牡丹，表达了当时人们对牡丹的喜爱和尊宠。虽然只有短短四句，但诗人连写了芍药、芙蕖、牡丹三种名花，令人拍案叫绝。"庭前芍药妖无格，池上芙蕖净少情"，诗人采用侧面烘托手法，以"芍药"的无格、"芙蕖"的少情，突出了牡丹的国色天香，但诗人也没忘记对芍药与荷花美好一面的赞誉，令人玩味无穷。

【注解】

无格：指格调不高。

国色：倾国之色。原意为一国中姿容最美的女子，此指牡丹花色卓绝、艳丽高贵。

京城：指国都。

259.纨扇相欹绿，香囊独立红

出自唐代韩偓的《荷花》

【原文】

纨扇相欹绿，香囊独立红。

浸淫因重露，狂暴是秋风。

逸调无人唱，秋塘每夜空。

何繇见周昉，移入画屏中。

【诗意】

　　一张张荷叶像一把把团扇，互相斜倚在碧水中。万绿丛中，荷花含苞欲放，红色花苞非常醒目。荷叶上的寒露又大又圆、晶莹剔透，荷花经历狂风暴雨，但都不改它的傲然。这些荷花如同很多宫女都出自民间，年纪轻轻就被关在这里，是多么寂寞。她们比王昭君还可怜，因为没有机会遇到像周昉这样的画家，将她们的美貌描绘出来。荷花生命的归宿如同那些宫女，最后凋谢在岁月里。

【鉴赏】

　　韩偓是京兆万年（今陕西西安）人，聪敏好学，十岁能诗，得到姨父李商隐赞誉。唐昭宗龙纪元年（889）进士及第，后协助宰相崔胤平定叛乱，迎昭宗复位，成为功臣之一，任中书舍人，深得昭宗器重。因不肯依附于梁王朱全忠，贬为邓州司马。唐昭宗遇弑后，依附于威武军节度使王审知，寓居九日山延福寺，信仰道教。韩偓才华横溢，擅写宫词，多写艳情，辞藻华丽，人称"香奁体"，被尊为"一代诗宗"。这首咏荷诗，似乎是在写诗人坎坷的仕途。诗中的荷花，像一群拿着绿团扇的舞女，那荷花苞是她们的红香囊，里面藏着多少浪漫的秘密。"纨扇相歆绿，香囊独立红"，诗人用"绿""红"两字，描绘了秋日荷塘万绿丛中一点红的美景。

【注解】

何繇[yóu]："繇"同"由"，意思是从何处，从什么途径。

周昉：唐代著名画家。

260.卷荷忽被微风触，泻下清香露一杯

出自唐代韩偓的《野塘》

【原文】

> 侵晓乘凉偶独来，不因鱼跃见萍开。
>
> 卷荷忽被微风触，泻下清香露一杯。

【诗意】

拂晓时分，我独自来到野塘乘凉。风平浪静，没有看到鱼儿跃动，只见浮萍自在漂浮。含苞欲放的荷花忽然被微风轻轻一吹，荷叶上泻下了带有清香的露水。

【鉴赏】

韩偓晚年在南安（今福建泉州市南安）葵山的报恩寺旁建房舍，以为定居之地，时称"韩寓"。在这里，韩偓下地耕种，上山砍柴，自

号"玉山樵人"，自称"已分病身抛印绶，不嫌门巷似渔樵"，过着退隐生活。这首诗用白描手法描绘了清新的野塘实景，构图明晰，设色疏淡，宛如一幅饱含诗意的山水画，反映了诗人多年来疲惫的身心得到憩息。"侵晓乘凉偶独来，不因鱼跃见萍开"，诗句描写了野塘晨景，一个"独"字写出了野塘之清静，是夏天纳凉的好去处。"卷荷忽被微风触，泻下清香露一杯"，诗句极其平淡，十分自然，描写野塘荷趣。诗人抓住了风吹荷露的瞬间美景，生动活泼，清新自然。

【注解】

侵晓：犹侵晨，指天色渐明之时。

卷荷：这里指荷花。

261.死恨物情难会处，莲花不肯嫁春风

出自唐代韩偓的《寄恨》

【原文】

秦钗枉断长条玉，蜀纸虚留小字红。

死恨物情难会处，莲花不肯嫁春风。

【诗意】

曾经恩恩爱爱的夫妻，也可能有一天会折断长条形的白玉而分手。曾经山盟海誓的情侣，也会不履行蜀纸信笺上写下的美好许诺。感情不可能持久不变，事物也有自己的发展规律。荷花很美，不愿意生长在春天，情愿在炎炎夏日中独自盛开。

【鉴赏】

　　情不知所起，一往而深。也许韩偓心中也有难言的怨恨，于是他把这份恨寄托在这首诗中。诗人不是直接抒写出来，而是通过引用自古以来发生的故事，一层一层地展示出来，让人去品味、感受。"秦钗枉断长条玉，蜀纸虚留小字红"，诗人巧用典故，寄托其愁怨憾恨的情意，不仅真挚深厚，而且颇具哲理。"死恨物情难会处，莲花不肯嫁春风"，诗人借荷花自叹生不逢时之苦，抒发"美人迟暮"之感。"不肯嫁春风"，诗人用一个"嫁"字，把荷花拟人化，写出了荷花与众不同的品格。此句为后代不少诗人所喜爱，如宋代贺铸、张先、范成大等都引用过。

【注解】

　　秦钗：指东汉秦嘉赠送其妻徐淑的宝钗，象征夫妻分别之际的坚贞至爱。

　　蜀纸：指四川生产的纸，素负盛名。"蜀纸寄恨"的典故，出自韩偓的这首诗。

262.菡萏香销翠叶残，西风愁起绿波间

出自南唐中主李璟的《摊破浣溪沙·菡萏香销翠叶残》

【原文】

菡萏香销翠叶残，西风愁起绿波间。

还与韶光共憔悴，不堪看。

细雨梦回鸡塞远，小楼吹彻玉笙寒。

多少泪珠何限恨，倚阑干。

【词意】

荷花落尽，香气消散，荷叶枯黄，深秋的西风拂动绿水，使人愁绪满怀。人生短暂，与美好时光一样，自然不忍去看这满眼萧瑟的景象。细雨绵绵，梦境中塞外风物缈远。醒来之时，寒风凛冽，忧伤的笙声回荡在小楼中。想起故人旧事，她含泪倚栏，心中有无限的幽怨。

【鉴赏】

李璟是徐州彭城县（今江苏徐州）人，南唐第二位皇帝，后因受到后周威胁，削去帝号，改称国主，史称南唐中主。李璟好读书，多才艺。常与宠臣韩熙载、冯延巳等饮宴赋诗。其词感情真挚，风格清新，不事雕琢。这首词中的荷花形象，曾经被王国维评价极高：南唐中主词"菡萏香销翠叶残，西风愁起绿波间"，大有"众芳芜秽""美人迟暮"之感。李璟从西风残荷的画面写起，于"菡萏"之下缀以"香销"二字，又于"翠叶"之下缀以一"残"字，一个"愁"字把秋风和秋水都拟人化了，虽未明白叙写自己的任何感情，但其对如此宝贵生命的消逝产生的哀感，便已尽在不言中了。全词写物写人更写情，脉脉深长，言尽而意无穷。

【注解】

鸡塞：即鸡鹿塞，古塞名。在今内蒙古磴口西北哈隆格乃峡谷口，是古代贯通阴山南北的交通要冲。

263.满目荷花千万顷，红碧相杂敷清流

出自南唐后主李煜的《游后湖赏莲花》

【原文】

蓼花蘸水火不灭，水鸟惊鱼银梭投。

满目荷花千万顷，红碧相杂敷清流。

孙武已斩吴宫女，琉璃池上佳人头。

【诗意】

　　蓼花不时蘸入水中，但那红色不改，远远看去如火一般。水鸟划过水面，惊得鱼儿飞快地来回游动。荷塘万顷，流水清澈，艳红的荷花与碧绿的荷叶相间，绚丽异常。这一朵朵荷花在色彩斑斓的荷塘里，宛若当年孙武斩落的宫女之头。

【鉴赏】

　　李煜生于江宁府（今江苏南京），李璟第六子，南唐末代君主。李煜精书法、工绘画、通音律，诗文均有一定造诣，尤以词的成就最高。其词继承了晚唐以来温庭筠、韦庄等花间派词人的传统，又受李璟、冯延巳等的影响，语言明快，形象生动，用情真挚，风格鲜明。这首词是李煜游后湖赏莲花时所作。"满目荷花千万顷，红碧相杂敷清流"，万顷荷花迎风盛放，诗句描绘了千年之前玄武湖的荷花盛景。"孙武已斩吴宫女，琉璃池上佳人头"，李煜竟然将湖中的荷花，用孙武斩落的宫女头来比喻。虽然想象奇特，句子颇佳，但充满着不祥，古今似乎再无第二人作此比喻。也就在这一年，南唐国破，李煜被俘，可谓一诗成谶。

【注解】

后湖：这里指玄武湖。

蘸：在水里沾一下就拿出来。

银梭：这里比喻鱼。

琉璃池：典出佛经，即水清澈如琉璃一般的池子。这里用琉璃池形容后湖色彩斑驳。

264.陌上少年休植足，荷香深处不回头
出自五代十国李中的《采莲女》

【原文】

晚凉含笑上兰舟，波底红妆影欲浮。

陌上少年休植足，荷香深处不回头。

【诗意】

夏夜月明，凉风习习，采莲女笑盈盈登上小船。她俯视湖面，只见湖水清澈见底，波光粼粼，她那淡淡红妆的笑脸映在水面，如荷花仙子一般，粉嫩红润，呼之欲出。采莲女的稚气可爱，引得岸上少年驻足观看，但采莲女头也不回，迅速划船驶向那荷花盛开的地方。

【鉴赏】

李中是江西九江人，仕南唐为淦阳宰，一生多任县级小吏，政治上并不得志。其人情趣高雅，琴棋书画无所不通，书法尤佳，善草书。李中酷爱写诗，如痴如醉，勤奋写作，自谓"诗魔"。汉魏以来，一向就有歌

咏采莲女子的歌曲，题作《采莲曲》。但李中隐此诗题作《采莲女》，显然表示不用乐府古题，因而它不是乐府歌辞，而是杂言的诗，也就是后来所谓"歌行"。诗人在这首诗中，用"含笑""不回头"等寥寥几笔，就把采莲女美丽可爱的形象呈现出来，生动传神。"陌上少年休植足，荷香深处不回头"，一个"香"字，意境妙不可言，让人联想翩翩，大大胜过"荷花深处"。

【注解】

植足：驻足。

265.棹歌惊起睡鸳鸯，竞折团荷遮晚照

出自五代十国李珣的《南乡子·乘彩舫》

【原文】

乘彩舫，过莲塘，棹歌惊起睡鸳鸯。

游女带香偎伴笑，争窈窕，竞折团荷遮晚照。

【词意】

她们坐着五彩画舫，到开满荷花的池塘游玩。她们齐声唱起了悠扬的船歌，却惊醒了一对正安睡的鸳鸯。满身香气的少女们，如同朵朵荷花，相互依偎，嫣然倩笑。她们个个姿态美好，娇笑声中，争着折起荷叶遮挡夕阳。

【鉴赏】

　　李珣祖先为波斯人，其祖父来到中国经商，留在长安，改姓唐朝国姓。安史之乱时入蜀定居梓州（今绵阳三台县），人称蜀中土生波斯。妹舜弦为蜀主王衍昭仪，他尝以秀才预宾贡。又通医理，兼卖香药，可见他还不脱波斯人本色。蜀亡，遂亦不仕。李珣是一个花间派词人，所吟诗句，清丽动人。李珣东游粤地时，共作有《南乡子》词十七首，描绘南国水乡的风土人情，具有鲜明的地方色彩、强烈的生活气息和浓厚的民歌风味。这首词是其中之一，描写了江南水乡少女的一个生活片段，再现了她们一起游莲塘、相与戏谑的情景。"竞折团荷遮晚照"，既刻画了少女们活泼的举止，也揭示出她们害羞的神态，灿烂的晚霞、绽绿的团荷与羞红的脸庞，勾勒出一幅活泼俏丽的赏荷风俗画。李珣另有咏荷词句"强整娇姿临宝镜，小池一朵芙蓉"（《临江仙》），描绘荷花佳人，"是人是花，一而二，二而一"（清况周颐《蕙风词话》）。

【注解】

　　彩舫：画舫，一种五彩缤纷的船。

　　窈窕：美好。

　　团荷：荷叶形略圆，故称为"团荷"。

266.红藕花香到槛频，可堪闲忆似花人

出自五代十国李珣的《浣溪沙·红藕花香到槛频》

【原文】

　　红藕花香到槛频，可堪闲忆似花人，旧欢如梦绝音尘。

翠叠画屏山隐隐，冷铺文簟水潾潾，断魂何处一蝉新。

【词意】

红莲发出阵阵幽香，不时飘到亭栏上来。在百无聊赖中，我又想起那荷花般美丽的佳人，思念的痛令人无法忍受。旧日欢情好似一场梦幻，此时的她早已杳无音信。画屏上重峦叠翠的山景，在眼中模糊成团团绿云。冷铺孤寂无声，枕席的花纹如粼粼水波。不知何处骤响一阵蝉鸣，可是要召回我愁苦的思绪。

【鉴赏】

李珣写《浣溪沙》共有四首，笔触清丽，情深意切，正如《栩庄漫记》所说："其词温厚而不偎薄。"这首词与花间词浓艳香软的风格明显不同，描写夏秋之际男子对所爱之人的想念，写得清奇流丽。"红藕花香到槛频，可堪闲忆似花人"，诗人用比兴手法，由花香引发愁思，由荷花想到"似花人"，环环相扣，顺理成章。"断魂何处一蝉新"，蝉鸣使主人公回到了现实，"断魂"道出了他无穷无尽的悲哀。诗句写不忍听一声新秋蝉鸣，情韵无极。

【注解】

红藕：红莲的别称。

槛：栏杆，这里指亭栏。

似花人：与荷花一样艳丽的美人。

冷铺：古时供往来传递文书的驿卒或地方兵役歇宿的地方，因大都设在冷僻之处，故称。

潾潾：波光闪烁貌。

267.尽日池边钓锦鳞，芰荷香里暗消魂

出自五代十国李舜弦的《钓鱼不得》

【原文】

尽日池边钓锦鳞，芰荷香里暗消魂。

依稀纵有寻香饵，知是金钩不肯吞。

【诗意】

有男子在池旁岸边，手执鱼竿独钓。他整天静坐着，等待鱼儿上钩。微风袭来，荷香缕缕，沁人肺腑，令人忘忧消魂。他隐约感觉鱼儿在水底下寻找香饵，它们犹豫不定，可能也知道饵料中有鱼钩，一直不肯开口吞吃。

【鉴赏】

李舜弦，李珣之妹。她从小经兄长熏陶，颇有才情，工诗擅画，据说中国墨竹就是由她首创。因为有波斯血统，出落得十分美貌，明艳动人，前蜀后主王衍的时候，被选入后宫，立为昭仪。前蜀灭亡后，李舜弦落入叛将郭崇韬之手，不久后唐平定四川，李舜弦也无辜被杀，年仅二十多岁。其诗略显忧愁，意义曲折，较难悟透。这首诗仿佛是一幅工笔画，女诗人对色彩非常敏感，"锦鳞""金钩"两词，在方寸之间给钓鱼的画面渲染一层富贵艳丽的色彩。"尽日池边钓锦鳞，芰荷香里暗消魂"，诗句描写男子荷塘垂钓，抒发了那种恬淡自适、自得其乐的情致。

"依稀纵有寻香饵，知是金钩不肯吞"，似乎意有所指，世间尽有英雄人物，不为名利所动，统治者即使垂下万丈金钩，也不愿供其驱使。

【注解】

锦鳞：鱼的美称。指传说中的鲤鱼。

268.蕊中千点泪，心里万条丝
出自五代十国欧阳炯的《女冠子》（其二）

【原文】

秋宵秋月，一朵荷花初发。照前池，摇曳熏香夜，婵娟对镜时。蕊中千点泪，心里万条丝。恰似轻盈女，好风姿。

【词意】

秋夜，明月高挂，只见一朵美丽的荷花刚开放。皎洁的月光照在前面的池塘里，清风中摇曳的荷花如美女在镜前梳妆，香飘四方，夜色阑珊。花蕊里数不尽的露珠像是美女的眼泪，似乎她的心里还有绵绵相思。这朵荷花恰如姿态纤柔、行动轻快的美女，真是风姿绰约。

【鉴赏】

欧阳炯是益州华阳（今四川成都）人，生于唐末，一生经历了整个五代时期。在前蜀仕至中书舍人，后蜀官至宰相。随孟昶降宋后授为散骑常侍。欧阳炯工诗文，特别长于词，又善长笛，是花间派代表人物。这首词采用象征的手法，将荷花比作美女，以光彩照人的美女，来形容荷花的美姿。"蕊中千点泪，心里万条丝"，把露珠比作怀春美女的眼泪，以藕丝谐音女子的思春之绪。"恰似轻盈女，好风姿"，将本来没有感情的荷花说成有感情的女子，给人以美的享受。

【注解】

女冠子：词牌名，原为唐教坊曲。

初发：这里指荷花刚开放。

269.雨停荷芰逗浓香，岸边蝉噪垂杨

出自五代十国阎选的《临江仙·雨停荷芰逗浓香》

【原文】

雨停荷芰逗浓香，岸边蝉噪垂杨。物华空有旧池塘，不逢仙子，何处梦襄王。

珍簟对欹鸳枕冷，此来尘暗凄凉。欲凭危槛恨偏长。藕花珠缀，犹似汗凝妆。

【词意】

风雨过后，荷花和菱花飘散出浓浓的香气，知了在岸边的垂柳上鸣叫。旧日的池塘空有这些美好的景物，没有遇见如仙女般的她，我就像楚襄王一样，不知何处做梦？精美的竹席歪斜地摆放着，曾同枕共眠的鸳鸯枕被已冰冷。我这次来这里，感觉气氛昏暗，让人满心凄凉。想靠着高栏放眼远望，心中悔恨偏又很长。荷花上的点点露水，好似是她红脸上凝聚的汗珠。

【鉴赏】

阎选，生卒年不详。他是五代时期后蜀的布衣，工小词，以词作供奉后主孟昶，被世人称为"阎处士"。与欧阳炯、鹿虔扆、毛文锡、韩琮，被时人称为"五鬼"。其词宛如秀竹青翠，十分赏心悦目，读起来相当有味，真是有"粉而不腻，浓而不艳"的妙处。这首词情景交融，触景生情，描写了男子对女子的思念。"雨停荷芰逗浓香，岸边蝉噪垂杨"，诗句描写了雨后荷塘景色，分别从味觉和听觉上去感受。"藕花珠缀，犹似汗凝妆"，诗句由物及人，形象娟美，可见男子对女子的思念之深。

【注解】

梦襄王：系宋玉《神女赋》之典故。楚襄王夜梦神女并追求神女，却被洁身自持的神女拒绝。楚襄王被拒绝后则"惆怅垂涕，求之至曙"。

鸳枕：即鸳鸯枕，男女共用的枕头，共有一对。

危槛：犹危栏，高栏的意思。

270.碧沼莲开芬馥，雅态芳姿闲淑

出自五代十国阎选的《谒金门·美人浴》

【原文】

美人浴，碧沼莲开芬馥。双髻绾云颜似玉，素蛾辉淡绿。

雅态芳姿闲淑，雪映钿装金斛。水溅青丝珠断续，酥融香透肉。

【词意】

美人沐浴后,如碧绿的池塘里莲花开放,芳香馥郁。她的两股发髻盘成云朵,年轻貌美似玉;她的双眉素净而又细长,其色浅淡。她的姿态优雅贤淑,雪白的肌肤与嵌着金花的首饰相互辉映。乌发上的水珠断断续续地溅落下来,脸上的油脂被融化,香味浸透肌肤。

【鉴赏】

阁选的很多词作描摹闺中美人的娉婷风姿和娇态,写得尽态极妍。这一首也不例外,全词以莲作比,将女子出浴后的美貌刻画得十分生动传神,美而不俗,艳而能雅。"美人浴,碧沼莲开芬馥",词句写池塘里莲花开放、飘散芳香,以环境烘托女子之美。"双髻绾云颜似玉,素蛾辉淡绿",词句从发型、容貌和眉毛等方面写女子出浴后的美貌。"雅态芳姿闲淑,雪映钿装金斛",词句写她出浴后姿态的优雅和肌肤的雪白。"水溅青丝珠断续,酥融香透肉",词句写青丝溅水、油酥透肉,表现她诱人的神情。

【注解】

谒金门:词牌名,原为唐教坊曲。

芬馥:香气浓盛。

素蛾:这里指淡而细长的眉毛。

淡绿:这里指眉色浅淡。

酥:搽脸的油脂。

271.一番荷芰生池沼，槛前风送馨香

出自五代十国尹鹗的《临江仙·一番荷芰生池沼》

【原文】

一番荷芰生池沼，槛前风送馨香。昔年于此伴萧娘。相偎伫立，牵惹叙衷肠。

时逞笑容无限态，还如菡萏争芳。别来虚遣思悠飏。慵窥往事，金锁小兰房。

【词意】

池塘里盛开着一片荷花，其芳香随风飘到门栏前。记得当年我们在此游玩，如胶似漆，缠缠绵绵，互诉衷肠。当时的你，就像这含苞欲放的荷花，艳丽无比，笑容满面。如今，分别后的思念无处安放，我不敢再回想往事，甚至连过去相聚时的闺房也锁住不开，以免触景生愁。

【鉴赏】

尹鹗是四川成都人，曾事前蜀后主王衍，为翰林校书。累官至参卿（参谋、参军的敬称），《花间集》称尹参卿。性滑稽，工诗词，与李珣友善。其词明浅动人，简净柔丽。这首词写男子对情人的怀想。"一番荷芰生池沼，槛前风送馨香"，描写了荷花盛开、飘香的场景，充满了诗人美好的情感。"时逞笑容无限态，还如菡萏争芳"，词句写萧娘的艳丽如荷花。整首词用语婉丽，情意深长。

一番：一片。

萧娘：泛指美妇人。这里指男子所恋的女子。

悠飏：飘忽不定貌。

慵窥：懒于回顾。

兰房：犹香闺，旧时妇女所居之室。

272.绿荷相倚满池塘，露清枕簟藕花香

出自五代十国顾敻的《虞美人·触帘风送景阳钟》

【原文】

触帘风送景阳钟，鸳被绣花重。晓帷初卷冷烟浓，翠匀粉黛好仪容，思娇慵。

起来无语理朝妆，宝匣镜凝光。绿荷相倚满池塘，露清枕簟藕花香，恨悠扬。

【词意】

早晨的微风吹动卷帘，起床的钟声已经响起，而她还在绣有鸳鸯的锦被窝里发呆。透过半掩着的窗帘，看到外面似有浓雾，她没心思梳妆打扮，提不起精神来，娇羞无力。她起床后，默默无语，愁容满面，对着梳妆台上的镜子想心事。窗外的池塘里，荷花荷叶相依相偎，花叶上的露水清晰可见，淡淡荷香随风飘散。见此情景，她顷刻想起那个令她伤心的人，离别的苦恨太长久。

【鉴赏】

顾夐,字、籍贯、生卒年均无考。前蜀王建通正年间,以小臣给事内庭,恰逢有秃鹫鸟飞翔于摩诃池上,他作词讽刺,几遭不测之祸,后擢茂州刺史。入后蜀又事高祖(孟知祥),累官至太尉。顾夐善填各种结构上迥然不同的词,词风绮丽却不浮靡,意象十分清新生动,情致极其悱恻缠绵。这首词描写春怨,写出了女子在深闺中对情郎的思念与哀怨。"绿荷相倚满池塘,露清枕簟藕花香",当女子看到池上绿荷相倚、嗅到荷香时,触景生情,想起自己的孤单与忧愁,心里不禁浮起一股恨意。词中对"恨""思"这类抽象的感情着墨不多,诗人将此感情寓于每句之中,可谓句句含恨、字字带怨。"相倚"二字,尤见情致。

【注解】

景阳钟:《南齐书·武穆裴皇后传》:"武帝以宫深不闻端门鼓漏声,置钟于景阳楼上,以应五鼓。宫人闻钟声,早起妆饰。"这里泛指钟声。

娇慵:柔弱倦怠貌。

273.越王宫殿,蘋叶藕花中

出自五代十国牛峤的《江城子·鹧鸪飞起郡城东》

【原文】

鹧鸪飞起郡城东。碧江空,半滩风。

越王宫殿,蘋叶藕花中。

帘卷水楼鱼浪起,千片雪,雨蒙蒙。

【词意】

一群鹭鸶从郡城东边飞起，一江碧水流过，江面空阔无边，沙滩阵阵风气。越王勾践的宫殿旧址，如今只有一片荷花蘋草。登上水边楼阁，卷起绣帘，只见鱼儿在水面嬉戏翻腾，搅起了千片如雪般的浪花，融化在蒙蒙细雨中。

【鉴赏】

牛峤是陇西狄道（今甘肃定西临洮县）人，中唐宰相牛僧孺之孙。乾符五年（878）进士及第，历仕拾遗、补阙、尚书郎。前蜀开国，仕秘书监，以给事中卒于成都，故后人又称"牛给事"。牛峤博学多才，以词著名，风格似温庭筠，属花间派。这首词是吊古伤今之作，从既是郡城，又曾有越国宫殿等情况来看，自然写的是古会稽。诗人以大量的篇幅写郡城风物，从郡城风物中表现了世事沧桑，意境优美。"越王宫殿，蘋叶藕花中"，翠绿的蘋草与鲜红的荷花相配，色彩耀人眼目，并将此与宫殿比对，深藏沧桑之感，不含悲而神自伤。诗人的怀古之情显而易见，那就是说任何雄图霸业，都经不起时间的销蚀而云飞烟灭。

【注解】

郡城：此指古会稽（今浙江绍兴），春秋时为越国国都。

鱼浪：秋水鱼肥，逐浪出没。

274.卷荷香澹浮烟渚，绿嫩擎新雨

出自五代十国鹿虔扆的《虞美人·卷荷香澹浮烟渚》

【原文】

卷荷香澹浮烟渚，绿嫩擎新雨。锁窗疏透晓风清，象床珍簟冷光轻，水纹平。

九嶷黛色屏斜掩，枕上眉心敛。不堪相望病将成，钿昏檀粉泪纵横，不胜情。

【词意】

荷花含苞欲放，其香味随着雨雾飘散在池塘里。刚下过一场雨，堆聚在嫩绿荷叶上雨珠轻轻摇晃。窗户缝里吹来早晨清新的风，精美的床泛起淡淡的光，垫席上的花纹平整。画着九嶷山风光的精美屏风半掩着厅堂，倚靠在枕头上的她却皱着眉头。因为是难以承受的无尽相思让她生了病，金钿首饰光泽暗淡，粉脸上常常涕泪纵横。这样的日子太久了，她实在不能忍受这相思之苦。

【鉴赏】

鹿虔扆，字、籍贯、生卒年均无考。早年读书古诗，看到画壁有周公辅成王图，即以此立志。后蜀进士，累官学士，曾任永泰军节度使，进检校太尉，加太保，人称鹿太保。与欧阳炯、韩琮、阎选、毛文锡等俱以工小词供奉后主孟昶，忌者号之为"五鬼"。蜀亡国后，终身不仕。其词含思凄婉，秀美疏朗。这首词写女子的相思之苦，凄凉感人。"卷荷香澹浮烟渚，绿嫩擎新雨"，诗人采用比兴手法，描绘女主人公所生活的环境,从这环境中透露她凄凉的心情。"钿昏檀粉泪纵横,不胜情",词句直接写出了女子的离愁相思之苦。鹿虔扆还有诗句:"藕花相向野塘中。暗伤亡国,清露泣香红。"(《临江仙》)诗人把"亡国"的幽恨,暗托于花草,尤为动人。

【注解】

卷荷:含苞欲放的荷花。

象床:指象牙装饰的床。

九嶷:山名,指九嶷山,又名苍梧山,相传帝舜南巡未归,二妃相寻至此,因九峰相仿,异岭同势,疑而不识,终未得。这里指屏风上所绘的九嶷山图画。

275.绣帘高轴临塘看,雨翻荷芰真珠散

出自五代十国毛熙震的《菩萨蛮·绣帘高轴临塘看》

【原文】

绣帘高轴临塘看,雨翻荷芰真珠散。

残暑晚初凉,轻风渡水香。

无悰悲往事,争奈牵情思。

光景暗相催,等闲秋又来。

【词意】

夏秋之交,荷塘碧绿。我将绣帘高高地卷起,临水欣赏雨中荷塘。只见雨水打在圆圆的荷叶上,变成了一颗颗水珠,随后又被微风吹落。傍

晚，雨后荷塘特别凉爽，而荷花别有一种迷人的清香，随风扑面而来。我百无聊赖，悲叹往事，奈何那往事又牵动了我心思。往事不堪回首，不禁感慨万千。光阴如梭，岁月催人变老。无端的寂寞里，又是秋天来到。

【鉴赏】

　　毛熙震，字、生卒年均无考，蜀人。曾在后蜀孟昶时官至秘书监，《花间集》称毛秘书。毛熙震善为词，辞多华丽。这首词寓情于景，抒发了诗人夏末初秋的情思。前四句写景。"绣帘高轴临塘看，雨翻荷芰真珠散"，诗句描写帘外所见荷景，虽是初秋，但还在暑热中，突然而至的雷阵雨，敲打着池塘中的荷叶，以"雨翻荷芰"显示残暑凉意。后四句抒情。"光景暗相催，等闲秋又来"，往事虽然如烟，还有万般无奈，诗人感叹时光一去不复返。

【注解】

　　绣帘：彩饰华丽的帘幕。

　　高轴：高卷。

　　等闲：无端。

276.看尽满池疏雨，打团荷

出自五代十国孙光宪的《思帝乡·如何》

【原文】

　　如何，遣情情更多。

　　永日水晶帘下，敛羞蛾。

六幅罗裙窣地，微行曳碧波。

看尽满池疏雨，打团荷。

【词意】

她真不知道怎么办？一心想排解内心的寂寞和烦闷，而这种忧愁却越发增添许多。她整天徘徊在晶莹华美的窗帘下，双眉紧锁。她提拉起长长的丝绸裙子，如凌波仙子般缓缓走过，衣随人动，仿佛晃动着阵阵清波。她心事重重，看那满池淅淅沥沥的雨，无情地轻打着圆圆的荷叶，无比凄凉而又无可奈何。

【鉴赏】

孙光宪是陵州贵平（今四川眉山仁寿县）人，少有志气，勤奋苦读。后唐时期，起家陵州判官。历仕南平三世，累官荆南节度副使、检校秘书少监，迁御史中丞。归顺北宋后，累迁黄州刺史。其词以情景交融、婉约缠绵见长，是花间派中较有个性和成就的词人。这首词紧紧围绕"遣情"两字展开，描写了一个多情女子因失意而产生的寂寞与怅惘。"永日水晶帘下，敛羞蛾"，"永日"和"敛"，写尽了女子那满怀的忧思愁绪。"看尽满池疏雨，打团荷"，"满池"与"疏雨"正反相间，自成机趣；一个"团"字形象贴切，荷叶圆形，一张张在水面上摇曳，而且映衬着夏日疏雨，雨成跳珠荷成团，人间反而未团圆，可谓"物态有意，人际无情"。整首词一波三折，跌宕生姿，将女子感情的起伏曲曲传出，写得极其哀婉，令人同情。

遣情：排遣情怀。

羞蛾：形容女子美丽的眉毛。

窣［sū］：窸窣，形容细小的摩擦声。

277.疑是鲛人曾泣处，满池荷叶捧真珠
出自五代十国成彦雄的《露》

【原文】

> 银河昨夜降醍醐，洒遍坤维万象苏。
> 疑是鲛人曾泣处，满池荷叶捧真珠。

【诗意】

昨夜，天上降下了温润的露水，无声无息，令人清凉舒适。我一早起来，发现荷塘四周草木布满了露珠，万物苏醒，估计又是秋高气爽的一天。我怀疑这是传说中鲛人曾哭泣的地方，只见满池荷叶上的露珠又大又圆，像珍珠也像泪水。

【鉴赏】

成彦雄系南唐进士，其他不详。这首诗想象丰富，仙美大气，典雅贴心。"银河昨夜降醍醐，洒遍坤维万象苏"，诗人用"醍醐"来比喻露水，不仅充满仙气，还充满了浓郁的生活气息，一切都是那么美好。"疑是鲛人曾泣处，满池荷叶捧真珠"，诗人展开联想，将这露水和神话联系起来，借以赞美露珠的晶莹剔透，颇有雅趣。莫非是传说中鲛人的眼

泪，要不这荷叶上的露珠怎么和珍珠有一比？传说鲛人落泪，泪水化成了珍珠，这是她在哭吧，而荷叶承载了她默默相思的泪水。诗人虽单纯写景咏荷露，却似乎有几分愁怨在诗中。

【注解】

醍醐［tí hú］：从牛奶中精炼出来的乳酪。比喻美酒，这里指甘露。

坤维：指大地之中央，正中。

鲛人：传说南海有鲛人，善于纺织，哭泣时眼中流出的不是眼泪，而是珍珠。

真珠：珍珠。这里喻指露珠。